わんダフル・デイズ

“WON” DERFUL DAYS

横関 大
YOKOZEKI DAI

幻冬舎

CONTENTS

わんダフル・デイズ

イラストレーション
水沢そら

ブックデザイン
アルビレオ

1

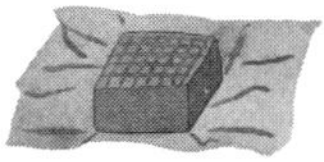

パピー
ウォーカー

1 パピーウォーカー

「よっこい庄一《しょういち》」と声をかけ、岸本歩美《きしもとあゆみ》は水の入ったバケツを持ち上げた。隣にいた男子研修生がにこりともせずに言う。

「何すか、それ」

「知らないの？　横井《よこい》庄一。めっちゃ有名人だよ」

「知らないっすよ。それって古いギャグでしょ。歩美さん、だいぶオヤジ入ってますね」

「うるさい。早く片づけて。次の仕事が待ってるわよ」

男子研修生は手にしていたモップを用具入れの中に入れた。歩美は最後に犬舎を見渡した。洗い残しがないか確認するためだ。問題ないと判断し、用具入れにモップとバケツをしまった。犬舎から出て訓練場を見る。そこでは盲導犬の訓練がおこなわれている。一人の訓練士に対し、一頭の候補犬。マンツーマンでの訓練だ。

「俺もそろそろ訓練したいな」

「せめて散歩くらいはさせてくれてもいいのにな」

前を歩く男子研修生たちはそうぼやいている。犬舎の掃除などの雑用ばかりやらされる毎日だ。

男子研修生がぼやくのも無理はないが、愚痴をこぼしている暇があったら、もっとしっかり作業をしろと言いたい気分だった。

ここは西多摩《にしたま》市にある中日本盲導犬協会が運営する盲導犬訓練施設、通称〈ハーネス多摩〉だ。文字通り、視覚障害者のための盲導犬を育成する施設である。組織としての活動は長いが、ハーネス多摩がこの場所に完成したのは今から十年ほど前だという。

中央には訓練場と呼ばれる、だだっ広い芝生が広がっている。学校のグラウンドくらいの広さだろうか。その訓練場をとり囲むように事務室などがある本館、犬たちが暮らしている犬舎、宿泊訓練のための施設など、いくつかの建物が配置されている。

歩美がここで働くようになって二ヵ月が経つ。同時期に採用された研修生の中では一番年長で、ここに来る前は生まれ故郷の奈良市で看護師として働いていた。ここの研修生募集案内をネットで見つけ、単身奈良から上京したのだ。

訓練場での訓練を横目で見ながら、歩美たち研修生はセンター本館に入った。施設全体のことはセンターと呼ばれることが多い。リノリウムの廊下を歩いて、事務室に足を踏み入れる。

「さて、ちゃちゃっと終わらせようか」

「そう簡単に言わないでくださいよ、歩美さん」

研修生の一人が顔をしかめて言ったので、歩美はキッと睨《にら》みつける。「何か文句あんの？　やりたくないならやらんでもええで」

標準語を話すように心がけてはいるが、たまに関西弁が顔を覗かせる。順調に行けばそのうち

1　パピーウォーカー

盲導犬のユーザーとも接するようになるため、できるだけ標準語を使うようにと最近注意を受けたばかりだった。

「またチラシ入れか」

研修生の一人がぼやいた。テーブルの上に大きな段ボール箱が三箱、置いてあった。中にはぎっしりとティッシュペーパーが詰まっている。その一つ一つに、中日本盲導犬センターのＰＲチラシを挟み入れるのが今日の仕事だ。イベントで配るためのものだった。盲導犬訓練施設の運営資金は募金に頼っているため、こういう地道な作業も欠かせないのだ。

研修生たちでテーブルを囲み、作業を開始した。同時にお喋りも始まってしまったが、こればかりはどうしようもないと歩美は諦める。研修生のほとんどが大学や高校を出たばかりの新卒で入ってきているため、社会人経験のある歩美がリーダーのような役割を自然と担わされてしまっているが、歩美自身はそれを面倒だと感じることはない。三世代の大家族で育ったせいだろうと歩美は思っている。たまに口走ってしまう古いギャグは亡き祖父の影響だ。家族全員が揃った食卓で、祖父が放ったギャグを誰もが冷たくスルーする中、歩美だけが大爆笑していたものだ。

「問題は指導監督だよな」

「そうだよな。どうしよう、厳しい人と組まされたら」

現在の歩美たちの一日はこうだ。午前中は主に座学で、盲導犬に関する授業を受ける。そして午後はセンター内の雑用など、たとえば建物内を掃除したり、事務仕事を手伝ったりしている。いわば下働き的な仕事が続いているのだが、そろそろ各研修生に指導監督がつくことが事前に説明されていた。指導監督というのは、実際にセンターで働く盲導犬訓練士のことだ。師匠と弟子的な徒弟制度だと考えればいいだろう。

　誰と組まされるのか。それが研修生たちの最大の関心事だ。あの人は厳しいらしい。あの人は優しいらしい。そういう噂はすでに研修生たちの耳にも入っている。

「俺たちも外で訓練したいよな」

「そうだよな。こんな天気いいのに」

　その言葉に思わず歩美も外を見る。芝生の訓練場の上で、訓練士たちがそれぞれの候補犬に対して訓練をおこなっている。色は違うが、犬種はすべてラブラドール・レトリーバーだ。

　かつては盲導犬といえばジャーマン・シェパードが代名詞的存在だったが、現在ではラブラドール・レトリーバーかゴールデン・レトリーバーが主流だ。シェパードは警察犬の印象が強いため、最近ではレトリーバー系の盲導犬が多く活躍している。親しみ易い風貌と、人間と行動するのに適した資質を併せ持っているのがその理由だ。このあたりのことは座学で勉強したばかりだった。

　固定電話が鳴り始めた。事務室には歩美たち以外に誰もいない。訓練や雑用などで出払ってしまっているようだ。歩美は立ち上がり、受話器をとった。「はい、ハーネス多摩です」

「カネマツといいます。アクツさんをお願いできますか？」

　男性の声がそう言った。声の感じからしてわりと年配の男性だ。

「阿久津《あくつ》でしたら、ただいま訓練の最中です。呼んできましょうか？」

「そうですか……」

電話の向こうから落胆した様子が伝わってくる。男性は続けて言った。

「訓練を邪魔するわけにはいきません。阿久津さんにお伝えください。ジャックの調子が悪いので、ちょっと見てほしい。そう伝えていただければわかります」

ジャックというのは盲導犬のことだろうと察しがついた。これは一大事だ。つまりユーザーが盲導犬の不調を訴えてきているのだ。

「わかりました。すぐに阿久津に伝えますので」

受話器を置き、歩美は事務室を飛び出した。


芝生の訓練場を探したが、阿久津の姿は見当たらなかった。

「岸本、何してるんだ、こんなところで」

阿久津の姿を探してうろついていると、センター長の小泉《こいずみ》が話しかけてきた。小泉はセンター長という要職にありながら、今も現役で働いている最年長の訓練士だ。皆の信頼も篤い人物である。

「あ、センター長、すみません。阿久津さんを探しているんです」

「あいつだったらあそこにいるじゃないか」

小泉が指さした先に阿久津の姿があった。訓練場の片隅に座り込んでいる。阿久津の前には黒いラブラドールが座っていた。何やら犬に向かって話しかけているようだった。犬も真っ直ぐ阿久津の顔を見て、まるで真摯《しんし》に阿久津の声に耳を傾けているようでもある。

「阿久津さん、大変です」そう言いながら歩美は阿久津のもとに駆け寄った。「カネマツさんという方から電話がありました。ジャックの調子が悪いらしいです」

阿久津がそれを聞き、立ち上がった。痩せているが、顔立ちは非常に整っている。ジャニーズ系とも言える顔立ちで、陰では『王子様』と呼ばれている訓練士だ。

「聞いてました？　私の話。ジャックっていう盲導犬の調子が悪いって電話があったんですよ」

「うん」

阿久津は歩美と目を合わせようとしない。まったくこちらを気にする様子がない。阿久津の姿を見ていて、歩美は苛立《いらだ》ちが募った。

「すぐ行きましょう。カネマツさんのところ。私が運転していきますから」

「うん」

王子様というあだ名は彼の整ったルックスに由来しているのと同時に、少し風変わりな彼の性格を揶揄《やゆ》したものであるのを歩美は知っていた。あまり人と打ち解けようとしない、やや気難しい性格らしい。

「とにかく車出しますから、すぐに出かける用意をしてください。駐車場で待ってます。すぐに来てくださいよ」

歩美はそう言い残してセンター本館に戻った。車の鍵を借りて、財布と免許証とスマートフォンだけを持って駐車場に向かう。五分ほど待っていると、ようやく阿久津が姿を現した。もそも

1 パピーウォーカー

そとした動作で助手席に乗り込んでくる。背が高いため、頭が天井につきそうだった。

「じゃあ行きますよ」

歩美は車を発進させた。センターの駐車場から出たところで、肝心の行き先を聞いていないことに気づく。

「それで、どこに行けばいいんですか？」

そう訊《き》いても答えは返ってこない。んなアホな。どこ行けばええねん。歩美は心の中で突っ込んでから、もう一度訊いた。

「どこ行けばいいんですか？　ドライブに来たわけじゃありませんよね」

阿久津は何も言わず、カーナビのリモコンを操作した。すると女性の音声で「運転中は危険ですので、操作をやめてください」と注意されてしまった。歩美は先行きを案じながら、路肩に車を停めた。

再び阿久津がリモコンを操作する。阿久津がセットした目的地は三鷹《みたか》だった。ここから車で一時間ほどの距離だ。車を発進させようとしたところで、阿久津がシートベルトをしていないことに気づく。

「阿久津さん、シートベルトしてもらっていいですか？」

「うん」

さすが王子様だ。まるで自分が王子様の世話係になったような気分だった。歩美はアクセルを踏み、車を発進させた。

向かった先は閑静な住宅街だった。歩美は一軒の住宅のインターホンを押した。表札には『兼《かね》松《まつ》』と書かれていた。日本風の木造家屋だった。

ドアが開き、濃いサングラスをかけた男性が姿を現した。その動きから視覚障害者であることがわかる。歩美は頭を下げた。

「ハーネス多摩から来ました岸本です」

兼松は怪訝《けげん》そうな顔をした。それを見て、歩美は背後を振り返った。

「阿久津を連れてきました。ほら、阿久津さん」

「こんにちは」

阿久津が頭を下げると、兼松が安心したように顔をほころばせた。「どうぞお上がりください」

よくこれで盲導犬訓練士が務まるものだ。歩美は不思議に思った。歩行指導をおこなったり盲導犬の扱い方などをユーザーに教えるのも訓練士の仕事だった。阿久津が流暢《りゅうちょう》に説明している姿を思い浮かべることができなかったが、兼松という男性の様子を見る限り、彼が阿久津に対して信頼の念を抱いていることは伝わってきた。

リビングに案内される。窓際にケージがあり、中に一頭の黒いラブラドールが横たわっていた。この犬がジャックなのだろう。ジャックは部屋に入ってきた歩美たちを見て、立ち上がって尻尾を振った。正確には阿久津を見て尻尾を振ったのだ。歩美はジャックとは初対面だが、それほど調子が悪そうには見えなかった。

阿久津は真っ直ぐにケージに向かい、ジャックの頭を撫でた。「どうぞお座りください」とすすめられ、歩美がソファに座ると、兼松が眉間に皺を寄せて話し始めた。

「ここ三日間くらいなんですが、自宅に帰ってくるとジャックがぐったりとした感じになってしまうんです。ご飯も半分くらい残してしまうんで、気になってご連絡したんです」

盲導犬の育成だけではなく、アフターケアも盲導犬訓練士の大事な仕事だった。ユーザーから相談があった場合、素早く対応するのがセンターの基本姿勢だ。

阿久津はジャックの頭を撫でてから、目のあたりや舌の状態などを隈なくチェックしていた。訓練士はドクターの資格を持っているわけではないが、ベテランになれば、犬の様子を見ただけである程度のことは把握できるらしい。

阿久津がジャックの状態をチェックしている間、歩美は壁に飾られた数枚の写真を見た。どの写真にも兼松とジャックが一緒に写っている。写真の中では兼松は口元に笑みを浮かべていた。

「初めまして、岸本さん。センターの仕事は楽しいですか？」

兼松に優しい口調で話しかけられ、歩美はうなずいた。

「はい、楽しいです。と言っても掃除ばかりやらされているんですけどね。ところで兼松さん、旅行がお好きなんですね」

壁に飾られている写真は、すべて国内の景勝地で撮られたものだった。北海道から九州まで、各地の写真が並んでいる。名実ともに兼松とジャックは二人三脚で人生を歩んでいるのだ。

「ええ、ジャックと一緒に歩くようになってから、旅行が趣味になったんです。旅行から帰ってきたら、その写真をブログにアップするんですよ。職場の同僚たちにも好評です」

キッチンのテーブルの上にノートパソコンが置いてあるのが見えた。音声読み上げソフトを使って、パソコンを利用している視覚障害者の方は数多くいる。兼松もそのうちの一人なのだろう。今度彼のブログを是非覗いてみるとしよう。

「私は普段、図書館で司書として働いているんですが、あと三年で定年を迎えるんです。退職したら、ジャックと一緒に念願の海外旅行に行くのが夢なんですけどね」

その夢は叶わないかもしれない。どこかそんな口振りだった。仮にジャックに異常が認められたとして、それが確実に治る疾患であるならいい。しかし盲導犬生命に関わる疾患であった場合、ジャックはこの家から去らなければならないのだ。彼の心境が伝わってくるようで、歩美はかける言葉を見つけることができなかった。

阿久津がこちらに向かって歩いてきたので、歩美は訊いた。

「ジャックの様子はどうですか？」

「うん」阿久津は言った。「僕が見た限り、異常は見受けられません」

兼松が息を吐いた。少し安堵《あんど》したような表情だった。阿久津がジャックを見ながら言った。

「兼松さん、少しジャックをお借りしてもよろしいですか？」

歩美は芝生の上に座り、阿久津とジャックが遊んでいるのを眺めていた。阿久津が投げたボールを、ジャックが尻尾を振りながら追いかけていく。その様子は訓練士と盲導犬というより、完全に飼い主とその犬という感じでもある。

近くの公園に来ていた。ここに来るまでの車中で聞いたところ、ジャックの訓練を担当していたのは阿久津本人らしい。道理でジャックが喜ぶわけだ。阿久津と戯《たわむ》れているジャックを観察しても、とても体調を崩しているようには見えなかった。

ボール遊びをやめた阿久津は、ジャックと顔を突き合わせるように芝生の上に座り込んだ。さきほどもセンターの訓練場で同じように訓練犬と向かい合っていたことを思い出し、歩美は足音を忍ばせて、阿久津に近寄った。

「ふーん、そうかい。元気でやっているんだね。僕？　僕も元気だよ。今はね、クリスっていう犬を訓練しているんだよ。ジャックと同じ黒いラブラドールだ。あまり訓練が好きじゃないみたいだけど、素質はあると思うんだよ」

何や、メッチャ喋ってるやん。歩美は驚き、恐る恐る阿久津の背中に向かって問いかけた。

「あの、いったい何をしていらっしゃるんでしょうか？」

振り向いた阿久津が当然のように言った。「ジャックと話してるだけ」

んなアホな。歩美は心の中で突っ込む。犬と話せるなんてムツゴロウさんぐらいだ。いや、ムツゴロウさんでも無理だろう。

「犬と、お話しできるんですか？　阿久津さんは」

「うん、まあね」

「ちょっと待ってくださいよ」歩美は頭の中を整理しながら言った。「つまり阿久津さんは、犬の気持ちを読みとれるってわけですか？」

「正確に言えば違うけど、何となく犬の言っていることがわかるっていうかね」

やはりこの男は変わってる。歩美はまじまじと阿久津の顔を見た。冗談を言っているようには見えなかった。それに無口な男だと思っていたが、意外に話せるというのも新たな発見だ。

歩美はさらに訊いてみる。

「じゃあジャックは何て言ってるんですか？　調子の悪い原因は何なんですか？」

「そこまではジャックもわからないって。ちょっと確かめたいことがあるんだ」

阿久津はそう言ってジャックの首にリードを装着し、立ち上がると歩き出した。確かめたいこととは何だろう。歩美はそんな疑問を覚えながら阿久津の背中を駆け足で追う。

駐車場に到着する。阿久津が軽ワゴンの助手席のドアを開け、短く「カム」と言うと、ジャックがジャンプして助手席に飛び乗った。やはり一緒に訓練に励んだだけあり、たいしたコンビネーションだ。少し羨《うらや》ましい。私もあんな風に犬と仲良くなれるのだろうか。そんなことを思いつつ、歩美は運転席に乗り込んで車を発進させた。

ジャックはきちんと助手席に座り、前方を眺めている。賢そうな横顔だ。いや、実際に賢いのだ。厳しい訓練を受け、試験に合格した盲導犬なのだから。

訓練を受けた候補犬のすべてが盲導犬になれるわけではない。訓練中に盲導犬に不向きであると判断される場合もあるし、特にラブラドールは股関節形成不全という先天的な疾患が見つかってしまうこともある。各施設によってばらつきはあるが、訓練した候補犬が晴れて盲導犬になれるのは三割から五割程度だ。

兼松の自宅まであと少しというところで、突然ジャックの様子がおかしくなった。背筋を伸ばして助手席に座っていたジャックが、いきなり怯《おび》えたように体を丸めてしまったのだ。

「阿久津さん、ジャックが……」

バックミラーを覗くと、後部座席の阿久津が険しい表情で言った。

「うん。わかってる」

「わかってるじゃありませんって。いったい何がどうなっているんですか？」

「兼松さんのお宅には何かがあるんだと思う。ジャックを怯えさせる何かが、ジャックの様子を狂わせているんだ」

「もしかして、兼松さんがジャックを……」

「多分それは違うと思う。ジャックもそう言ってる」

「ジャックが、そう言ってる？」

まったく意味不明だ。本当にこの男は犬の言葉を解するとでもいうのだろうか。それにしても――。歩美は悪い想像を打ち消そうと努力した。しかしそう考えるのが必然だと思った。ジャックは家に帰りたくない。なぜか。そう、飼い主に対して怯えているからだ。

兼松家の前で車を停めた。阿久津が後部座席から降りながら言った。

「とにかく一晩、ジャックをセンターに連れていくことにする。これから兼松さんに事情を話してくるから」

「ジャック……」

ハンドルから手を離し、歩美はジャックの背中を撫でた。わずかだがジャックが震えている。しばらく待っていると、阿久津が玄関先から出てきた。そのまま車の方に向かってきた阿久津だったが、不意に立ち止まって足元から何かを拾い上げた。思案するような顔つきで、指につまんだ何かを見つめている。

「どうしたんですか？」

歩美は思わず車から降り、阿久津のもとに駆け寄っていた。阿久津が指でつまんでいるのは四角い物体だった。半透明のセロファンのようなものに包まれている。阿久津がセロファンを剝がすと、茶色い固形物が現れた。その匂いを嗅いで、阿久津が言った。

「キャラメル」

「キャラメル？」

「そう。キャラメル」

阿久津はキャラメルを手の平の上で転がしながら、何かを考えているようだった。あっ。歩美はアスファルトの上にへばりついているそれを発見する。阿久津が手にしているものと同じミルクキャラメルだった。こちらは車に踏まれてしまったようで、形状をとどめていない。

「阿久津さん、ここにもキャラメルが落ちてますよ。あっ、こっちにもある」

アスファルトにこびりついたキャラメルを剝がそうとしていると、車のドアが閉まる音が聞こえた。振り返ると阿久津が後部座席に乗り込んだところだった。窓を開けて、阿久津が言った。

「もう一軒、行きたいところがある。お願いできるかな?」

「合点承知の助」と歩美がおどけて言っても、阿久津はくすりとも笑わずに手にしたキャラメルを眺めていた。


いったんハーネス多摩に戻り、医療棟のスタッフにジャックを預け、次に向かった先は西多摩市内にある住宅街だった。路肩に車を停め、阿久津は一軒の洋風住宅のインターホンを押した。表札には『木島《きじま》』と書かれていた。しばらく待っていると、中から四十代前半くらいの女性が姿を現した。

「突然すみません。ハーネス多摩の岸本です。以前、こちらでパピーウォーカーをされていましたね。その件で伺いました」

「ジャックですね」奥さんが懐かしそうな笑みを見せた。「憶えていますとも。ところでジャックが何か?」

「いえいえ。近くまで来たものですから、ジャックの近況を報告しようと思った次第です。少しお邪魔してよろしいですか?」

「そういうことですか。どうぞお上がりください」

靴を脱ぎ、阿久津とともにリビングに案内される。白い壁紙を基調とした、シンプルな内装だった。ソファに座って待っていると、奥さんがお盆を持ってやってきた。冷たい緑茶が注がれたグラスをテーブルの上に置きながら、奥さんが言った。

「それでジャックは元気にしているんですか？」

「ええ、元気ですよ」歩美はうなずいた。「ジャックは大変優秀な盲導犬になりました。今もユーザーのもとで仕事に励んでいます。ジャックが立派な盲導犬になれたのも、木島家の皆さんがパピーウォーカーとして愛情を注いでくださったお陰です。大変感謝しております」

パピーウォーカー。生後二、三ヵ月の盲導犬候補である仔犬を約一年間、自宅で預かってくれるボランティアのことだ。たっぷりの愛情を注がれる環境で成長することにより、人間とともに生活することに慣れ、人間のことが大好きな犬になる。それがパピーウォーカーという制度の目的だった。たった一年間という短い期間ではあるが、仔犬にとっても、それを預かる家庭にとっても、貴重で忘れがたい一年間になるらしい。木島家がジャックのパピーウォーカーをしていたことは、ここに来るまでの車中で阿久津から教えられていた。

「あれからもう五年、いや六年も経つんですものね。早いものですわ」

奥さんが目を細めた。木島家の方々はジャックのことを今も忘れていない。その事実に歩美は少し嬉しくなった。できればジャックをここに連れてきて、奥さんを喜ばせてあげたいところだったが、原則としてそれは禁止されている。

「ご主人と息子さんはお元気ですか？　できればご挨拶をしたいと思うのですが」

木島家の家族構成についても阿久津から事前に聞かされている。奥さんは首を横に振って答えた。

「主人は仕事に行っておりますし、息子は学校です。息子は学校が終わったら塾に行くので、帰りは遅いです。主人の方も帰りは遅いと思いますよ」

話している奥さんの顔を盗み見た。初対面なので以前との比較はできないが、あまり健康そうな顔ではない。顔色も青白く、頬のあたりもやつれているような気がした。隣の阿久津を見ると、話を聞いているのか、いないのか、家の中を見回している。歩美は阿久津がここに来た真意を推理する。

ジャックの不調が木島家と関係あるとでもいうのだろうか。しかし木島家ではジャックが兼松家にいることを知らないはずだ。自分が育てた犬が誰のもとで働いているか。そうした情報がパピーウォーカーに対して明かされることはないからだ。

「ところで奥様」歩美はグラスの緑茶を一口飲んでから訊いた。「引退した盲導犬を引きとる制度があることはご存じですか?」

「ええ。そうした制度があることは存じております。ジャックを飼っていたとき、センターの方にも説明されましたから」

「ボランティアに頼らざるをえないのが、今の我々の業界の現実です。もしも木島家の方々が希望されるなら、パピーウォーカーである木島さんを最優先して、ジャックをもう一度お預けすることも可能です。ただし引退した盲導犬を引きとるということは、看とるということです。精神的にも余裕があるようでしたら、一度ご検討いただけると嬉しいです」

「有り難いお申し出です。息子もジャックのことが大好きでした。ジャックが去ってから、ラブラドールを飼おうと考えたくらいです」

当たり前のことだが、パピーウォーカーになろうと考えるくらいだから、木島家のご家族は全員が犬を好きなのだろう。

「ですが、ジャックを再び引きとることはないと思います」

奥さんが小さく頭を下げた。その表情はどこかしら悲しんでいるように見受けられた。

「わかりました。別に無理にとは言いませんので、気になさらないでください。我々はこれで失礼します」

歩美たちは奥さんに見送られて外に出た。時刻は午後二時になろうとしていた。朝早くから働いているので、お腹が空いている。

「それで何かわかったんですか？」

歩美がそう訊いても、阿久津は返事をしない。黙って俯《うつむ》いている。

「センターに戻りましょうか。車の中で話を聞かせてください」

歩美がそう言っても、阿久津は車に乗ろうとしなかった。そんな阿久津を見て、歩美は苛立った。「何してるんですか。帰らないなら置いていきますよ」

「僕はもうちょっと調べてみるから、先に帰ってて」

「調べるって、何するんですか？」

「聞き込み」

「聞き込み？」

いったい何を知りたいというのだろう。しかしそれ以前の問題として、この男に他人から話を聞き出せるわけがないと歩美は思った。しゃあないな、と歩美は覚悟を決める。

「私も付き合いますよ。それより腹ごしらえしましょう。聞き込みはそれからでもいいですよね」

勝手に決めつけて、歩美は運転席に乗り込んだ。ジャックの不調。兼松家の前に落ちていたキャラメル。パピーウォーカーである木島家。ジャックの周りでいったい何が起きているのか。それが気になっているのも事実だった。

アクセルを踏む前に、木島家の方に目を向けた。道路に面して柵があり、その向こうに狭い芝生の庭があった。さまざまな樹木が植えられているが、手入れが行き届いていないようで、どこか荒れた印象を受けた。


センターに戻ったのは午後六時だった。歩美は医療棟に預けたジャックの様子を見に行った。常駐している獣医の先生によると、特にジャックには異常がないとのことだった。では兼松が語ったジャックの体調不良とはいったい何なのか。兼松が嘘を言っているとは到底思えない。

廊下を歩いていると、センター長の小泉に話しかけられた。

「よう、岸本。阿久津とどこに行ってたんだ?」

「それが……」

阿久津と行動をともにして、見聞きしたことを小泉に話した。小泉は楽しそうに歩美の話に耳を傾けていた。

「センター長、本当ですか？　本当に阿久津さん、犬と喋ることができるんでしょうか？」

小泉は歯を見せて笑った。このセンターの発足当時からのメンバーである小泉は、訓練士から父親のように尊敬されている。

「どうだろうな。でも方法はどうであれ、あいつほど犬のことを理解している人間はこのセンターにはいない。あいつにはいろいろあったからな」

何があったというのだろう。歩美の感じた疑問を察したのか、小泉が真剣な顔をして言った。

「今から十三年前の話だ。当時、俺たちは西多摩市内の工場跡地で細々と活動していた。ある日、俺は遠くから訓練を見ている男の子の姿に気づいた。高校生くらいだった。彼は毎日のようにフェンス越しに訓練を眺めていた。それが阿久津だったんだ」

ある日、小泉は見かねて彼に声をかけた。盲導犬に興味があるのか。そう訊くと、その男の子は躊躇《ためら》いがちにうなずいた。そして彼は続けて言った。住むところもないのでここで雇ってくれないか、と。

「それ以来だ。あいつは工場跡地の狭い事務所で寝泊まりしながら、雑用から何からすべてをこなした。俺たちが帰ったあとも、あいつは犬舎の前でずっと犬と一緒に過ごしてきたんだ。犬と話ができるというのも、満更嘘ではないと俺は思っている」

阿久津は毎晩一人、工場跡地の犬舎の前で、犬たちと語り合っていたというのだ。

「岸本、今回の件だが、阿久津に最後まで付き合ってやってくれないか？」

「私が、ですか？」

「そうだ。あいつは訓練士としてはピカイチなんだが、コミュニケーション能力に難があるからな。ユーザーさん相手にはそれなりに接しているようだが、訓練士仲間とは決して打ち解けようとしない。お前みたいな奴の方が、あいつとうまくやれるのかもしれないと思ってな」

私みたいな奴とはどういうことかと気になったが、今日一日阿久津と接してみて、それほど苦にはならなかったのも事実だ。

「岸本、お前最近悩んでるだろ？」

突然小泉に言われ、歩美はうろたえる。「えっ？　悩んでる？　私が」

「誤魔化すな。見てればわかる」

たしかにここ最近、歩美自身は悩んでいた。盲導犬訓練士になる。そう意気込んで上京してきたはいいものの、果たして自分が盲導犬訓練士として成長できているのか、結果を出せているのかと、漠然とした不安を抱えていたのだ。

「阿久津と一緒にいれば、いい気分転換になるかもしれん。頼んだぞ、岸本」

そう言って小泉は歯を見せて笑い、立ち去っていった。歩美は訓練場に向かうことにした。訓練場の片隅にあるベンチに阿久津が座っていた。

「何見てるんですか？」

阿久津は背中を丸めて、一枚の書類を見ていた。上から覗き込むと、阿久津が歩美の顔を一瞥《いちべつ》して、また書類に視線を落とす。

「無視しないでくださいよ。ちゃんと答えてください」

歩美は強引に阿久津の手から書類を奪いとった。その書類に目を通し、歩美は驚いた。

「これって、ジャックを引きとる希望申請書じゃないですか」

「うん」

リタイヤした盲導犬を引きとりたいという、木島家からの希望申請書だった。しかし昼間に会ったときの奥さんからは、そんな意思は微塵《みじん》も感じとることができなかった。奥さん以外の誰かがこの申請書を出したということか。申請者の記入欄には『木島忠志《ただし》』という名が記されている。生年月日から推測して、おそらくご主人の名前だろう。

「なぜですか？　奥さんはそんなことは一言も……」

「うん。言ってなかったね」

「彼女は知らなかったということですか？」

「多分ね」

書式からしてネットで申請してきたものだとわかる。最近では各種申請はネットを通じてできるようにホームページも充実している。

パピーウォーカーになるためには、いくつかの条件をクリアしなければならず、木島家も例外ではない。犬好きであることが第一条件ではあるが、それ以外にも細かい条件がある。実はさきほど、歩美は木島家の資料に目を通していた。

その資料によると、六年前の当時、木島家のご夫婦は三十代半ばで、一人息子は小学二年生だった。ご主人は外資系の商社に勤務していて、念願の一戸建てのマイホームを手に入れた直後だった。経済的にも余裕があり、専業主婦である奥さんが常に家にいることから、パピーウォーカーとして仔犬を任せられると判断されたらしい。

その判断は間違ったものではなかった。ジャックは木島家の愛情を受けて育てられ、一年後に木島家を去った。センターで訓練を受けたのち、晴れて盲導犬となったジャックは兼松というパートナーに出会う。ジャックは彼の日常生活の手助けをして、休日には日本中を旅して歩いた。今ではジャックは、すっかり彼の体の一部となっていると言っても過言ではないだろう。

「あの家にジャックを戻すことは無理だと思います」

荒れた庭の様子が脳裏をよぎった。あの家に、木島家にジャックを戻すことは難しいような気がした。そうなのだ。木島家は今——。

「そうだね。あの家にジャックを戻すことはできない」

阿久津はそう言ってベンチから立ち上がった。それからすたすたと本館の方へ歩き出した。

「阿久津さん、明日も私を一緒に連れていってください。お願いします」

阿久津の背中に向かって頭を下げると、彼は立ち止まって振り返った。ちらりと歩美を見てから、すぐに踵《きびす》を返して歩き出してしまう。

「ちょっと待ってください。明日必ず連れていってくださいよ」

阿久津の隣に追いついて、もう一度念を押した。阿久津は困ったように鼻をかいている。その顔を見ていて、何となく察しがついた。

「まさか、今から？」

「兼松さん、待ってるから」

阿久津は言葉少なに言ったが、それだけで歩美は阿久津が言わんとしていることに気がついた。今も兼松はジャックの帰りを待ち侘びているということだ。ジャックのいない生活に、彼は戸惑っていることだろう。そう考えれば一刻の猶予もない。

「了解です。私も行きます。駐車場で待っててください。車の鍵、借りてきますんで」

俄然《がぜん》やる気が出てきたような気がして、歩美は本館に向かって走り出した。


阿久津とともに向かったのは市内にある学習塾だった。学習塾の入り口が見渡せる路肩に車を停め、見張りを始めてからもう三時間が経過しようとしていた。時刻は午後九時を過ぎている。

学習塾の前にたこ焼きの屋台が出ていた。学習塾帰りの生徒を客と見込んだ屋台らしく、制服を着た高校生や中学生たちが屋台でたこ焼きを買い、それを分け合うように食べる姿をさきほどから何度も目撃していた。それを見ているだけでお腹が空いてくるのだった。

上京して以来、何度か東京のたこ焼きを食べたが、これだと思えるたこ焼きには現在のところ出会っていない。もしかするとあの屋台で売られているたこ焼きこそが、私が求めているたこ焼きなのかもしれない。そう思うと居ても立ってもいられなくなったし、実際にさっきからお腹はぐうぐう鳴り続けている。

阿久津は助手席のシートに深くもたれ、学習塾の方に目を向けている。阿久津から話しかけてくることなどないが、特に居心地の悪さを感じることはなかった。

学習塾から人が出てくるたびに、阿久津は身を起こして生徒たちの顔を観察していた。状況から考えて、おそらく阿久津が探しているのは木島家の一人息子だろう。中学二年生だと聞いている。学校が終わったら塾に行くと奥さんが言っていた。息子が通っている塾を調べ上げ、阿久津はこうして見張っているわけだ。何か話を聞きたいのだろうか。

空腹が限界まで近づいていたので、歩美は財布をとりだし阿久津に声をかけた。

「私、何か買ってきますよ。私にご馳走させてください。私が勝手についてきたようなもんやし。あっ、うっかり八兵衛。お金おろすの忘れてた」

阿久津はくすりとも笑わない。反応すらしない。東京の人にはボケとツッコミという概念すらないのだろうか。そう思いながら、歩美は財布の中身を再度確認する。やはり紙幣は一枚も入っておらず、小銭入れに三百円ほど入っているだけだ。歩美は阿久津に向かって頭を下げた。

「阿久津さん、千円でいいから貸してもらえませんか？」

阿久津は何も言わず、財布から千円札を一枚出してくれた。それを受けとった歩美はドアを開け、屋台に向かって走った。たこ焼きを一パックと二本のペットボトルの冷たい緑茶を買い、急いで車に戻った。

「どうぞ。これ、食べてください」

パックを開けると、ソースの香ばしい匂いが車内に漂った。爪楊枝をたこ焼きに刺して、阿久津の方に向ける。阿久津はなかなかたこ焼きをとろうとしない。

「もしかして、たこ焼き嫌いですか？」

阿久津は答えず、首を捻《ひね》った。嫌いというより、わからないといった感じの仕草だった。

「まさか、たこ焼き食べたことないんですか？」

「うん」

んなアホな。たこ焼きとは国民食ではないのだろうか。いや待てよ、もしかするとそう思っているのは関西人の私だけで、東京の人はたこ焼きなんて食べないのかもしれない。いやいや、それはない。この男が特殊なのだ。現にああして屋台も出ているではないか。

「いいから食べてみてください」

「苦手なんだよね」

「たこが？」

「違う。こうして一つのものを一緒に食べるっていうか……」

シェアするのが苦手ってことか。さすが王子様だ。でも買ってきたたこ焼きは一パックだけだ。

「私、まだ口つけてないですから、どうぞ」

そう言ってパックを押しやると、阿久津は恐る恐るといった感じで爪楊枝に手を伸ばした。五秒ほど爪楊枝に刺さった物体を観察したあと、阿久津はたこ焼きを口の中に放り込んだ。かなり熱かったようで、阿久津はハフハフ言いながら、目を白黒させていた。緑茶のキャップを開けて、阿久津の左手に持たせてあげた。世話が焼ける男だ。

「どうです？　美味しいですか？」

歩美が訊くと、阿久津がうなずいた。

「うん。美味しいね。でも僕は緑茶よりコーラの方がよかったかな」

歩美も一つ食べてみる。やはりたこ焼きは美味しい。最高だ。

「ほら、遠慮しないでもう一つ」

そう言って歩美がパックを差し出したときだった。阿久津の顔が真剣なものに変わった。阿久津は爪楊枝を手にしたまま、真っ直ぐに学習塾の入り口を見つめていた。

ちょうど授業が終わったらしく、学習塾の入り口から、さまざまな制服を着た生徒たちが出てきたところだった。多くが徒歩で駅の方に流れていく。

阿久津は生徒たちの中に目当ての人物を見つけたようだった。小さくうなずいて言った。

「行こう」

「尾行ですか？　誰を尾行すればいいんですか？」

「あの子だ」

阿久津の視線の先には多くの子供がいるので、誰のことを言っているのかわからない。阿久津は続けて言った。

「駅に向かった……。行こう、先回りできる」


三鷹の住宅街は静まり返っている。夜の十一時になろうとしていた。たまに会社帰りのサラリーマンとおぼしき男性が歩いていくだけで、それ以外に人の往来はない。兼松家も寝静まっているようで、電気は完全に消えていた。ジャックのいない夜を、彼はどんな思いで過ごしているのだろう。

「さっきのたこ焼き、美味しかったですね」

「うん」

「大阪のたこ焼きはもっと美味しいんですよ。さっきのも悪くなかったですけど」

「うん」

「それにしても、時の流れっていうのは残酷ですね」

今日の午後、阿久津とともに木島家の近所を聞き込みをして歩いた。木島家の評判を探るのが目的だった。主婦というのはお喋りなもので、こちらが訊いていないことまで話してくれた。

主婦たちの噂話によると、木島家の夫婦仲が冷え始めたのは、三ヵ月ほど前からだったらしい。ご主人の帰りが遅くなり、奥さんが旦那さんの浮気を疑い始めたことがきっかけだった。奥さんが問い詰めても、残業だからという言い訳が返ってくるだけで、奥さんの不安ばかり募っていったという。休日にも接待ゴルフという名目で家を空けてしまう夫に対し、奥さんはいい加減愛想が尽きたようだ。もう駄目かもしれない、私たち。そんな弱気な発言が、最近の奥さんの口から洩れることもあるみたいだ。

「ほんまに木島さんところのご夫婦、離婚してしまうんでしょうかね」

阿久津は答えず、首を捻るだけだった。

「旦那をとっちめてやればいいんですよ。私だったらそうしますもん」

不健康そうだった奥さんの顔を思い出した。毎日、あれこれ思い悩んでいるのだろう。

1　パピーウォーカー

「来たよ」

阿久津の声に歩美は顔を上げた。道路の向こう側から黒い人影が近づいてくるのが見えた。あたりを警戒しているような足どりだった。歩美は相手に見つからないように、シートに深く身を沈めた。隣を見ると、阿久津も同じ姿勢で窓の向こうを見据えている。

一瞬だけ街灯に照らされた人影を見て、歩美は息を飲む。制服を着た少年だったからだ。少年は兼松家の自宅に近づいていき、門の近くで立ち止まった。

一分ほどだろうか。少年は兼松家の門の前でこそこそと怪しい動きをしてから、一目散に逃げ去っていった。少年の姿が通りの向こうに消えるのを見届けてから、阿久津がそっとドアを開けた。歩美も同じようにドアを開け、外のアスファルトに降り立った。

忍び足で兼松家に向かった。門の前で立ち止まった阿久津は、郵便受けに目を向けた。アルミ製の郵便受けだった。

阿久津は郵便受けの裏に手を伸ばし、何かを探している様子だった。

心臓が音を立てていた。いつ兼松が起きても不思議ではない。こんな場面を見つかってしまったら、まるで私たちが泥棒だ。

阿久津は郵便受けの裏から何かを摑《つか》みとり、そのまま忍び足で引き返していく。歩美も阿久津の背中を追うようにして車まで戻った。運転席に乗り込んだ歩美は、阿久津が右手に握っている細長い物体を見て、首を傾《かし》げた。

「何ですか？　それ」

阿久津はポケットからスマートフォンをとり出し、何やら操作を始めた。しばらくして阿久津はスマートフォンの液晶画面をこちらに見せた。歩美はそれを奪いとり、目を凝らして画面を見た。

どこかの通販サイトだった。超音波発生器と言われる代物がそこに映っている。阿久津が手にしているものと形状がよく似ている。

「これって……」

つぶやくように言い、歩美はサイトの商品説明を読む。人間の耳には聞きとれない超音波を発生させる機器で、畑などの鳥獣被害対策で使用されるものらしい。発生させる音は二〇キロヘルツとあったが、それがどの程度の音なのか、歩美にはわからなかった。

「二〇キロヘルツって、どのくらいの音量なんですか？」

「人間にはほぼ聞こえない」

阿久津が短く答えた。

「聞こえないんですか。あっ、でもちょっと待てよ」

耳で聞きとることができる音域、つまり可聴域は人間と犬とでは決定的に違う。犬の方がはるかに聴力が優れているからだ。阿久津が歩美の心の中を見透かしたように言った。

「五倍」

「犬の聴力は人間の五倍ってことですか……」

犬の雷嫌いは一般的にもよく知られているが、犬という生物は音に敏感だ。寝ているときでさえ、聴覚だけは活動しているという。

「あかん、あかんって。そんなの拷問じゃないですか。ジャックは毎晩騒音を聞かされていたってわけですか」

阿久津がうなずきながら、超音波発生器の裏蓋を外し、そこから乾電池を引き抜いた。

「それにしてもあの子は誰なんですか？　それになぜ、阿久津さんはあの子がここに来ることに気づいたんですか？」

「木島さんの息子さん。電池の交換に来たんだよ」

やはりあの少年は木島家の息子さんだったのだ。半ば予期していたことではあるが、歩美は改めて疑問に感じた。木島家の息子さんが、なぜこんな酷《ひど》い真似を……。

阿久津は困ったような表情をして、超音波発生器に視線を落としている。歩美は頭をかきむしりながら言った。

「どうなってんのやろ。さっぱりわかりません。阿久津さんもわかりませんよね。いったい何がどうなってるか」

隣で阿久津が首を振った。

「僕には全部わかっちゃった。だから困ってる。どうしたらいいのかわからないから」

んなアホな。歩美は阿久津の顔をまじまじと見つめた。阿久津は鼻の頭を指でかきながら、小さく溜め息をついた。

「奥様、お構いなく。今日は息子さんはご在宅ですか？」

歩美がそう訊くと、お茶の用意をしていた奥さんが怪訝そうな表情を浮かべて言った。

「息子ですか？　ええ、今日は土曜日なので自分の部屋で勉強をしているはずです。午後からは塾に行くと言っていましたけど」

「今日は息子さんに少しお話があるんです。呼んでいただけると有り難いのですが」

「え、ええ。そういうことでしたら」

奥さんはタオルで手を拭いてから、リビングの脇にある階段の下へ行き、二階に向かって声をかけた。「弘明《ひろあき》、ちょっと降りてきてくれるかしら。盲導犬センターの方があなたにお話があるみたいよ」

一夜明け、歩美は阿久津と一緒に再び木島家を訪れていた。ご主人は外出しているようだった。しばらく待っていると、二階から一人の少年が姿を現した。ひょろりとした体格の男の子で、眼鏡をかけている。頭のよさそうな子だった。

弘明はこちらを見向きもせず、ソファに座って手にしていたスマートフォンをいじり始めた。今どきの子供といった感じだ。弘明の隣に座った奥さんの方が、よほど深刻そうな顔をしている。二日続けて歩美たちが訪れたことに警戒心を抱いているのは明らかだった。

「早速ですが、ジャックのことです」歩美は単刀直入に切り出した。「ここ数日、ジャックの様子がおかしかったので、私たちは調査をしていました。その結果、こんなものが兼松さんのお宅の郵便受けから発見されました」

歩美は例の超音波発生器をテーブルの上に置いた。奥さんは不思議そうな顔でテーブルの上に視線を向けたが、弘明はスマートフォンから目を離そうとしない。

「これは超音波発生器といって、人間には無害ですが、犬にとっては騒音ともいっていいノイズを発生させる機器です。何者かが兼松さんのお宅に仕掛けたんですよ」

「ちょっとお待ちください」たまりかねたように奥さんが口を挟んだ。「おっしゃっている意味がよくわかりません。それより兼松さんというのはどなたなのですか？」

「現在、ジャックと一緒に暮らしている方。そう言えばおわかりでしょう。木島家のどなたかが、この装置を兼松さんのお宅に仕掛けた。私たちはそう睨んでいます」

奥さんが目を丸くして言った。

「仕掛けただなんて、そんな……。だって私たちはジャックがどこにいるかなんて知りようがないんですよ。言いがかりもいいところですわ」

「それがそうでもないんです。ネットさえ使えれば、ジャックの居所を知ることは可能です」

歩美は説明した。兼松は旅行を趣味としていて、旅行先で撮った写真をブログに掲載していること。ブログにはジャックの写真も載っていて、短い日記風の文章もそこに書かれていること。

「本来、自分が飼っていた仔犬が、どこで暮らしているか、パピーウォーカーに知る手立てはありませんでした。ただ、今は違います。盲導犬。ジャック。そうネットに入力して検索すれば、兼松さんのブログに辿り着くことができるんです。私たちハーネス多摩では生まれてすぐに名前をつけて、その名前を途中で変更することはありません」

施設によって異なるが、中日本盲導犬協会では仔犬が生まれた場合、つける名前は決まっている。オスとメスに分けて、アルファベット順に名前をあらかじめ準備しているのだ。たとえばオスでAならアーサーとかアレクとかアトムといった具合に、名前の候補を用意しておくのだった。いちいち生まれるたびに考えていたら時間が足りないからだと言われている。

「つまりジャックという名前の盲導犬を捜すことは物理的に可能です。これはネット社会の生んだ功罪といえるでしょう。息子さんが手にしているスマホなら、それができるんです」

弘明はスマートフォンから目を離そうとしなかったが、指の動きはぴたりと止まっていた。歩美の言葉に耳を傾けている証拠だった。

「それとこんなものも兼松さんのご自宅の前に落ちていました」歩美はそう言いながら、半透明の包装紙に包まれたキャラメルをテーブルの上に置いた。「見ての通り、キャラメルです。まるでジャックをおびき出そうとするかのように、道路に点々と落ちていました」

奥さんが首を傾げて言った。

「キャラメル？　なぜそんなものが……」

「パピーウォーカーのご家庭には、こちらで指定したドッグフード以外は食べさせないよう、そう指導しています。奥様もご存じのこととは思いますけど。でもこう考えることはできませんか。奥様の目を盗んで、こっそり別の食べ物をジャックに与えていた人間がいた」

そのときだった。玄関の方でインターホンが鳴るのが聞こえた。腰を浮かしかけた奥さんを制し、歩美は阿久津に対して目配せを送った。

「私たちが呼んだゲストが到着したようです。こちらにお連れしてよろしいですか？」

ずっと黙っていた阿久津が立ち上がり、玄関の方に向かって歩いていった。残された歩美は奥さんと弘明の二人を交互に見る。奥さんの方が困惑している様子だった。その不安な胸中が伝わってくる。弘明の表情は変わらないが、彼も内心激しい動揺を覚えているに違いない。しかしそれは歩美も同じだ。今まで流暢に話してきたはいいが、ここから先はわからない。阿久津だけが真実を知っている。

「ジャック？」

奥さんがそう声を上げた。阿久津に先導されてリビングに入ってきたのは、兼松だった。その隣にはハーネスを装着したジャックがぴったりと寄り添っている。

「ジャック？　ジャックなのね？」

奥さんの声はわずかに上擦っている。久し振りの対面にやや興奮しているようだ。弘明も顔を上げ、感情のこもっていない目でジャックを見ていた。

「ジャックです。そしてこちらはジャックのパートナーである兼松さんです。ご無理を言って来ていただいたんですよ」

濃いサングラスをした兼松が、奥さんたちが座っている方に向かって頭を下げた。かつてのパピーウォーカーと現在のユーザー。両者が顔を合わせるというのは滅多に見られない光景だ。

「ジャック。元気だった？　ジャック」

奥さんが嬉しそうに呼ぶが、ジャックは何も反応しない。主人の顔色を窺《うかが》うように、兼松を見上げて鼻をひくひくさせているだけだ。感動の対面というには程遠い再会だ。奥さんががっくりと肩を落とす。

「私たちのこと、忘れてしまったんですかね」

「仕方ありませんよ。ジャックの今の飼い主は兼松さんなんですから。この家を出てから、もう六年間も経つんです」

歩美はそう言って、阿久津を見た。ここから先は阿久津に任せるつもりだった。彼が謎を解いたのだから、彼自身の口からそれは明かされなければならない。それに阿久津はジャックを訓練した当の本人なのだから。

「あとはお願いします、阿久津さん」

「うん」そう言って、阿久津はうなずいた。「今回、ジャックに仕掛けられたいたずらは、木島さんのご家族の誰かの仕業だ。僕はそう考えました」

「そんな……。私たちがジャックにいたずらなんて……」

「ねえ、ジャック」阿久津がその名を呼ぶと、ジャックが舌を出して阿久津の顔を見上げた。

「君がこの家にいた頃、この家には小学校二年生の男の子がいた。その男の子はお母さんたちに内緒で君にキャラメルをあげていた。だから君の好物はキャラメルだった」

阿久津を見上げるジャックの顔は、本当に阿久津の話を理解しているかのようだった。

「男の子はまずはキャラメルで君をおびき出そうとした。でも失敗した。落ちている物を勝手に食べないよう、君は訓練されているから」

弘明の顔は蒼白だった。スマートフォンを握る手も小さく震えている。

「次に男の子は超音波発生器を手に入れて、兼松さんのお宅に仕掛けた。君が体調を崩せば、引退させられると思ったから。そして、センターに引退後の君を引きとる希望申請書を出した」

「ちょっと待ってください」奥さんがとり乱したように言った。「何を仰っているか、私にはわかりません。ジャックを引きとる？　うちで？　なぜ弘明がそんなことを……」

いたずらを仕掛けたのは弘明である。それは昨夜の段階から判明していた事実だった。しかしその動機が不明だった。ジャックを引きとって、いったい弘明は何をしたかったのか。

その疑問に答えるように、阿久津が言った。

「ジャック、君が戻ってくれば、すべてが元通りになる。その男の子はそう思ったんだ。家族みんなの仲がよく、その中心に仔犬だったジャックがいた、あの頃みたいに」

まるで氷が溶け出すように、胸のつかえが消えていくのを歩美は感じていた。ジャックをとり戻せば、あの頃の生活が戻ってくる。夫婦仲が冷え切った家庭を見て、弘明なりに考え抜いた結論なのだ。

「ところで奥さん」阿久津がジャックから視線を外し、奥さんに目を向けた。「今日、ご主人はどちらに行ったか、知ってますか？」

「そ、それは……仕事だと言って出かけていきましたが」

戸惑ったように奥さんは答えた。ご主人の言葉を疑っているのが伝わってきた。どうせ仕事だと嘘をついて女のところに行っている。きっと彼女はそう思っていることだろう。

「最近、ご主人の様子に変わったところはありませんか？　急に痩せたとか、急に陽に焼けたとか」

何を言っているのだろうか。阿久津の質問の真意がわからずに、歩美は首を捻った。しかし奥さんには思い当たることがあったようで、口に手を当てて答えた。

「なぜわかったんです？　うちの主人が急に陽に焼けたことを……」

「理由はご存じですか？」

「部署が替わり、営業部に異動になった。そう言っていました。休日にも接待ゴルフに行くことが多いですから」

「本当に、そうかな」阿久津が首を傾げて言った。「今は六月です。僕はサラリーマンをしたことがないからわからないけど、この時期に異動というのは少ないと思います」

「主人が嘘をついているとでも？」

「僕もわかりません。ご主人に直接訊いた方がいい」

奥さんは戸惑ったように視線を彷徨《さまよ》わせていた。歩美にも阿久津の言わんとしていることがわからなかった。しかし阿久津はその疑問を放り投げたまま、再び弘明に視線を移す。

「弘明君、君がジャックにしたことは、絶対に許されることじゃない。でも兼松さんは許してくれるって。心から反省しないといけないね」

弘明はスマートフォンを置いて、両手を膝の上で握って俯いていた。唇がわなわなと震えている。阿久津は続けて言った。

「ねえ、弘明君。残念だけどジャックは今では兼松さんのパートナーなんだ。ジャックはとても優秀な盲導犬だし、まだまだこれからも現役を続ける。定年退職した兼松さんと一緒に海外旅行もする。ジャックにはそんな大役が待っている」

阿久津のあとを追うように、兼松がジャックの頭を撫でながら言った。

「ええ、その通りです。ジャックがいなければ私の人生は違うものになっていた。そう断言できます。弘明君、だったよね？　君は三鷹にある私の家までジャックに会いに来たんだね。私と一緒に歩くジャックを見て、どう思ったんだい？」

「く、悔しかったんだ」弘明が震える声で言った。彼の声を聞くのは初めてだった。「僕の顔を見てもジャックは知らんぷりをした。あんなに大好きだったキャラメルを置いても、全然反応しなかった。悔しかったし、すごく悲しかったんだ。だから僕は……ああするしか方法がなかったんだ」

それは違う。歩美は心の中でそう叫んだ。歩美の言葉を代弁するかのように阿久津が口を開く。

「まあ無理もないよ。でもジャックは決して君のことを忘れたわけじゃないんだ。むしろ今でも君のことが大好きだよ」

弘明がジャックを見て言った。「で、でも……」

阿久津が膝をつき、ジャックの胴体部分に手をやりながら言った。

「この胴輪のことをハーネスというんだ。ハーネスをつけているときは仕事中だと盲導犬は徹底的に教え込まれているんだよ。ハーネスを装着しているときのジャックは、兼松さんの指示にしか従わない。たとえどんなことがあってもね。兼松さん、よろしいですか？」

阿久津がそう言うと、兼松がこっくりとうなずいた。その口元はほころんでいる。阿久津はジャックのハーネスを外し、その頭を撫でながら、言った。「よし。いいぞ、ジャック」

その言葉を待っていたかのように、ジャックが「ワン」と鳴いてから躍動した。手前側にあったソファを跳び越え、尻尾を振りながら弘明の胸に飛び込んでいった。ぶつかってきたジャックの重みに耐えられず、弘明はソファの上に横向きに倒れてしまう。ジャックは舌を出し、弘明の顔をぺろぺろと舐めていた。

くすぐったそうな顔をしながらも、弘明はジャックをがっちりと抱きとめていた。その両目からは涙が溢《あふ》れ出していた。

「何とお礼を言っていいか……。本日はありがとうございました」

奥さんに見送られ、歩美たちは木島家を辞した。兼松はもう少し残っていくと言っていた。まあそれもいいだろう。弘明もジャックともう少し遊びたいに違いない。

「上出来でしたよ、阿久津さん。やればできるやないですか」

「まあね」

歩美がそう言うと、阿久津はぶっきらぼうな口調で言った。

「とにかく帰りましょう」

車に乗り込もうとしたとき、通りの向こうから一台の自転車が近づいてくるのが見えた。紺色の警備服のようなものを着ている男性が乗っていた。男性は歩美たちの前で自転車を停め、阿久津に向かって頭を下げた。

「阿久津さん、本当にいろいろありがとうございました」

「どうも」

「メールをいただき、ありがとうございました。まさか弘明がそんなことをしていただなんて、想像もしていませんでしたよ」

男がそう言って頭をかいた。その話の内容から、男が弘明の父親、つまり木島家のご主人であることがわかった。陽に焼けた顔を見て、阿久津が不可解な質問を奥さんにしていたことを思い出す。でもなぜだろう。なぜこの人は警備服なんかを着ているのか。外資系の商社に勤めているのではなかったか。

「私、岸本といいます」歩美はぺこりと頭を下げてから、目の前にいる男性に訊いた。「どういうことでしょうか？　木島さんは商社にお勤めではないんですか？」

木島家のご主人は照れたように笑った。

「お恥ずかしい話ですが、三ヵ月前に会社をリストラされてしまったんです。家族に心配をかけないよう、そのことは内緒にしていました。昼は職探しをして、夜は交通整理のバイトをしていたんです」

そういうことだったか。陽に焼けている理由にも合点がいった。おそらく休日も返上して、バイトをしているに違いない。

「昨夜、阿久津さんからメールをもらって、驚きました。まさか弘明がそこまで思いつめているとは知りませんでした。今からすべてを家族に打ち明けるつもりです。本当にありがとうございました」

ご主人はもう一度深々と頭を下げた。阿久津は困ったように赤面している。頭を上げたご主人が言った。

「それでは失礼します。昼休みは一時間しかないんです。この機会を逃すと、二度とジャックに会えないかもしれない」

立ち去ろうとしたご主人に向かって、歩美は声をかけた。

「木島さん、リタイヤした盲導犬を引きとる制度があるのは知っていますか？　もしよかったらご検討ください。その制度については息子さんがよくご存じです」

「わかりました。弘明に聞いてみます。ジャックを受け入れるためにも、私も頑張らなければなりません」

木島家のご主人はそう言って自宅の玄関に向かっていった。いろいろあったが、木島家のこれからは安泰なのかもしれない。それにジャックを兼松のもとに戻すことができて一安心だ。

盲導犬を育成するだけが訓練士の仕事ではない。よく先輩の訓練士に言われてきたが、いまいち理解できなかった。しかし今回の件を通じ、その意味がわかったような気がした。盲導犬と、その周りをとり囲むすべての人間関係に目を配ることが、一人前の盲導犬訓練士の仕事なのだ。

悔しいが阿久津という男はそれを完璧に体現していた。歩美が理想とする姿が、そこにあった。

車に乗り込んだ。阿久津が小さな声で「よっこい庄一」と言う。歩美はその声を聞き逃さなかった。

「阿久津さん、今、よっこい庄一って言いましたよね」

「言ってない」

「いや、言いましたよ。私、聞きましたもん」

「言ってないって」

歩美は自分が笑っていることに気がついた。調子に乗って歩美は阿久津に訊いてみる。

「あのう、阿久津さんにとって、盲導犬って何ですか？」

阿久津は答えない。ずっと訊きたかったことだが、やはりそう簡単には答えてくれそうにない。エンジンをかけようとすると、助手席で阿久津が前を向いたまま言った。

「奇跡だね、ある意味。こんな風に言ったら視覚障害者の方々の気持ちを害しちゃうかもしれないけど、晴眼者は盲導犬を持てないんだよね。たまたま目が見えなくて、盲導犬が欲しくなって、申請して選ばれて、盲導犬と一緒に歩けるようになる。奇跡としか考えられない」

奇跡か。つまり大袈裟に言えば、そういう奇跡を演出するのが、盲導犬訓練士の仕事ということになる。そう考えると少し誇らしい。

お祖父《じい》ちゃん、見てて。歩美は心の中で亡き祖父に語りかける。私、絶対に盲導犬訓練士になるからね。

「ほら、早く出して」

阿久津に催促された。「合点承知の助」と応じて歩美はエンジンをかけ、車を発進させた。

2

ステーション

2　ステーション

朝の通勤ラッシュは大忙しだ。梨田麻里子《なしだまりこ》はいつものように右手をドアの上に引っかけ、溢れそうになっている通勤客を背中で車内に押し込んだ。

電車の発車を告げるベルが鳴る。階段を降りてきた男性の通勤客がそのままの勢いで走ってきて、車内に乗り込んだ。乗る、というより、ぶつかってくると言った方が正解だろう。それでも男は何とか隙間を見つけたようで、奥へと消えていった。

ベルが鳴り止むタイミングで麻里子は電車から離れた。ドアが閉まり、電車が発車する。ホームから電車が走り去るのを見送ったが、これで終わったわけではない。朝は五分に一本の割合で上り電車が出るので、まだまだ終わることはない。

麻里子は今年で二十八歳になる。いわゆる駅員だ。駅員になりたかったわけではなく、これにはちょっとした事情がある。

麻里子が就職したのは大手百貨店であり、そこで企画とか宣伝などの仕事に関われたらいいなと就職時には漠然と思っていた。最初の二年間は渋谷にある本社で経理部に配属され、まあそれなりにＯＬっぽい仕事をしていたのだが、三年前に雲行きが変わった。系列会社である鉄道会社に出向となり、駅員になったのだ。自分が駅員になるなんて望んだわけでもなく、実はまだ実家の両親にも告げていない。

駅員になって三年が過ぎた。麻里子が配属された駅は新宿《しんじゅく》まで直通で二十五分と好立地であり、朝は通勤客で大変混み合う駅だった。昼間は駅の事務室で書類仕事をしているのだが、朝の七時から二時間程度、ホームに出て通勤客を電車の中に押し込む仕事を延々としなければならない。

次の電車が到着した。降りてくる客がほとんどいない。ぞろぞろと乗り込んでいく通勤客を見ながら、ある程度のタイミングで麻里子はドアの前に向かい、乗客たちを背中で押す。

配属された当初は大変だったが、今ではすっかり慣れたものだった。筋トレだと思うことにしている。全身の筋肉を使って押すことを心がけるのだ。お給料をもらってトレーニングをさせてもらっている。そう考えるようにした。事実、麻里子は二年前にずっと通っていた渋谷のボクササイズのジムを退会した。ボクササイズよりも満員電車の押し込む作業の方が運動になる。

ただし弊害もあった。二ヵ月くらい前から、麻里子のお尻を触ってくる不届き者がいるのだった。最初はたまたま手が当たっているのだと思っていたが、それが徐々にエスカレートしてきて、今では完全に撫で回すといった具合にまでエスカレートしている。まったく嫌になってしまう。

おそらくこの準特急だろうな。そんな予感とともに乗客たちを押し込んでいると、案の定、誰かの手が麻里子のお尻を撫で始める。それとなく車内を振り返ってみるのだが。大半の乗客がスマートフォンに目を落としている。気持ちの悪い時間が過ぎていく。

ようやく発車を告げるベルが鳴り響き、麻里子は電車から離れた。私のお尻に触っていたのは

2 ステーション

どこのどいつだ。もう一度乗客たちを見回すが、誰もこちらに目を向けようとしない。ドアが閉まり、電車が走り去った。

おそらく痴漢は一人だ。そいつが毎朝、麻里子を狙っているのだった。最近では朝の通勤ラッシュ時には女性専用車両もあり、若い女性の大半はそちらに乗る。となると女性専用車両以外の車両は、ある意味男性専用車両のような状態になってしまうため、触りたくても触る対象がいないのだ。そこで目をつけたのがうら若き美人駅員だった、と麻里子は勝手に推測している。

朝の筋トレタイム、いや通勤ラッシュも九時を過ぎるとようやく落ち着いてくる。そろそろ事務室に戻ってもいい頃かな。麻里子がそう思っていると、反対側の下りホームで年配の女性がこちらに向けて手を振っているのが見えた。今は上りのホームに駅員が集中しているため、下りホームに駅員はいない。女性はどう見ても手招きをしているようだったので、麻里子は階段を上って通路を歩き、反対側の下りホームに降り立った。

「どうかされました？」

麻里子がそう言って近づいていくと、女性は「こっちよ」と言いながら駅の東側に向かって歩き始めた。下りホームにも通勤客の姿は見えるが、上りホームに比べたら四分の一程度の人数だった。

ちょうど今、下りホームでは平日はほぼ毎日工事がおこなわれている。階段をエスカレーターに改修する工事が今年度から始まっており、今月一杯は下りホームでおこなわれていた。東側の階段は全面的に使用禁止になっていて、今は灰色のシートで覆われていた。階段が使用禁止になっているせいか、ホームの東側には客の姿がまばらだった。女性はさらにホームを東側に進み、一番端にあるベンチの前で立ち止まった。ベンチには誰も座っていないのだが――。

「ちょっと早く着いてしまったから、静かなところで休もうと思ったのよ」女性がベンチを指さして言う。「最初は気づかないで座ってしまったの。しばらく本を読んでいたんだけど、ふと下を見たら、この子がいたってわけ」

ベンチの下にその子はいた。腹ばいの姿勢で麻里子の顔を見上げている。犬だ。ラブラドール・レトリーバーといっただろうか。少し眠たそうな目と、それから垂れた耳が可愛かった。

お前、誰？

そんなことを言いたげな顔つきでラブラドール・レトリーバーは麻里子の顔を見上げている。こっちこそ、君は誰だと訊きたいくらいだった。

*

「歩美さん、王子様とは仲良くやってますか？」

盲導犬訓練施設の朝は掃除から始まる。スタッフ総出で掃除をするのが、朝の日課の一つだった。それが終わり次第、研修生は犬の餌やり、座学と通常通りの日課が進んでいく。

歩美がここ西多摩市にある中日本盲導犬協会の盲導犬訓練施設〈ハーネス多摩〉で働くようになって三ヵ月が経つ。最初は五人いた研修生も残念なことに四人に減ってしまっていた。辞めてしまった男の子は熱意も人一倍あった子なのだが、いつまでも続く下働きのような生活に嫌気がさしてしまったらしい。訓練生の日課は朝の掃除から始まり、午前中はほぼ座学。午後になって指導監督と言われる先輩訓練士の助手のような仕事が待っている。あくまでも補助的な仕事なので、直《じか》に訓練をするわけではない。

「まあまあちゃうかな。ていうか、そんなに話したりするわけじゃないけどね」

「おっ、噂をすれば何とやらってやつですね」

そう言って研修生仲間が指をさした。そこを歩いているのは先輩訓練士の阿久津だった。陰で王子様と呼ばれている訓練士だ。そのニックネームの由来は息を飲むほどの端整な顔立ちと、人と打ち解けようとしない気難しい性格にある。ただしとっつきにくいのは最初だけで、慣れてしまえば普通に話す男だと歩美は知っていた。実は歩美には、彼と仲良くしなければいけない理由がある。

この施設に来て四ヵ月目となった先週、研修生たちの指導監督が発表された。自分が阿久津と組むと聞かされたとき、驚きもあったが、心の中では「やっぱりな」と思っている自分がいた。先月、阿久津とともに三鷹に住む盲導犬ユーザーのもとを訪れ、それ以来、話せば挨拶はする程度の関係にはなっていた。挨拶といっても向こうはそれほど反応してはくれないのだけれど。

ほかのスタッフはモップを持って掃除に勤《いそ》しんでいるというのに、阿久津だけは早歩きでどこかに向かって歩いていく。歩美はその背中を追うことにした。一応私の指導監督なのだ。指導監督の動向を窺うのも研修生の仕事のうちだ。

歩美はモップ片手に移動を開始した。自分が尾行されていることなどまったく気づかない様子で阿久津は歩いていく。芝生の訓練場を通り過ぎ、犬舎の方に向かっていく。今日は天気がいいので、芝生の上を歩いているだけで気持ちがいい。ごろんと横になりたくなるが、たまに犬の糞が転がっていることがあるので要注意だ。

犬の様子でも見にいくのかしらと思っていたら、阿久津は犬舎の前も通り過ぎた。その先にあるのは医療棟と呼ばれる建物だけだ。しかし今は医療棟には犬はいないはずだった。

阿久津は医療棟の裏に消えていった。歩美は足音を忍ばせて、阿久津の消えた医療棟の裏手に入っていった。奥には犬小屋があり、その前で阿久津が座っているのが見えた。あんな場所に犬小屋があるなんて知らなかった。犬小屋といってもケージタイプのものではなく、市販されている家庭犬用の犬小屋だった。

「阿久津さん、何してるんですか？」

「餌やり」

犬小屋の前には一頭の仔犬が座っている。柴犬だった。尻尾を振り、嬉しそうに舌を出していた。すっかり阿久津に懐《なつ》いている感じだった。

「この子、何ですか？」

「名前？　名前は佐助《さすけ》」

「いや、そうじゃなくて……」

ここは盲導犬訓練施設であり、当然のごとく施設内では二十頭ほどの候補犬が常時暮らしている。候補犬というのは選ばれた犬たちであり、大抵の候補犬はラブラドール・レトリーバーだ。富士山の麓に中日本盲導犬協会が運営する施設があり、そこで生まれた盲導犬の候補生たちが国内にある訓練施設に送られている。中日本盲導犬協会ではラブラドール・レトリーバーが大半を占めており、柴犬は含まれていない。

「まさか阿久津さん、この子を盲導犬にするつもりですか？」

柴犬の盲導犬など聞いたことがない。少なくとも中日本盲導犬協会では柴犬を訓練することさえなかった。阿久津は佐助の頭を撫でながら答えた。

「うちのアパート、ペット禁止なんだよね」

「だからここで飼ってるんですか？」

「そう。センター長の許可は得てるよ」

んなアホな。家で飼えないから職場で飼う。本当にそんなことが許されるのか。あれこれ考えているとスピーカーからアナウンスが聞こえてきた。

『阿久津聡《さとし》、岸本歩美の両名は至急本館の事務室まで来てください。繰り返します、阿久津聡、岸本歩美の両名は……』

呼び出しだ。歩美は思わず阿久津に言っていた。

「阿久津さん、やっぱりこんなところで犬飼ったら駄目なんですって」

そう言っても阿久津は動じることはなかった。餌を食べる佐助をにこにこと見守っている。

三十分後、歩美は駅近くのコインパーキングに車を入れた。助手席には阿久津の姿もある。二人で車から降り、徒歩で駅に向かう。世田谷《せたがや》区と調布《ちょうふ》市の境界あたりにある駅だった。時刻は午前九時三十分になろうとしている。

駅のホームに盲導犬がいる。そういう通報がセンターに寄せられ、こうして足を運ぶことになったのだ。改札口の隣にある事務室を覗き込み、歩美は自己紹介した。応対してくれたのは制服を着た女性の駅員だった。名札には『梨田』と書かれている。

「こっちです」と梨田という女性駅員に案内される。「下りホームの一番後方のベンチの下で見つかったんです。うちの駅、今は階段を改修中なんですよ。せやから発見が遅れたみたいですね」

少し関西弁の訛りがある。それだけで急に親近感が湧いてくるのが不思議だった。

彼女の言う通り、エスカレーターの設置工事のため、一番近くの階段は使用できなかった。逆側の階段から降り、回り込むようにしてホームを東側に進む。東側の一番端のベンチの下にその子はいた。黄色いラブラドールだ。

ハーネスを装着している。盲導犬の証拠だった。タグにはユーザー名と犬の名前、それから緊急連絡先として〈ハーネス多摩〉の電話番号が書かれている。それでセンターに連絡したというわけだろう。阿久津に白羽の矢が立ったのは、この盲導犬を訓練したのがほかならぬ彼だからである。

「やあ、キース。久し振り」

そう言いながら阿久津が膝をつき、キースと呼ばれた盲導犬のあごの下を撫でた。たったそれだけのことでキースは目を細めて喜ぶ。

キースは二年前にセンターを出発していた。ハーネス多摩では盲導犬としてのキャリアをスタートさせることを「出発」と呼んでいる。キースのパートナーとなったのは栗原《くりはら》みなみという女性だった。年齢は今年で二十一歳になり、自宅はこの駅から徒歩十分のところにあった。一応自宅に電話をしてみたのだが、繋《つな》がらなかった。センターの事務員が今も連絡を入れているはずだ。

「盲導犬って偉いんですね。ああやってずっと待ってるってことなんでしょう」

梨田という女性駅員が言う。歩美は答えた。

「そうですよ。それが仕事ですからね。ウェイト、つまり待てという命令を下せば、ずっと大人しく待ってます。そういう風に訓練されていますから」

すでに駅中が捜索されたが、ユーザーである栗原みなみの姿は発見されていないらしい。盲導犬を置いたまま彼女がどこに行ってしまったのか。その謎を探るために歩美たちが派遣されたというわけだ。必要であれば警察に連絡を入れるようにセンター長から言われていた。

「みなみちゃん、どこ行っちゃったんだろうねえ。キース、知らない？」

嘘みたいな話だが、阿久津は犬と会話できるらしい。そのくらい犬のことをよく理解しているという意味のようだが、このように実際に犬と会話をしていることがたまにある。阿久津の話を理解しているのかどうかは不明だが、今もキースは阿久津の顔を見上げている。

「……そうか、知らないか。じゃあもう少し待ってみようか。みなみちゃん、早く帰ってくるといいねえ」

「あのう」と梨田という駅員が阿久津に向かって声をかける。「もしよろしかったら事務室においでになりますか」

阿久津はキースの頭を撫でながら素っ気なく答えた。

「ここで大丈夫です」

何て無愛想な男だろう。歩美は補足説明をした。

「もしもユーザーが自分の意思でキースをここにウェイトさせているのであれば、ユーザーは必ずここに戻ってきます。居場所を勝手に動かしたらユーザーが、栗原さんが困ってしまうんですよ」

納得してもらえただろうか。そう思って駅員の顔を見ると、彼女はこちらを見ていた。凝視していると言っても過言ではない。思わず歩美は訊いていた。

「あのう、私の顔に何かついてます?」

「ナラジョの岸本さんじゃないですか?」

ナラジョ。奈良市内にある女子高のことで、歩美が卒業した学校だ。地元の人でなければナラジョなどと略したりしないはずだ。梨田という女性駅員の顔を見る。見憶えはないが、歩美は答えた。

「ええ、そうですけど」

「やっぱり。最初見たときからそうやないかって思ったんですよ。いやあ、懐かしいな。あの岸本さんと会えるなんて」

　勝手に懐かしがっているが、生憎《あいにく》こちらはまったく心当たりがない。阿久津もまったく興味がないようで、キースに何やら話しかけている。

「愛人三号の岸本さん、ですよね。私、二号だった梨田麻里子です」

　愛人という言葉に反応したのか、阿久津が一瞬だけ顔を上げたが、すぐに何事もなかったように足元にいるキースに視線を戻した。


　奈良にいた頃に愛人やってました。それも三番目の。

　なんて言うとかなりの勘違いをされてしまいそうだが、実際そうだったのだから仕方がない。

　しかし世間一般で言う愛人より、もっとライトなやつだった。

　まず一人のイケメンがいる。バンドでボーカルをやっていて、ライブには女の子のファンが大挙して押しかけるような、わかり易いイケメンだ。彼は奈良市内にある男子校に通っていて、歩美より一学年上だった。下手すればこの人、本当に芸能界とかにデビューしちゃうんじゃないかしら。そう思ってしまうほどの人気ぶりだった。

　高校二年生の夏、歩美は友達に誘われてそのイケメンのライブに行った。実物を見るのは初めてで、想像以上に彼はかっこよかった。ライブ終了後、彼の友達を名乗る男の子に声をかけられた。その子に誘われて向かった打ち上げの席で彼と対面し、連絡先を交換してその日は別れた。

　後日二人きりで会わないかと誘われた。

初めてのデートは駅前にある近鉄百貨店だった。その後はカラオケに行き、なぜか付き合うことになった。付き合うといっても彼はバンド活動のほかにサッカー部にも所属していて、多忙を極めていた。月に一度、会えればいい方だった。

結局二人きりで会ったのは五回くらいだっただろうか。その間、手を繋ぐこともなかった。別れたきっかけは噂だった。何でも彼は二股どころではなく、複数の女性と交際しているというものだった。その噂によると、彼には幼馴染みである本妻のほかに三人の愛人がおり、その三番目の愛人というのが歩美だというのだ。愛人三号。陰で歩美はそう揶揄されていたらしい。

馬鹿にするのもいい加減にせえ、と歩美は憤慨し、電話帳から彼のデータを削除した。歩美にとって封印したはずの過去であり、黒歴史とも言えた。まさかその黒歴史がこんなところでよみがえるとは想像もしていなかった。

「うわあ、めっちゃ懐かしい。何かあの頃を思い出しますね」

麻里子はそう言って勝手に盛り上がっている。しかし歩美は彼女のことを知らなかった。それを素直に彼女に告げる。

「すみません。私、あなたのことを存じ上げなくて……」

「いやいや、全然構いませんって。私、一度あなたのことを見たことがあるんです。彼と一緒に歩いてるとこ。持ってたクレープを投げつけてやろうかと思うたけど、やめといて正解でしたわ。あんな男のためにクレープ無駄にするのも腹立たしいですから」

イケメンに騙《だま》された哀れな女子高生たち。時が経ち、そのうちの二人が再会したのだ。しかも東京で。人生というのはまったく不思議なものだ。

ただしその縁に驚いているわけにはいかない。歩美も仕事中だし、彼女だってそうだろう。麻里子も自分が仕事中であることを思い出したのか、制帽を被り直して言った。

「ところでこの盲導犬の飼い主ですが、ご家族の方に連絡は？」

「自宅は留守でした。ユーザーは女性で、都内の大学に通っているそうです。ご両親と暮らしていると思うんですが……」

そのときだった。一人の女性がこちらに向かって歩いてくるのが見えた。どこかの会社の制服を着ており、年齢は四十代後半くらいかと思われた。すると阿久津が立ち上がり、女性に向かって頭を下げた。女性の方も頭を下げてから言う。

「すみません、阿久津さん。わざわざお越しいただいて。娘がご迷惑をおかけして申し訳ありません」

栗原みなみの母親だろう。センターから連絡があり、職場から急遽駆けつけたに違いない。阿久津は挨拶を済ませてすぐにしゃがみ、またキースに何やら話しかける。本当に社交性がない人だ。仕方ないので歩美は母親に向かって状況を説明した。

「キースをここに残したまま、娘さんは行方をくらましてしまったようです。娘さんがどこに行ったのか。心当たりはありませんか？」

「さあ」とみなみの母親は首を捻った。「今日もいつもと同じ時間に家を出ていきました。てっきり普通に学校に行くものだと思っていたんです。さきほどセンターから電話があって、すぐに娘に電話をしてみたんですが、どうやら電源が切られているみたいで……」

「娘さんのお友達の連絡先はご存じありませんか？　娘さんが大学に行っているかどうか、それだけでも聞いておくべきだと思いますが」

「あ、そうですね」

そう言ってみなみの母親がスマートフォンを出し、操作し始めた。しばらくして彼女が話す声が聞こえてきた。

「どうしましょうか？　警察を呼んだ方がいいですかね」

麻里子が訊いてくる。どうするべきだろうか。視覚障害者の女性が盲導犬を残したまま姿を消す。本来であれば警察に通報してもおかしくはない事案のような気がする。しかし私の判断だけでは――。

「警察は呼ばなくていい」

阿久津が座ったまま言った。素っ気ない言い方だが、かなり自信に満ち溢れた口調だった。思わず歩美は訊いていた。

「どうしてですか？　どうして警察を呼ばなくていいんですか？　何かしらの犯罪に巻き込まれた可能性あるんじゃないですか。キースがそう言ってるとか言わんでくださいよ」

「盲導犬訓練士としての意見だよ」阿久津はキースを撫でながら続けた「キースがここにいるという事実が、彼女がさほど危険な状態にないことを意味している」

盲導犬というのはユーザーの指示に従うように訓練されている。つまりみなみは「ウェイト」

という命令をキースに与え、この場を離れたということだ。たとえばいきなり連れ去られるなど、そういう危険に遭遇した場合、指示を出している暇さえないはずだ。

「つまり彼女は自分の意思でキースに命令を与え、姿を消した。そういうことですか？」

「うん。待っていればそのうち帰ってくると思う」

みなみの母親が大学の職員と電話で話したようで、スマートフォン片手にこちらに近づいてきた。不安げな顔つきで彼女は言った。

「娘は大学に行ってないみたいです。一限目の語学のクラスを欠席してるようです」

「お母さん、大丈夫です」と歩美は言った。「ここで待っていれば必ず娘さんは戻ってきます。キースがここにいるのがその証拠です。と、うちの阿久津が申しております」

歩美は阿久津の方に視線を移した。飽きもせずキースと戯れている。ここで待つと言っても、どれだけ待てばいいのだろうか。歩美は小さく溜め息をついた。


一時間が経過した。いっこうにみなみが戻ってくる気配はない。歩美はみなみの母親とベンチに並んで座っている。ベンチの横には阿久津とキースが並んで座っていた。阿久津の方はホームに直接尻をつけて座っているわけだが、もともとそういうところに頓着がない人のようだった。例の愛人二号の駅員は仕事に戻っていた。

「娘は特別支援学校に通っていたんです」

隣ではみなみの母親が話している。彼女は恵美《えみ》という名前で、特別支援学校の事務員をしているらしい。実は娘もそこに通っていたという。

「でも大学からはどうしても普通に自分の足で歩いて学校に通いたいというのが本人の希望でした。だから盲導犬が欲しい。娘がそう言い出したんです。自分から何かが欲しいとか言ったことがない子だったので驚きました。すぐにネットで調べて、ハーネス多摩に申し込みました」

申し込んだからといってすぐに盲導犬が手に入るわけではない。今、日本では盲導犬を必要としている希望者は三千人とも言われている。一方、日本各地に点在する盲導犬訓練施設において、年間で育成される盲導犬の数は二百頭にも満たない。需要と供給の差を埋めることはなかなか難しいのである。

「みなみの場合、二年待ちました。歩行訓練も楽しそうに通っていました」

実は訓練士の上にはさらなるステップがあり、それが歩行指導員だ。盲導犬を訓練するのが訓練士であるなら、歩行指導員というのは盲導犬使用希望者に対して文字通り歩行指導をおこなう。当然、阿久津は両方をこなせる訓練士だ。

「今では当たり前のように『行ってきます』と言ってキースと一緒に家から出ていくんです。キースと一緒に大学に通うようになって、顔つきまで明るくなった気がします」

ここに来る車中で阿久津から話を聞いた。キースはかなりやんちゃな性格をしていて、ハーネスを外すと飛び回って遊んでしまうような犬だったらしい。ユーザーと盲導犬の間にも相性があり、そういったものを見極めるのも歩行指導員の仕事だった。引っ込み思案なみなみにやんちゃなキースを合わせる。阿久津の選んだマッチングはうまく成功したようだ。

「それだけに不思議なんです。あの子が駅にキースを置き去りにしてどこかに行ってしまうなんて……」

母親としては心配だろう。本当に警察に届けなくてもいいのだろうか。そんな不安が頭をもたげてくるが、阿久津はキースの隣で呑気に胡坐《あぐら》をかいている。

「本当にあの子、無事なんでしょうか。実は今、主人が入院しているんです。来週に手術を控えてて、ちょっと娘にかまってる余裕がなかったんです。もしかしてそれで、あの子……」

恵美は涙ぐんでしまう。ハンカチを渡しながら歩美は訊いた。

「ご主人、大変なんですか？」

「ええ、まあ。発見が早いから助かるだろうとはお医者さんは言っています。そう言われても不安ですよね、やっぱり。あの子もかなり心配しているんだと思います」

病名ははっきりと言わないが、多分ガンではないかと歩美は思った。旦那が手術を控えているといっても、恵美は仕事に行かないといけないわけだし、娘だって学校がある。今、栗原家はかなりの窮地にあることだけは想像がついた。しかしあくまでも家族の問題だ。盲導犬訓練士として深く立ち入るべきではない。

「キース、どうした？」

阿久津の声が聞こえ、歩美はそちらに目を向けた。ずっと腹ばいの体勢だったキースが、やや首を上げて反対側ホームの方向を見ているのだった。ちょうど上り電車が停車中で、まだホームは見えなかった。やがて発車のベルが鳴り、電車が新宿方面に向かって走り去った。

ホームが見えた。電車から降りた乗客たちが階段に向かって歩いている。そんな中、一人の女性が白杖《はくじょう》片手にホームを歩いていた。小さなリュックサックを背負っている。

「みなみ」

そう言って恵美が立ち上がったが、意外に素早い身のこなしで阿久津が前に出た。

「栗原さん、心配しなくても娘さんはここにやってきます。キースを迎えにね」

五分ほど待っていると、ようやくみなみがこちら側のホームにやってきた。白杖で点字ブロックを確かめながら、ゆっくりとした足どりで歩いてくる。駅のホームというのは視覚障害者にとっては怖い場所だ。アナウンスが知らせてくれるとはいえ、電車が猛スピードで走ってくるのである。あまり近づきたくないという障害者の方もいるくらいだ。

みなみが立ち止まった。守ってあげたくなるような、可愛らしい感じの女の子だ。まだキースがいるベンチまで距離はあるが、彼女は何かしらの異変を感じとったようでもあった。阿久津が立ち上がり、キースを連れてみなみの前まで進んだ。

「みなみちゃん、久し振り」

「阿久津、さん？」

キースのハーネスのグリップをみなみに持たせた。それから阿久津は言った。

「駅員さんがキースを見つけてね、それで僕たちが呼ばれたってわけ。お母さんも来てるよ。じゃあまたね、みなみちゃん」

そう言って阿久津はすたすたと歩き始めてしまう。みなみが今までどこで何をしていたのか。

2 ステーション

訊きたいことは山ほどあった。それに盲導犬を駅に置き去りにするなんて、ユーザーとして許されることではなく、本来なら厳重注意を与えなければいけない。それなのに阿久津は注意の一つもしようともしない。本当にこのままでいいのだろうか。

しかし阿久津はすでにホームの柱に隠れて見えなくなってしまっている。歩美は栗原母子に向かって軽くお辞儀をしてから、一風変わった指導監督を追って歩き出した。

その日の夜、歩美は世田谷区の居酒屋にいた。午後になってLINEが入り、梨田麻里子から呼び出されたのだ。キースを栗原みなみに引き渡し、最後に駅員に挨拶しようと事務室に顔を出したとき、彼女に呼び止められてLINEを交換したのだが、まさかこれほど早く誘いがくるとは思わなかった。

「いやあ、運命やな、運命。愛人二号と三号が東京でばったり会う。こんな偶然滅多にあらへん」

「ちょっと、大きい声で愛人って言うの、やめてもらえますか?」

「本当のことやから仕方ないって。あんたは三号、私は二号。それはれっきとした事実なんだから。それより歩美ちゃん、敬語やめてええよ。一学年しか変わらんのやし」

そう言われると余計敬語で話したくなる。ただ、歩美にしても隣に座る梨田麻里子という女性に心を許しつつあるのも事実だった。そうでなければ初対面の人からの誘いに応じたりしない。やはり面白いもので、この広い東京で同郷の、しかも多少なりとも縁のある人に出会うというのは、それだけで嬉しいものだった。

「それにしてもイケメンやね、歩美ちゃんの彼氏」

「彼氏じゃないですから」

なぜか阿久津も一緒に来ていた。麻里子から連絡があったときに近くにいたので誘ってみたら、意外にもついてきたのだ。彼は今、唐揚げとオムライスを食べている。ただし歩美たちとシェアしようとはせず、自分で頼んだものを自分だけで食べている。歩美たちが頼んだ料理にも手を出さないことから、そういう主義なんだと予想できた。

「あだ名は王子様なんです」と歩美は小声で麻里子に耳打ちした。「言わないでくださいよ。本人傷つくかもしれないから。ちょっと変わり者なので」

「へえ、そうなんや。わかるわ、それ」

歩美は生ビールを飲み干した。二杯目は何にしようかとメニューを見る。通りかかった店員に生グレープフルーツサワーを注文した。麻里子も同じものを注文する。阿久津はコーラを飲んでいる。

「そういえば歩美ちゃん、ショウマ君とは会ってるの？」

「会ってるわけないじゃないですか」

則本昌磨《のりもとしょうま》。高校時代に一瞬だけ付き合っていたイケメン高校生の名前だ。四股かけられていると知ったときに連絡先を消去したため、以来連絡をとったことは一度もない。

「昌磨君、東京に来てるんだよ」

「会ってるんですか？」

「一度だけね。ＳＮＳで繋がっちゃって、何となく会うことになっちゃったの。まあまあイケメンやった。今は普通にサラリーマンやってるんちゃうかな」

懐かしい。当時の奈良市内における彼の人気は凄まじいものがあり、そのうち月９とかに出るんじゃないかと本気で思ったものだ。

「ところで今日の女の子だけど、どこに行ってたかわかったの？」

栗原みなみのことだ。気になったので夕方栗原家に電話をかけて母親から事情を聞いたのだが、みなみは今日の一件について何も喋ろうとしないらしい。

「彼氏のところにでも行ってたんじゃない」運ばれてきた生グレープフルーツサワーを飲みながら麻里子が言う。「大学生なんだよね。彼氏の一人や二人いてもおかしくない年代でしょ。デートでもしてたんじゃないかな」

それは歩美も考えた。夕方の電話で母親にその可能性を伝えたところ、母の恵美はそれを否定した。割とオープンな家庭らしく、家でもそういう話になるという。みなみには現在付き合っている男性はいないようで、そういう兆候すらないらしい。

「わからへんで。意外にうまいことやってるかもしれへんしな」

「そういう麻里子さんはどうなんですか？　いい人、いないんですか？」

女二人で飲んでいると——阿久津もこの場にはいるのだが——やはりこういう話になってくる。麻里子は笑って答えた。

「私はおらへん。ちょっかい出してくる男はいるけどね。それも毎日」

話を聞くと、痴漢の被害に遭っているという。駅員という仕事柄、毎朝のように満員電車に乗客を押し込む仕事があり、そのたびにお尻などを触られるというのだ。駅員というのも大変な仕事なんだと歩美は思った。

「どうして怒らないんですか?」歩美は麻里子に訊いた。痴漢をされて黙っているような性格には見えなかったのだ。「黙って触られているだけなんておかしいですよ。声に出して文句を言うべきですって」

「そうしたいところやけど、電車に乗ってる人って、私たち鉄道会社の人間にとってはお客様ということになるわけで、そういう人たちに向かって声を上げるっていうのが結構難しいところではあるんだよね」

「会社で決まっているんですか?」

「そういうわけじゃないけど、上司に相談してもうやむやにされるっていうかね」

少しくらい痴漢されても相手は客なんだから逆らうな。そういうことだろうか。だとしたら可哀想だ。毎朝見知らぬ男性に体を触られるのではたまったものではない。

「犬だって、触られたら吠えるよ」

ずっと黙っていた阿久津がぼそりと言った。その言葉に反応して麻里子が訊いてくる。

「盲導犬って吠えないように訓練されてるんじゃないんだっけ?」

「そうですね」と歩美は答えた。「仕事中は無駄に吠えないように教えています。でもハーネスを外せば普通に吠えますよ。こないだも……」

先月、ジャックという盲導犬をパピーウォーカーのもとに連れていった。ハーネスを外した途端、ジャックは嬉しそうに「ワン」と吠え、かつての飼い主の胸に飛び込んでいった。

「へえ、そうなんや。でも王子様、いや、阿久津さん。どうして私にそんなことを？」

麻里子の疑問はもっともだったが、阿久津は何も話そうとしない。黙ったままオムライスを口に運んでいる。オムライスと唐揚げという組み合わせが少々ヘビーだったのか、食べ始めた当初の勢いがなくなっていた。それでもシェアするつもりはないようで、黙々と一人で食べている。

阿久津はチラシのようなものを眺めていた。実はそのチラシ、麻里子が勤務する駅に置いてあったものだ。沿線沿いの観光名所などを案内するものだ。

「阿久津さん、どっか行きたいところあるんですか？」

歩美がそう訊いても阿久津はちょっと顔を上げただけで、何も答えようとしない。

まったく不愛想な王子様だ。歩美はそう思いながら生グレープフルーツサワーを飲んだ。

＊

今日も麻里子は朝からお尻を触られている。いい加減にしてほしい。それでも相手は巧妙というか、数秒触ったかと思うと、離してはまた触るという動きを繰り返している。もし注意をした場合でも、たまたま手が当たっただけと言い訳されたら何も言えなくなる感じだ。今日も朝からテンションは上がらない。

電車が走り去ったばかりだというのに、早くも上りのホームには通勤客が続々と集まり始めている。麻里子を触ってくる常習犯を乗せた準特急は走り去ったばかりなので、多少は精神的にも楽になった。ただし乗客を押し込むときには誰かしらと接触するわけであり、本当に潔癖症の人には務まらない仕事だと思う。

それでもやり甲斐もある。時刻表通りにホームに入ってきた電車が、きっちりと時刻表通りに発車していくときの快感。しかも電車には大勢の人が乗っている。乗客の一人一人がそれぞれ行きたい場所があるのであり、その手助けになっているという、ちょっと押しつけがましいプライドのようなもの。そういうもので麻里子は自分の心を満足させていた。

耳に装着したイヤホンから業務連絡が流れてくる。上りホーム中央のエレベーターから車椅子に乗った乗客がやってくるというものだった。車椅子のヘルプは麻里子の仕事ではない。しかし車椅子という単語から、一昨日この駅に盲導犬を置き去りにした女子大生のことを思い出した。同時にそれが縁で仲良くなった盲導犬訓練士の岸本歩美と、その同僚である阿久津聡のことも。

歩美はまだ研修生という立場らしく、阿久津の方が先輩のようだ。なかなかいいコンビだったと思う。あの二人、もしかしていい感じになるんじゃないのかしら。そんなことを思っていたときだった。向かいのホームに目が吸い寄せられた。

盲導犬を連れた女性が歩いている。この前の女の子だ。盲導犬の名前はキースといっただろうか。下りのホームは乗客はまばらだった。どういう風に指示を出しているのか定かではないが、

2 ステーション

二人は――正確には一人と一頭は――電車を待っている乗客にぶつからず、たまに立ち止まって進路を変えたりしつつ、ホームを歩いていく。

その様子を見守った。一番後方のベンチの前に辿り着くと、キースがベンチの下に寝そべった。女の子はしゃがんだ。しばらくの間、キースの頭を撫でていた彼女だったが、やがて立ち上がった。下りのホームに電車が到着することをアナウンスが告げている。

これって、一昨日と同じではないのか。

女の子が背負っていたリュックサックを下ろした。リュックの脇に挟むようにしてあった白杖をとり、再びリュックサックを背負った。白杖を右手に持ち、女の子はホームに立っている。キースはベンチの下で寝そべったままだった。

麻里子はポケットからスマートフォンを出す。仕事中はプライベートでの使用は認められていないが、これは仕事のようなものだ。一昨日登録したばかりの歩美に向かって電話をかけた。訓練中だとしたら繋がらない可能性もある。そう思っていたが、思いのほかすぐに通話は繋がった。

彼女の声が聞こえてきた。

「麻里子さん、どうしたんですか？」

「大変なの。またあの子がおるんや。一昨日のあの子が……」

「もしもし？　全然聞こえませんけど。麻里子さん？」

下りのホームに電車が到着して、その音で声がかき消されてしまう。仕方ないので通話状態のまま待つことにした。しばらく待っていると発車のベルが鳴り、やがて下り電車が走り出す。上りホームにも電車が到着するようで、アナウンスが流れていた。

下りのホームに目を向けると、やはり女の子の姿は見えなかった。ベンチの下でキースが顔を地面に置くように寝そべっている。

＊

「阿久津さん、駅に行かなくていいんですか？」

午前中の座学の休み時間に、梨田麻里子から歩美のもとに電話がかかってきた。例の栗原みなみという女子大生が、またしてもキースを置き去りにしたというのだった。センター長の小泉に相談したところ、阿久津と一緒に様子を見てこいと言われたのだ。小泉は協調性ゼロの阿久津のことをなぜか高く買っているのである。

駅に行くと思いきや、阿久津が指定してきたのは世田谷区内にある病院だった。一応阿久津は歩美の指導監督であり、逆らえる立場ではない。仕方ないので阿久津が示した病院に向かって車を走らせているのだが、なぜその病院に向かわなければならないのか、彼はまったく説明しようとしなかった。それでも歩美はしつこく食い下がる。

「駅に行ってキースの様子を見た方がいいんじゃないですか。もしあれなら私だけでも駅に
……」

「キースは大丈夫」と阿久津は素っ気ない口調で言った。「キースは優秀な盲導犬だからね。み

なみちゃんが戻ってくるまで大人しくウェイトしてるよ」

　まあ、それはそうだ。そういう風に訓練されているのだから。だからと言ってこのまま見過ごすわけにもいかないと思ったが、阿久津も阿久津なりに考えがあるのだろう。こう見えて優秀な盲導犬訓練士であるのは歩美も知っている。

　病院に到着した。結構大きな総合病院らしく、正面玄関の前には最寄り駅への送迎用バスも停まっていた。裏の駐車場に車を停め、阿久津とともに病院の中に足を踏み入れた。二人とも同じ紺色のスタッフジャンパーを着ているため、どこかの業者のように見えなくもない。阿久津は総合案内の看板を見上げてから、すたすたと廊下を歩き、エレベーターに乗った。降りたのは四階だった。

　ナースステーションの前を通り過ぎ、廊下を奥に進む。ある病室の前で阿久津は足を止めた。病室の前に貼られたネームプレートからして四人部屋のようだった。そのうちの一人の名前に歩美は注目する。『栗原利明《としあき》』と書かれていた。

「阿久津さん、これってまさか……」

　阿久津は何も言わない。いったん病室の前から離れ、廊下をさらに奥に進み、談話室という部屋に入っていった。入院患者やお見舞いに来た人が使用する部屋らしい。「あの病室を見張ってて」と言い残し、阿久津は椅子に座って腕を組んだ。居眠りするつもりのようだ。まったく人使いの荒い男だ。そう思ったが歩美自身も興味があり、阿久津の隣に座って病室の方を観察した。何だか探偵にでもなったような気分だった。

天気が良く、日差しが室内に降り注いでいる。何だか気持ちが良くなってくる。午前中からこんな風にくつろいでしまっていいのだろうか。

「……あ、みなみちゃん、こんにちは。今日もお父さんのお見舞いなんだ」

看護師の声で目が覚めた。いつの間にか眠ってしまったらしい。肩のあたりに重みを感じ、見ると阿久津の頭が歩美の肩に乗っていた。阿久津はすやすやと眠っている。声を押し殺して「阿久津さん、起きてください」と言い、歩美は阿久津の頭を真っ直ぐに戻しながら病室の方を観察した。ちょうど栗原みなみが廊下を歩いてくるところだった。キースも一緒だ。

「キース、シット（座れ）」

みなみがそう命じると、キースは病室の前でお座りをした。

「グッド。キース、ウェイト」

みなみが手を伸ばし、キースの頭を撫でた。キースは嬉しそうだ。みなみはキースをその場に残し、病室の中に入っていった。やはりあの病室に入院している『栗原利明』という患者は彼女の父親なのだろう。近々手術を控えているという話だ。

中でどんな会話がなされているか、気になるところだった。病室の方に向かおうとすると、肩に手を置かれた。振り返ると阿久津がいた。目を覚ましたらしい。彼は首を横に振った。

「もうちょっと待って」

「だって、気になるじゃないですか」

「いいから待って」

2　ステーション

そこまで言うなら仕方ない。黙って様子を見守ることにした。しばらく待っているとみなみが病室から出てきた。「グッド、キース」と声をかけ、再びハーネスのグリップを持って歩き始めた。病室の中にいたのは正味三分くらいか。お見舞いにしては短すぎるようにも思えた。

阿久津は談話室から出て、みなみの父親が入院している病室に向かって歩き始める。歩美もあとに続いた。

時刻は午前十一時になろうとしている。病室の中に入るとテレビの音声が聞こえてきた。栗原利明は奥の窓際のベッドにいるようだ。カーテンの隙間から中を覗くと、パジャマを着た中年男性がベッドの上に横たわっている。眠っているものと思われた。

なぜか阿久津が床に膝をつき、ベッドの下を覗き込んでいる。顔を上げた阿久津が満足そうにうなずいた。それを見て歩美も同じように膝をついてベッドの下を見た。

「これ、何ですか？」

押し殺した声で歩美は阿久津に訊いた。しかし阿久津は答えない。小さく笑っているだけだった。

ベッドの下の金具にお守りがぶら下がっている。それも一つや二つではない。全部で七つのお守りがぶら下がっている。もしかして、これはみなみの仕業なのか。

足音が聞こえる。阿久津が病室から出ていくのが見えた。歩美は立ち上がり、慌てて阿久津の背中を追った。

栗原みなみに追いついたのは一階のロビーだった。キースを左側に従え、みなみは歩いている。ところが阿久津はみなみに声をかけようとしない。まったく何なのだ、この男は。仕方ないので歩美が声をかける。

「栗原さん、こんにちは」

みなみが足を止めた。ユーザーが足を止めたので、当然キースも足を止めた。振り返ったみなみに向かって歩美は言った。

「先日駅でお会いした、ハーネス多摩の岸本です。阿久津も一緒に来ています」

すでに阿久津は膝をつき、キースの状態をチェックするように撫でたり触ったりしている。キースもされるがままだ。それは当然、阿久津がキースを訓練した訓練士であるからだ。

「阿久津、さん？」

「みなみちゃん、こんにちは」

そう言って阿久津は顔を上げ、外にあるバス停のベンチを指でさした。あそこで話そうという意味だと解釈し、歩美はそれをみなみに伝え、彼女を誘導して歩き始めた。

ベンチの隅にみなみを座らせる。バス停には数人の乗客がバスの到着を待っていた。みなみの足元に座ったキースの背中を撫でながら阿久津は言った。

「みなみちゃん、犬は今を生きているって僕が教えたの、憶えてる？」

「はい」とみなみは答えた。「犬というのは今この瞬間を生きている。だから明日のことを考えたり、昨日のことを思い出したりしない」

その通りである。歩美も座学で習った。犬は人間のように思索し、行動しているわけではないということだ。常に今この瞬間を生きているのである。その行動原理は本能に基づいており、たとえば盲導犬の場合、人間に褒めてほしいからという理由で、段差を回避したり、障害物をよけたりしているのだ。

「たとえば今、僕がキースに嫌なことをしたとする。頭を叩くとか、靴で尻尾を踏んづけるとかね。キースは嫌がると思うけど、すぐに忘れちゃうんだよ、理論上はね」

阿久津が何を言いたいのか、まだわからなかった。しかしみなみは何かを悟ったらしく、やや顔色が青ざめている。

「犬は今を生きている。その習性を利用して、盲導犬に不快な思いをさせるのは可哀想だよ」

「違います。私はただ……」

「数分ならいい。でも二時間や三時間も犬を駅に置き去りにするのは違うと思う。キースは優秀な盲導犬だ。二時間でも三時間でも、場合によっては一日でも一週間でも、同じ姿勢で君を待ち続けることができるかもしれない。でもそれは、違うよ」

みなみが唇を噛《か》み、膝をギュッと握った。かなり力が入っている様子だった。

阿久津がポケットの中から紙片を出した。折り畳んでいた紙片を広げると、それは観光案内のチラシだった。先日、駅員の梨田麻里子と居酒屋に行ったとき、ずっと見ていたものだった。駅によく置いてあるやつだ。

「みなみちゃんの大学は神保町《じんぼうちょう》にあるんだってね。だから通常は新宿方面行きの上り電車に乗る。

でも君はキースを駅のホームに残し、下り電車に乗った。どこに行ったのか、それがずっと気になっていたんだよ」

そうだ。駅にキースを置き去りにしてまで、いったい彼女はどこに行ったのか。それが最大の謎だった。彼女は母親にも行き先を言おうとしなかったという。

「下り電車で一時間ほど走れば、かなり東京の端っこの方に行くみたいだね。山とか川とかあって、休日になるとハイキング客が訪れるような名所もあるみたいだ。僕が気になったのはこの神社。かなりご利益があるみたいで、都内有数のパワースポットとして知られている。ネットにも載ってたよ」

阿久津が広げたチラシを見る。ある神社を紹介しているチラシだった。朱色を基調とした建物と、それを取り囲んでいる森の緑が鮮やかだった。

「駅から徒歩で行ける距離にあるようだね。僕は行ったことがないけど。みなみちゃん、君はお父さんの手術を間近に控え、何か自分にもできることがあるんじゃないかなって考えた。そこで思いついたのは神社への願かけだったんだ」

そういうことか。さきほど病室のベッドの下にお守りがいくつもぶら下がっていた。つまり彼女は願かけのために一人で電車に乗って神社に行き、そこでお参りをしてお守りを買って帰ってくる。それをルーティンとしていたのだ。買ってきたお守りはベッドの下に結びつける。父の目に留まらぬように、こっそりと。

「キースを連れていかなかったのは、自分に課したハンデみたいなもんかな。キースの力を借りずに、自分の力だけで神社にお参りに行く。最初に君はそう決めたんだろうね。でもね、みなみちゃん」

そこでいったん言葉を区切り、キースの頭を撫でてから阿久津は言った。

「出発式の日を憶えているかな。あの日からキースはみなみちゃんの、栗原家の家族になったんだよ。だからキースだってお父さんの手術の成功を祈ってるはず。駅のホームに置いていったりしないで、キースも連れていってあげてほしい。キースだってみなみちゃんと一緒にお祈りしたいはずだから」

みなみは神妙な顔をして阿久津の話に聞き入っている。

「僕がみなみちゃんのパートナーとしてキースを選んだのには理由がある。みなみちゃんはまだ若いから、これからいろんな場所に行くんだろうと想像できた。そういうときはキースみたいなやんちゃな犬の方が合ってると思ったんだよ。キースは留守番なんか性に合わない盲導犬だ。君と一緒に冒険したいタイプの盲導犬なんだよ」

いつの間にかみなみの目から涙が流れている。そしてみなみが言った。

「阿久津さん、ごめんなさい」

「謝る相手が違うよ」

「ごめんね、キース」

そう言ってみなみが手を伸ばすと、その指先をキースがペロリと舐めた。何だかこっちまで泣けてきてしまう。それを誤魔化すように歩美は膝に手を置き、「よっこい庄一」と言って立ち上がった。

＊

上り電車が遅れている。どこかの駅で軽い接触事故があったようだが、その詳細はまだ麻里子たち駅員にも届いていない。到着予定の準特急――例のお尻を触ってくる痴漢が乗っているであろう電車――が五分ほど遅れているだけだが、すでに待っている人たちは若干不機嫌そうだ。まったく朝から気が重いぜ。そんな声が聞こえてきそうだが、気が重いのは私も一緒だ。

向かい側に盲導犬を連れた女の子の姿が見えた。あの子だ。また盲導犬を置いていくつもりだろうか。まだ電車の到着には時間がかかりそうなので、麻里子は持ち場を離れることにした。ダッシュで階段を上り、向かい側の下りホームへと急いだ。

ホームの端の方に女の子――たしか名前はみなみといったか――と盲導犬キースが立っている。この前はベンチの下にキースを待たせたが、今日はそうする気配はない。黄色い線の内側で二人は並んで待っている。麻里子はやや離れたところから二人の様子を観察した。

やがてアナウンスが聞こえ、しばらくして下り電車が到着した。ドアが開くと数人の乗客が降りてきた。みなみが何か声をかけ、キースと一緒に歩き出す。キースがそのとき一瞬だけこちらを見て、麻里子と視線があった。

今日は俺も電車乗れるんだぜ。

2 ステーション

そんなことを言いたげな顔つきだった。つい先日までホームに置き去りにされていたのに、今日は一緒に電車に乗る。よくわからないが、何かしらの変化があったことだけは確実だ。

下りの電車がガラガラなのに、みなみは座ろうとはしない。ドア付近の吊り革に摑まり、その左側にキースがお座りしている。ベルの音が鳴り、ドアが閉まった。みなみと盲導犬キースを乗せた電車が走り去った。麻里子は上りホームに戻った。

アナウンスが流れ始める。準特急がようやく到着するらしい。十分ほど遅れて到着すると、アナウンスを担当している駅員が平謝りしている。誠に申し訳ございません。深くお詫び申し上げます。

電車が到着した。待っていた乗客たちが車両の中に乗っていく。人をかき分けるようにして進んでいく。いつものように麻里子は乗客を誘導し、ときには声をかける。

そろそろ発車時刻だ。麻里子は上のドアに指をかけ、自分の体で乗客を押し込んだ。そのときだった。

お尻を触られた。間違って触れてしまったという程度のものではなく、いつもと同じく撫で回している。毎朝のルーティンになってしまっているが、なぜか今日だけは許せなかった。このあいだの王子様という盲導犬訓練士も言っていた。犬だって吠える、と。だったら私だって――。

「やめてください。私のお尻を触るのはやめてください」

お尻を撫でられている感触が消えた。手を引っ込めたのだ。それでも麻里子は続けて言った。

周囲の乗客が自分を見ているのがわかった。

「今後も私のお尻は触らないでください。そういうのは奥さんや恋人さんにお願いしてください。どうしても私のお尻じゃなきゃ駄目なら、ちゃんと顔を出して名刺を見せてください。場合によってては検討させていただきますので」

乗客たちがぽかんとした顔でこちらを見ていた。麻里子は続けて言った。

「奥にスペースがございますので、詰めてもらってよろしいでしょうか」

乗客たちが率先して奥に詰めていく。いつものように体を張って押し込む必要もないので楽だった。ベルが鳴り、ドアが閉まった。

電車が発車する。麻里子は少し機嫌がよくなり、走り去っていく車体を見送った。

3

時計の針

3 時計の針

いつの間にか雨はやんでいた。河野伸一《こうのしんいち》はビニール傘を畳み、先を急いだ。待ち合わせの時刻まであと五分もない。

遅れた理由は急にかかってきた電話だ。相手は地元の商工会議所のお偉いさんで、市内でいくつかの飲食店を経営している実業家だ。来月におこなわれる先生の講演会のときに、打ち上げはうちの店でやってくれないかと打診されたのだ。

打ち上げの会場は長年使っている懐石料理店を押さえてしまっており、今さら変更などできるわけがない。それでも無下に断って機嫌を損ねてしまったら困るので、一応先生に相談してみると言って通話を切った。一週間ほど時間を置いて、断りの電話をかければいいだろう。

横断歩道の信号が赤に変わり、河野は足を止めた。上着のポケットからスマートフォンを出し、アプリの画面を開いた。

マッチングアプリだ。今日これから会う相手は都内に住む大学生らしい。向こうにも彼氏がいるらしく、あまり人目につきたくないというので、カラオケ店で会うことにした。

以前は事務所の若いスタッフなどに声をかけていたのだが、一度妻にバレそうになったこともあり、それを機に出会い系のマッチングアプリを使うようになった。便利な世の中になったものだ。

　アプリにはメッセージが入っていた。彼女からだった。五分ほど前のもので、『着きました。受付の前で待ってますね』という文言が絵文字とともに記されている。馬鹿な女だな、と河野は思う。受付の前で待ち合わせをしたら目立ってしまうではないか。『先に部屋に入ってて』と返信した。信号が青に変わったので、河野は歩き始める。

「あれ？　河野さんじゃないですか？」

　前から歩いてきた男に声をかけられたので、河野は足を止めた。しかし男の顔に見憶えはない。ただし仕事柄、河野は方々で頭を下げて回っているので、自分で言うのはあれだが、この近辺では顔は広い方だと自負している。先生絡みのパーティーか何かで顔を合わせただけだろう。顔を憶えていないということは、さほど重要人物ではないことを意味している。

「やあ、どうも」と河野は応じた。「お元気ですか？」

「元気ですよ。河野さんも元気そうで。最近〈ローズ〉には顔を出してますか？」

　そっち絡みか、と河野は納得した。ローズというのは数年前に足繁く通っていたガールズバーだ。そこで会った男だろうと推測し、河野は答えた。

「いや、最近は行ってないな」

「そうですか。河野さん、最近はどっち方面に？　やっぱりガールズバーですか？」

　ここで夜の店談義をしている時間はない。「まあね」と曖昧に答えてから、河野は「ちょっと急いでいるので、また」と言って歩き出した。

彼女は部屋に入っただろうか。やはり待ち合わせの場所は新宿あたりにするべきだったかもしれない。そんなことを思いながら早足で歩いていると、前方に一人の男が立っているのが見えた。男は困ったように周囲の様子を窺っていた。男の足元には黄色いラブラドール・レトリーバーがいる。盲導犬だ。以前、選挙の関係で施設を表敬訪問したことがあるので、河野は盲導犬についての知識があった。

素通りしよう。そう思ってさらに歩調を速めた河野だったが、通り過ぎようとしたところで声をかけられてしまう。

「ちょっといいですか?」

急いでいるので無視したかった。ところが振り返るとさきほどの男が十メートルほど向こうでこちらを見ていることに気づいた。あの男は俺の素性を知っている。先生の秘書が視覚障害者を無視して歩き去った。そんなことを言い触らされたらあとあと厄介だ。河野は仕方なく立ち止まった。

「どうかされましたか?」

「すみません、お急ぎのところ」

男が頭を下げた。濃いサングラスをかけている。年齢は三十代くらいだろうか。こっちは本当に急いでいるんだよ。その言葉を飲み込んで、河野は男の手元を見る。男はチラシのようなものを握っている。案の定、男はそのチラシをこちらに差し出しながら言った。

「このお店に行きたいんですが、どのあたりでしょうか？」

チラシを見る。正確に言えばチラシではなく、インターネットの口コミサイトの店舗情報をプリントアウトしたものだった。この近くにある洋菓子店だ。河野は地図を見ながら説明した。

「ええと……いったん引き返した方がいいかな。最初の交差点を左に曲がって、次の交差点を右に曲がったところにあるよ」

そう言いながら紙片を男の手に押しつける。すでに約束の時間を過ぎてしまっている。河野は歩き出した。

「ありがとうございます」

その声を背中で聞いた。しばらく歩いたところで何やら頭上で大きな音が聞こえた。河野は上を見上げる。金属がこすれ合うような音とともに、大きな黒い影が近づいてくる。おい、何だよ、これ――。

それが河野の最期の記憶だった。

*

「おい、岸本。阿久津がどこに行ったか知らないか？」

本館の廊下を歩いていると、センター長の小泉に声をかけられた。歩美は首を捻りながら答える。

「さあ、知りませんけど。訓練じゃないですか?」

「いないんだよ、それが。仕方ない。放送で流すか」

そのまま立ち去ろうとした歩美だったが、小泉がさらに声をかけてくる。

「待て、岸本。お前もだ。ちょっと阿久津と一緒に行ってほしいところがあるんだよ」

「でも私、これから座学なんですけど」

時刻は午前九時を過ぎている。朝の掃除を終え、これから座学の授業に向かうところだ。あと数週間もすれば座学から解放され、指導監督である盲導犬訓練士のもと、訓練士になるための実践的な勉強が始まるとのことだった。指導監督のマンツーマン指導で、訓練士としてのイロハを教わるのである。ただし歩美の指導監督である阿久津聡はあまり人と打ち解けようとしない変わり者で、その性格でセンター内では少し浮いた存在だった。

「座学は後回しだ。何しろ警察からの協力要請なんだ」

「警察、ですか?」

「そうだ。昨日の夕方、駅前で事故があったんだ。残念ながら男性が一人、お亡くなりになったらしい」

そういえば思い出した。自宅で夕飯を食べていたとき、テレビのニュースで見たような気がする。西多摩市のマンションの上から鋼材のようなものが落ちてきて、歩いていた通行人がその下敷きになったというのだった。可哀想な人だな、と思ったことを憶えている。

「で、なぜ警察が協力要請を?」

「事故現場付近に視覚障害者が歩いていたらしい。盲導犬も一緒にな。事故の検証に当たり、立ち会いを要請されたってわけだ」

なるほど、そういうことか。歩美はさらに質問を重ねた。

「その盲導犬、阿久津さんが訓練したんですか？」

「いや、違う。うちで訓練した盲導犬だけどな」

「じゃあなぜ私と阿久津さんが？」

「お前たち、なかなかいいコンビだと思ってるんだ。トラブルバスターズに任命しようかと思ってる」

「トラブルバスターズ？　聞いたことないんですけど」

「当たり前だ。俺がさっき考案したんだからな。あらゆるトラブルを解決に導く、ザ・仕事人的な役目だな」

そんなアホな、と内心突っ込む。仕事人というのは世のため人のために悪人を成敗する、闇の仕事をする人たちのことだ。私たちはただの盲導犬訓練士に過ぎない。しかも私はまだ研修生だ。

「というわけで、お前と阿久津は今日からトラブルバスターズだ。これは密命だから口外を禁ずる」

逆に恥ずかしくて誰にも言いたくない。私、トラブルバスターズに任命されたんだよね。そんなことを言ったらほかの研修生に笑われてしまうことは確実だ。

「西多摩警察署のヨダさんという刑事に連絡をしてくれ。阿久津とともに向かうんだ。頼んだぞ、岸本」

「あ、あのう、ちょっと待ってくだ……」

歩美の呼びかけに応じず、小泉は歩き去った。ああ見えてセンター長であり、忙しい人なのだ。仕方ない。歩美は座学への参加を諦め、外に出た。芝生の訓練場では数頭の候補犬が訓練の最中だった。犬舎の前を通り過ぎ、医療棟に向かう。医療棟の奥で阿久津の姿を発見する。家庭用の犬小屋の前で柴犬の佐助と戯れていた。

「阿久津さん、訓練はいいんですか？」

「大丈夫。順調に進んでるから」

こう見えても阿久津は優秀な訓練士であるため、常時数頭の候補犬を抱えている。ここ最近阿久津と行動する機会が増え、盲導犬に対する深い洞察力には目を見張るものがあると歩美自身も感じていた。ただしその行動は不可解極まりない。こうしてセンターの片隅で自宅では飼えないという理由で勝手に柴犬を飼ったりしているのだ。困った王子様だ。

「ところで阿久津さん、今センター長に言われたんですけど」

さきほど言われたことを阿久津に伝える。なぜか阿久津の表情が変わった。トラブルバスターズという単語を耳にしたとき、なぜか阿久津が少しだけ嬉しそうな顔をしたのだ。すかさず歩美は突っ込んだ。

「まさか阿久津さん、かっこいいとか思ってませんよね」

「思ってないよ」

「嘘ですね。本当子供なんだから。トラブルバスターズなんて言われて喜んでるなんて、センター長の思う壺やないですか」

阿久津は答えない。反論もしないことから、おそらく彼はセンター長のネーミングを気に入っている。

「私、西多摩警察署に電話をしてみますから、それが終わったら早速出発しましょう。もたもたしていると置いていきますよ、阿久津さん」

医療棟を離れた。候補犬を連れた訓練士とすれ違い、歩美は頭を下げる。ああいう風に颯爽《さっそう》と訓練できるのは、果たしていつの日になるだろうか。

＊

現場となったのは駅から五百メートルほど離れた路上だった。与田剛史《よだたけし》は電子煙草を吸いながら、鋼材が落ちてきたとされる建物を見上げた。十階建てのマンションで、外壁補修工事のため足場が組まれている。今日は工事は中止になったと聞いている。

「与田さん、業者の方が到着しました」

若い刑事に声をかけられた。与田は西多摩警察署の刑事だ。去年までは係長をやっていたが、定年まであと二年を迎えるため、今年から役職は外してもらった。三十歳の頃から刑事畑一筋だ。

「すみません、お待たせしました」

やってきたのはスーツを着た男だった。年齢は四十代くらい。渡された名刺によると大手工務店の新宿本社からやってきた男だった。外壁補修工事を請け負っていた会社の社員だった。

「このたびは誠に申し訳ございません。本当に何てお詫びしたらよろしいか……」

本社勤務の男が言う。誠意はこもっているが、詫びの言葉は被害者の遺族にかけるべきで、警察関係者にかけるものではない。男の相手は若い刑事に任せ、与田は現場を観察する。

事件は昨日の午後五時頃に発生した。ここを通行していた男性の頭に鋼材が直撃したのだ。その鋼材は四階の足場付近から落下したという。近くにいた通行人が一一九番通報、十分後に救急車が到着した。すでに被害者の意識はなく、搬送された病院で死亡が確認された。

死亡したのは河野伸一という四十五歳の男だった。仕事は地元西多摩市を地盤とする衆議院議員の私設秘書だった。駅近くにある事務所を出たのを事務所スタッフが目撃しており、何の用事かはスタッフに言わなかったようだ。

路上にはチョークで三つの×が描かれている。一番手前にある×が目撃者である近所の住人が立っていた位置、その向こうが盲導犬を連れた男性が立っていた場所であり、一番奥が河野が倒れていた場所だった。河野は盲導犬を連れていた男性に道を訊かれ、その道案内を終えて歩き出した直後、落ちてきた鋼材の直撃を受けていた。幸いなことに盲導犬を連れた男性に怪我はなかった。もちろん、盲導犬もだ。

「これが小山《こやま》の履歴書でございます。まさかこんな事件を起こすとは……」

小山というのが現場で働いていた作業員の名前だった。小山理《さとし》。年齢は三十二歳。日雇いの作業員のようで、この工務店の現場で働くのは二度目のことらしい。与田は本社勤務の男から履歴書を受けとった。

経歴を見る。都内の大学卒業後、一般企業に就職したようだが、二年前に一身上の都合により退職していた。最近はバイトを転々としていたようだ。

不運な事故。それが西多摩署の見解であり、その点においては与田も異論はない。経験の浅い建設作業員が作業中に手を滑らせ、鋼材が落下。通行中だった河野の頭に直撃したのだ。亡くなった河野は不幸な犠牲者としか言いようがない。

小山の事情聴取はすでに終わり、現在彼は自宅謹慎中だ。業務上過失致死で書類送検されるだろうが、工務店側もそれなりの弁護士を立ててくることだし、あとは司法の判断に委ねられることになる。

「……勤務態度はよかったようです。真面目に働いていたと聞いております。休憩も適宜とっていたので、疲労などに関しても問題なかったように思います」

本社勤務の男の声が聞こえてくる。一一九番通報をした男性はこの近所に住む無職の男で、たまたま河野の姿を見かけて声をかけたという。二人は顔見知りだったらしい。河野は急いでいたようで、二言三言話しただけで歩き去った。しかしその直後に盲導犬を連れた男性に道を訊かれたという話だった。

路肩に一台の車が停車した。軽ワゴン車だった。車体に〈ハーネス多摩〉というロゴが描かれている。車から降りてきたのは紺色のジャンパーを着た男女で、二人とも二十代から三十代前半くらいだと思われた。女の方が声をかけてくる。

「お待たせして申し訳ありません。ハーネス多摩から参りました岸本と申します。与田さんというのは……」

「私です」と与田は手を上げる。さきほど署に電話がかかってきたので、ここで待ち合わせをしようという話になったのだ。これから盲導犬を連れていた男性に事情聴取をすることになっていて、その同行を依頼したのである。相手は視覚障害者であることから、専門家に立ち会ってもらった方がよかろうと課長が言い出したのだ。

近寄ってきた岸本という女性訓練士に向かって言った。

「これから向かいます。私の車についてきてください」

「わかりました。阿久津さん、何やってるんですか？」

阿久津と呼ばれた男性訓練士は何を思ったのか、路上に描かれた×の印をスマートフォンで撮影していた。二人とも美男美女と言ってもいい組み合わせで、特に男の方はかなりの美男子だ。ただし女性の方が押しが強い感じで、それは彼女の言葉の端々にある関西弁のイントネーションのせいかもしれなかった。

「阿久津さん、行きますよ。警察の人の邪魔になってるじゃないですか」

男の訓練士は路上に立ち、上を見上げている。鋼材が落ちてきた場所を確認しているのかもしれなかった。野次馬根性の強い男のようだ。

電子煙草をポケットに入れ、与田はパトカーに向かって歩き出した。

＊

歩美たちが与田という刑事に案内されたのは隣町にある五階建てのマンションの一室だった。インターホンを押すと、しばらくしてドアが開いた。中から出てきたのは三十代くらいの男性だった。

「お待ちしておりました。お入りください」

与田という強面《こわもて》の刑事が最初に中に入り、続いて歩美、阿久津と続いた。間取りは1LDKだった。リビングにあるソファへと案内される。リビングの片隅にはハーネスを外した黄色いラブラドール・レトリーバーが一頭、腹ばいになっている。この子はハーネス多摩で訓練した盲導犬、アンジーだ。今はリラックスした表情で欠伸《あくび》をしていた。阿久津が早速アンジーのもとに向かい、その隣に座って背中を撫でた。

「お忙しいところすみません。私は西多摩署の与田と申します。こちらはハーネス多摩の阿久津さんと岸本さんです。今回我々の方からサポートをお願いしました」

「初めまして、大石《おおいし》と申します」

大石洋輔《ようすけ》。それが彼の名前だった。年齢は三十歳で、五年ほど前からアンジーとともに生活している。センターのデータでは職業はライターになっていた。

「大石さんはご自宅でお仕事をされているんですか？」

与田の質問に対して大石は答える。

「ええ。音楽雑誌のライターをしています。それだけではさほど稼ぎがないので、テープライターの仕事もしています」

録音された会議やインタビューなどを文字に起こす仕事だ。反訳を仕事にしている視覚障害者は多いと聞いたことがある。

「音楽というのは何系の音楽ですか？」

「ジャズです。最近の若い人にはあまり馴染みはない音楽ですけどね」

壁際に値の張りそうなオーディオセットが置いてあるのが見えた。歩美も車の中で音楽を聴いたりするが、ジャズは聴いたことがない。大人が聴く音楽だと思っていた。初対面だが、大石という男性に歩美は好感を抱いていた。物腰も柔らかいし、知性的だ。

「昨日は大変怖い思いをされましたね。大丈夫ですか？」

「ええ、何とか。僕よりアンジーの方が怖かったんじゃないかな。犬って音に敏感ですから」

間近に鋼材が落ちてきたのだ。さぞかし驚いたことだろう。

「ちなみにあのあたりにはよく行かれるんですか？」

「それほど行きません。実は僕、甘いものに目がなくて、暇なときには都内にある洋菓子店巡りをするんです。昨日はあの近くにある店を訪れる予定でした。数年前に一度行ったことがあるんですけど、道に迷ってしまったんですね。それで通りかかった方に道を尋ねたんです。それがあんなことになってしまって……」

そう言って大石は首を小さく横に振った。もし自分が声をかけなかったら、河野は事故に巻き込まれなかったかもしれない。そんな風に悔やんでいるのだろう。

「ご自分を責める必要はありません」思わず歩美は声に出していた。「ああすればよかったとか、こうすればよかったとか、そういう風に考えてたらきりがありませんよ。あ、すみません。勝手に発言してしまって」

歩美は小さく頭を下げた。それを見た与田が言う。

「お嬢さんの言う通りですよ、大石さん。あなたのせいじゃない。あれは事故ですからね。まあ手を滑らせてしまった作業員の責任だが、彼を責めるのも酷かもしれませんね。彼だって落としたくて落としたわけじゃないはずですから」

さきほど見たが、現場となった路上に面したところには外壁補修工事中のマンションがあり、その上層階から鋼材が落下したという。作業員のミスだったというのだ。まったく事故というのは怖いものだ。

「念のためにお訊きしているんですが」そう前置きしてから与田が続けた。「ご存じだと思いますが、亡くなられたのは河野伸一さんという男性で、政治家の秘書をされている方です。河野さんとは面識はありませんね」

大石はうなずきながら答えた。

「もちろんです。たまたま会って道を尋ねただけですから」

不運な事故というのが有力な線らしい。というか、それ以外の可能性が思いつかない。与田が事故当時の様子をさらに詳しく質問したが、大石は淀みのない口調で答えていた。

「……私からは以上です。ハーネス多摩のお二人から何かありますか？」

与田にそう言われ、歩美は阿久津の方を見た。阿久津が立ち上がって口を開いた。

「アンジーにも異常は見受けられません。ところで大石さん」阿久津が壁際にあるオーディオセットに向かい、アンプの近くに置かれていたＣＤケースを見て言った。「ヘレン・メリル……。どういう感じの曲なんですか」

すべてのＣＤは綺麗にラックの中に収納されているのだが、そのＣＤケースだけが外に出ていた。今、このＣＤが中にセットされているのかもしれない。

「ヘレン・メリルは有名なジャズ・ボーカリストです。よかったらお貸ししましょうか？」

「いえ、ジャズとかあまり聴かないので」

阿久津はあっさりと断った。だったら最初から興味を示すな。そう言いたいのを我慢して歩美は言った。

「でもよかったですね。アンジーにも異常はなくて。そろそろ私たちは失礼させていただきます」

「では私も」と与田も立ち上がる。「また何かありましたらご連絡させていただきますので」

すっかり阿久津に懐いたのか、アンジーが名残惜しそうな顔で玄関先まで見送りに来た。エントランスから外に出たところで阿久津がつぶやくように言った。

「本当に事故だったのかな」

「あたり前田のクラッカーです」とすかさず歩美は言う。たまに口走ってしまう昭和のギャグは亡き祖父の影響だ。「どう見ても不幸な事故じゃないですか。それ以外に何があるって言うんですか。あまり変なこと言わないでくださいよ、もう」

阿久津は黙りこくってしまう。与田の顔色を窺うと、彼は真剣な顔をして前に立つ阿久津の横顔に目を向けていた。

＊

「西多摩警察署の与田と申します。柳沢倫子《やなぎさわともこ》先生にお約束があるのですが」

与田はそう言いながら警察手帳を出した。隣にはコンビを組んでいる若手刑事の姿もある。千代田区永田町《ちよだくながたちよう》にある衆議院議員会館に来ていた。亡くなった河野伸一は衆議院議員である柳沢倫子の私設秘書であったため、念のために彼女への事情聴取もおこなうことにしたのだ。一応アポイントメントはとってある。今は国会は閉会中だ。

しばらく待っているとスーツを着た男がやってきた。男は柳沢倫子の秘書のようだ。男に案内されて柳沢倫子の事務室に向かう。奥の書斎で彼女は待っていた。スマートフォンで何かを見ているようだったが、与田たちが入ってきたことに気づいて顔を上げた。

「お忙しいところ恐れいります。私は西多摩署刑事課の与田と申します。こちらは……」

自己紹介をする。くれぐれも非礼のないようにと上司から言われていた。

「どうぞおかけになって」

「失礼します」

ソファに座り、改めて与田は目の前に座る柳沢倫子を観察する。年齢は今年で四十八歳になるはずだが、もっと若く見える。三十代後半と言われても信じてしまうかもしれない。髪も肌も着ている服も、それなりの金が注ぎ込まれていることは明らかだった。元キャンペーンガールという異色の経歴の持ち主だ。

元々キャンペーンガールとして芸能活動をしていた倫子は、二十代の頃に柳沢友則《とものり》という若手議員と出会い、恋に落ちる。柳沢友則は西多摩市を地盤とする政治家の家系だった。周囲の反対を押し切り、二人は結婚する。翌年には娘を出産したが、幸福な家庭は長くは続かなかった。ある日のこと。柳沢友則は吐き気や頭痛などの症状を訴え、緊急入院する。検査の結果、急性白血病と診断されてしまったのだ。闘病の末、わずか半年で彼はこの世を去ることになる。若くして亡くなった政治家の死は、ワイドショーでも大きくとり上げられた。

夫に先立たれてしまった柳沢倫子だったが、彼女の美貌を政治の世界が放っておくはずがなく、喪が明ける前に夫の地盤を継承し、衆議院議員選挙の補選に立候補することが発表されたのだ。結果は見事当選。彼女が三十歳のときのことだった。以来十八年間、彼女は議員を務めており、民政党内でも広告塔的な役割を任せられていて、確固たる地位を築いていた。

「ご愁傷様でございます」

与田がそう言って頭を下げると、倫子は首を振った。

「本当に残念だわ。ちょうど私が議員になった年に河野を秘書として雇ったの。とは言っても私も当時は右も左もわからぬ一年生議員。夫の秘書に言われるがままに動いているだけだったけど」

「河野さんですが、何かトラブルを抱えていませんでしたか？」

「どういうこと？　事故と聞いてるけど」

「あくまでも確認です。プライベートで問題を抱えていたという話は聞いていませんか？」

「プライベートに関しては本人に任せています。いい年した大人なんですしね。もしかして事故じゃないってこと？　作業員のミスで鋼材が落下したんじゃないの？」

「事故の方向で捜査は進んでいます」

事件性を疑っている者は捜査員の中には皆無だ。証拠固めが終わり次第、小山理を書類送検する予定だった。

「女性関係でトラブルを抱えていたという話を耳に挟みましたが、それは本当でしょうか？」

西多摩市にある選挙事務所のスタッフの証言だった。妻帯者であるが、かなり派手に遊んでいるようだった。市内にあるガールズバーの常連でもあったという。

「さきほども申し上げた通り」倫子が強い口調で言った。「プライベートは本人に任せているので、私の知るところではございません」

十八年前、当選したばかりの頃は美人議員として持てはやされたが、やはり長年の議員生活の賜物なのか、それなりの迫力が備わっていた。

「そういえば」と倫子が思い出したように言った。「近くを通行人が歩いていたんでしょう。犬を連れていたとは聞いてるけど、その人に怪我はなかったのね」

「ええ、怪我はしてません。連れていたのは盲導犬です」

「へえ、そうなんだ。盲導犬ねえ」

あまり興味のなさそうな口振りだった。与田は隣にいる若手刑事に目配せを送る。すると彼が懐から一枚の写真を出し、テーブルの上に置きながら言う。

「この男性に見憶えはありますか？」

「ないわね。この男が手を滑らせた作業員ってこと？」

「そうです。議員は昨夜は西多摩市に？」

「いいえ。この一週間は永田町にある事務所に滞在しているわ」

二人のやりとりを聞きながら与田は考える。

事故で決まりの案件だ。これ以上捜査を進めたところで意味はないし、関係者への事情聴取も柳沢倫子で終わりとなる予定だった。しかし――。

本当に事故だったのかな。

さきほど会ったハーネス多摩の男性訓練士の言葉が耳に残っていた。本当に事故だったのか。彼が何を根拠に疑問に思ったのか定かではないが、妙に気になって仕方ないのだった。このまま事故で処理してしまって本当にいいのだろうか。

「……それにしても素敵なお召し物ですね。お似合いです」

訊くべきことがなくなったのか、若手刑事が倫子のファッションを褒め始めた。潮時だろうか。

与田は倫子に向かって言った。

「ご協力ありがとうございました。我々は失礼させていただきますので」

＊

「阿久津さん、中に入るのはマズイですよ、絶対」

歩美たちはなぜか新宿にいた。新宿三丁目にある喫茶店の前だ。本来ならセンターで訓練をしていなければいけない歩美たちが、どうして新宿にいるのか。簡単に説明するとこういうことだ。

大石という視覚障害者の部屋を出たのが今から二時間ほど前のこと。そのままセンターに戻るのだと思っていたが、阿久津が大石を見張ると言い出したのだ。なぜ彼は大石を見張ろうと思ったのか。訊いても教えてくれなかったが、阿久津が河野という政治家秘書が亡くなった事故に疑問を覚えているのは明らかだった。

センターの車をマンションの前に停め、しばらく見張っていた。動きがあったのは一時間後だった。盲導犬のアンジーとともに大石がマンションから出てきたのだ。

大石を尾行するのは楽だった。彼は盲導犬を連れているため、非常に目立つのだ。彼は駅に向かい、新宿方面行きの電車に乗った。隣の車両に歩美たちも乗り込んだ。彼は新宿駅で降りたが、多くの人が行き交う駅の構内でも彼の姿を見失うことなく、こうしておそらく彼の目的地であろう喫茶店の前までやってきたのだ。

「ほら、中は結構広そうだし」そう言って阿久津はスマートフォンの画面を見せてくる。口コミサイトの画像だろうか、喫茶店の内観写真がある。「そういうわけだから、僕たちも行こう」

「えっ？　本当に入るんですか。冗談はよしこさんですよ」

阿久津は無視して階段を降りていってしまう。仕方なく歩美もあとに続いた。

店内は思った以上に広々としている。結構大きめな音でジャズが流れていた。もっと騒々しい曲を予想していたが、流れているのは落ち着いた感じのピアノ曲だ。席は半分ほど埋まっている。一番奥のカウンター席に大石が座っているのが見えた。その足元にはアンジーが寝そべっている。大石の座るカウンター席から一番離れた場所にあるテーブル席に着いた。壁にはライブのポスターが貼られていた。メニューの表紙にはジャズ喫茶〈ドリーム〉と書かれている。見るとカウンターの後ろの棚には無数のレコードジャケットが並んでいる。

「いらっしゃいませ」

もっと高齢のマスター的な人が来ると思っていたら、意外にも若い店員が水を運んできた。バイトだろう。阿久津がアイスコーヒーを注文したので、歩美も同じものを頼んだ。店員が立ち去るのを待ってから歩美は言う。

「ジャズ喫茶ですよ、阿久津さん。何か年季入ってますね」

「そうだね」

阿久津はカウンターに座る大石に無遠慮な視線を向けている。まあ彼が阿久津の視線に気づくことはないのだが、それにしても遠慮がない。大石は今、カウンターの中にいる初老の男性と楽しげに話していた。彼がマスターに違いない。大石がマスターに紙袋を手渡しているのが見えた。お土産だろうか。手土産持参でこうしてジャズ喫茶に来ることから、彼がかなりの常連であることが窺い知れる。

「さっきの店員がコーヒー運んできたら、ちょっと事情を訊いてみて」

阿久津にいきなりそう言われ、歩美は面食らった。

「無理ですよ、そんなの。探偵じゃあるまいし」

「だって僕たち、ゴーストバスターズだよね」

「トラブルです」

そうこうしているうちにさきほどの店員がアイスコーヒーを運んできた。立ち去ろうとする店員に「ちょっといいですか」と声をかけた。店員が立ち止まった。

「何でしょうか？」

「実は私、中日本盲導犬協会の者なんですが」歩美は咄嗟《とっさ》に思いついた話をする。「今ですね、ユーザーさんに内緒で盲導犬の調査をしているところなんです。あちらにお座りになってる大石さんですが、このお店にはよく来るんですか？」

「ええ、よくいらっしゃいますよ」

歩美の話を信じてくれたようで、店員は膝をついて小声で答えてくれた。

「いつも盲導犬を連れてくるんですか？」

「アンジーちゃんですね。いつも一緒ですよ。来るのは大抵昼間ですね」

夜はジャズ喫茶からジャズバーに早変わりするらしい。ジャズ喫茶といっても常にジャズが流れているだけで、それ以外は普通の喫茶店とさして変わりはないように見える。今も客の大半はスマートフォンやパソコンの画面に視線を落としている。仕事の途中に立ち寄ったサラリーマンといった客層だ。

「大石さんって、ジャズが好きなんですか?」

だからジャズ喫茶に来ているのだ。間の抜けた質問になってしまったが、若い店員はうなずきながら言った。

「見ての通り、普通の喫茶店と変わりがありませんからね。そんな中で大石さんはジャズを愛して通ってきてくださる常連さんの一人です。数年前まで仲間とジャズバンドを組んでいたこともあったみたいですよ」

「へえ、バンドですか。今はやってないんですか?」

「……そうみたいですね」

急に歯切れが悪くなるのを感じた。店員は立ち上がり、「ごゆっくり」と言って去っていく。

数年前まで大石はジャズバンドを組んでいたが、その詳細についてはおいそれと口に出せるものではない。わかったことはそんなところか。

阿久津を見ると、彼は大石の足元で寝そべるアンジーに向かって手を振っていた。アンジーも阿久津の存在に気づいているのだが、ハーネスを装着中であるため応えるわけにもいかず、少し困っているような顔つきだった。

「阿久津さん、やめてくださいよ」歩美は小声で注意をする。「アンジーだって困ってるじゃないですか。彼女は今は仕事中なんですって」

歩美の注意を無視し、阿久津は今度はアンジーに向かって変顔を見せ始めた。それを見て歩美は溜め息をつく。これでも一応、私の指導監督なのだ。

*

与田は西多摩市内にある柳沢倫子の選挙事務所を訪れていた。マンションの一階のテナントだった。以前はコンビニだったのではないかと思わせる造りだ。部下の若手刑事は署に帰らせたので、与田一人だ。

今は選挙期間中でもなく、間近に選挙を控えているわけでもないので、事務所には男のスタッフが一人いるだけだった。壁には柳沢倫子のポスターが貼られている。美貌を売り物にしているだけのことはあり、よく撮れていた。芸能人かと見紛うほどだ。

「刑事さんじゃないですか？　まだ何か？」

入ってきた与田を見て、年配の男が顔を上げた。昨日も話を聞いたので面識がある。もう三十年近く働いている古参のスタッフだ。

「ちょっと訊きたいことがありましてね」

与田はパイプ椅子に座った。男が立ち上がり、近くにあった段ボール箱からペットボトルの緑茶を出し、それをこちらに寄越してきた。「ありがとうございます」と受けとった。このくらいでは公職選挙法に抵触しないはずだ。

「昨日亡くなった河野さんの件です。女性関係のトラブルが絶えないという話をうちの若い者が耳にしたんですが、本当でしょうか？」

「こっち関係ね」と男が思わせぶりに小指を立てた。「でも河野は事故だったんですよね。女性関係のトラブルとは関係ないんじゃないの」

「あらゆる可能性を吟味するのが我々の仕事でして」

「なるほど。まあ河野に関して言えば、ありゃ病気だね、病気。水商売の女だけにしときゃいいものを、素人の女にまで手を出すから性質《たち》が悪い。しかも河野は親父さんの代から二代続けて柳沢家に仕えているから、なかなか注意できなかったんだよ」

国会議員の秘書というのは公設秘書と私設秘書に分かれる。公設秘書は三人まで雇うことが認められ、給料は国費から支払われる。一方、私設秘書は議員本人や後援会から給料が支払われ、何人でも雇うことができる。公設秘書が議員の近くで秘書的業務をこなすのに対し、私設秘書というのは地元で議員の代わりに会合や集会に出たりするのが一般的だと言われている。河野は私設秘書の中でも重宝されていたようだ。

「顔が利くからね、河野は。選挙に勝つにはああいう人間が必要なんだよ。清濁併せ呑むっていうのかな。最近じゃマッチングアプリっていうの？　ああいうのにハマってたみたいだな。実は昨日も待ち合わせに行ったんじゃないかなと俺は睨んでる。ここにいたときからそわそわしてたもん」

昨日の午後五時少し前、河野はこの事務所から慌てた様子で出ていったという。どういう理由で事務所を出たのか、わかっていない。特に事件性もないことから、スマートフォンなどの解析もおこなわれていないからだ。調べれば待ち合わせをしていた相手も浮上するかもしれなかった。

「河野を殺したいほど憎んでいた人物に心当たりはありませんか？」

「やっぱり事故じゃないんだ」

「あくまでも可能性の話です。心当たりがないなら失礼します」

立ち上がろうとしたそのときだった。男が言った。

「いるよ。殺したいほど憎んでいた人物だろ。心当たりがある」

与田は座り直して男に訊いた。

「どのような方ですか？」

「三年前の選挙のときだ。河野は選挙スタッフの一人をやけに気に入ったみたいでね。かなりしつこくアプローチしていたらしい。相手はいわゆるウグイス嬢だよ」

選挙カーに乗り、マイクで候補者の応援を呼びかける女性スタッフのことだ。彼女のことを気に入った河野は、ことあるごとに誘いの言葉を投げかけたが、彼女は頑ななまでに断り続けたという。

「で、当選後におこなわれた打ち上げのときだ。彼女が酔い潰れてしまってね。タクシーに乗せて早めに帰らせようということになった。なぜか河野の姿も消えてしまったんだが、そのときは気にも留めなかった。俺の耳に入ったのはその数日後だった。河野の野郎、彼女が乗ったタクシーを尾行して、自宅マンションに押しかけたっていうじゃないか。彼女は酔っ払っていて抵抗できなかったらしい。酷い話だよ、まったく」

そういえば、と与田も何となく思い出した。三年前、柳沢倫子の選挙陣営で何か女性関係のトラブルがあったことを。たしか被害届が出されなかったことから、騒ぎはそれほど大きくならなかったのではなかろうか。それを言うと、男がうなずいた。

「その通りだ。火消しが大変だったんじゃないかな。俺は直接関与してないけどね。選挙で大勝したあとだったし、先生も機嫌がよかったお陰で、それほど大きなお咎《とが》めはなかった。普通だったら馘《くび》だよ。しかもその子が酔い潰れたのは、河野が酒に薬を混ぜたからだっていう噂もある。まあ警察が捜査しなかったから、すべては闇の中なんだけどね」

最低な男だな。与田はそう感じた。殺されても不思議はない男だ。与田は男に訊いた。

「それで、被害に遭われたウグイス嬢のことなんですが……」

「名前は森山美由紀《もりやまみゆき》。でも亡くなったよ」

「えっ？」

「事件の半年後だ。交通事故だったみたいだね。新聞に小さく載ってたよ。まったくやり切れないよな。事故ってことは警察も捜査してるんだろ。俺なんかよりよっぽど詳しいことがわかるはずだ。彼女の遺族だったら、今でも河野のことを殺したいほど憎んでいたかもしれないね」

もう話すことはない。そんな雰囲気を感じとり、与田は礼を言ってから事務所を出た。署に戻れば詳しいことはわかるはずだ。問題は今回の事故に三年前の事件が関連しているかどうかだ。もっと単刀直入に言ってしまうと、手を滑らせた小山という作業員と、亡くなったウグイス嬢に繋がりがあったかどうか。それを明らかにする必要がある。

署に向かって歩き始めたときだった。内ポケットに入れておいたスマートフォンが震え始めた。出して画面を見ると、未登録の番号が表示されていた。

＊

「ありがとうございました」

若い店員に見送られ、アンジーを連れた大石が店から出ていった。アンジーは歩美たちの存在に気づいていて、目だけをこちらに向けてきたが、大石は特に気づいている様子はなかった。大石が店から完全に出たのを見て、阿久津が立ち上がる。てっきり尾行を続けるのかと思っていたのだが、阿久津が向かった先はカウンター席だった。

カウンターの中にいる初老のマスターがこちらに目を向けてくる。阿久津が何も言わずにカウンターの椅子に座ってしまったので、仕方なく歩美が説明する。

「私たち、中日本盲導犬協会の者なんですが」

さきほど若い店員と話したことを思い出す。大石はかつてジャズバンドを組んでいたようだが、なぜかそのことについて若い店員は口をつぐんだ。そのあたりに何か謎が隠されているような気がしたので、試しに訊いてみる。

「あのう、大石さんって前にバンド組んでたみたいですけど、どんなバンドだったんですか？」

人の好《よ》さそうなマスターは答えてくれた。

「三人組のバンドですよ。大石さんはサックスだったんだよ。まあお世辞にも巧いバンドではなかったけどね」

ボーカル、ピアノ、サックスの三人編成のバンドだった。三人ともこの喫茶店の常連で、ここで顔を合わせるうちに親しくなり、じゃあバンドでも組んでみようかという話になったようだ。ただしそう簡単に上達するはずもなく、たまにスタジオに集まって演奏を楽しむ程度だったという。

「社会人サークルみたいなもんだ。商店街の催しに参加したこともあったね。そのときは私も応援に駆けつけましたよ」

「どうしてバンドは解散しちゃったんですか？」

歩美がそう訊くと、マスターは口をつぐんだ。しばらくして彼は言った。

「すまないけど、私の口からは、ちょっとね」

よほど言えない秘密があるらしい。どうしたものだろうか。隣にいる阿久津を見ると、彼がカウンターの後ろの棚を指さして言った。

「それ、何ですか？」

さきほど大石がマスターに手渡していた紙袋だった。振り返って紙袋を見たマスターが表情を曇らせた。やがてマスターは重い口を開いた。

「これ、大石君に貸してあったCDだ。返すのはいつでもいいと言っていたんだけどね、なぜか今日になってまとめて持ってきたんだ」

紙袋の大きさからして、かなりの量のCDが入っていると思われた。それを今日になって返す気になったのは、いったいどういう風の吹き回しなのか。

「お願いします」ずっと黙っていた阿久津は口を開いた。「教えてください。その三人組のバンドについて。大石さんが今日まとめてCDを返しに来たのは、彼なりに覚悟があったからだと思うんです」

やけに食い下がるな。歩美は漠然とそう思った。そもそも大石を見張ろうと言い出したのは阿久津だ。阿久津は大石を疑っているかもしれない。でもどうして、彼が――。

こちらの雰囲気から何かを感じとったのか、マスターが話し始めた。

「三年くらい前かな。いつもは三人揃って店に来ていたのに、それがピタリと止んだんですよ。何かあったなってすぐに気づきました。ほかの二人は店に一切顔を出さなくなってしまったけど、大石君だけはアンジーを連れて来てくれました。それからしばらくして、彼女の訃報を耳にしたんです」

バンドのメンバーの一人は女性だったという。ボーカルが女性で、サックスが大石。ピアノを弾いていたのは西新宿のＩＴ企業に勤める会社員だった。

「交通事故だったみたいです。でも何か裏があるってことは大石君のリアクションを見てればわかりました。事故のあと、一度バーで飲んだことがあるんだけど、凄い悔しそうな顔で彼女の死を悼んでいましたからね」

亡くなった女性のことが気になった。どんな女性だったのだろうか。歩美は思いきって尋ねてみる。

「その女性ですが、どんな感じの方だったんですか？」

「たしか一枚だけ画像が残っていたような気が……」

そう言いながらマスターがスマートフォンを操作する。やがて差し出された画面に目が吸い寄せられた。三人の男女が写っている。商店街の催しに参加したときのものだろうか。中央で笑っているのは活発そうな女性だった。右隣には大石の姿もある。画面の隅にはちゃっかりとアンジーも顔を出していた。

「真ん中の女性が美由紀ちゃんです。森山美由紀ちゃん」マスターが説明してくれる。「大学のアカペラサークルでリードボーカルだったらしくて、歌唱力は抜群だった。若い頃はプロを目指していたこともあったみたいだけどね」

彼女の左側には背の高い男性がいた。はにかんだような笑みを浮かべている。歩美はマスターに訊いた。

「この人は誰ですか？」

「小山君。彼はピアノ担当。初心者だったけど、かなり頑張ってたな」

小山って、あの小山か。歩美は画面を見つめたまま硬直した。昨日、マンションの外壁補修工事の現場でうっかりと手を滑らせた作業員がいた。彼の名前は小山ではなかったか。

「繋がったね」

隣を見ると、阿久津が冷静な顔でうなずいている。最初からこういう展開を予期していたような顔つきだった。

「ピアノ担当の小山さんが鋼材を落としてしまって、その真下をサックス担当の大石さんがたまたま歩いていた。凄い偶然だ」

たしかに凄い偶然だ。でも偶然ではないとしたら――。

阿久津が続けた。

「すぐに西多摩署の刑事さんに電話。このことを教えてあげないと」

「あ、はい」

自分のスマートフォンをバッグから出す。自分の手がわずかに震えていることに歩美は気がついた。

＊

「この女性が森山美由紀か」

与田はスマートフォンの画面に目を落とした。盲導犬訓練士の岸本歩美のスマートフォンだ。

さきほど彼女から連絡があり、大事な話があると告げられたのだ。署の前の喫茶店で待ち合わせをした。一時間後、彼女が姿を現した。阿久津という口数の少ない優男も一緒だった。

「そうです。この人が森山美由紀さんです。三人はジャズ喫茶で知り合った友達で、三人でバンド組んでたみたいですね」

森山美由紀は二年半ほど前に亡くなっている。さきほど署の資料を当たったところ、事故の詳細も判明した。この二人は捜査協力者ということにすればいいだろう。そう判断して与田は説明を始める。

「事故が起きたのは二年半ほど前、場所は市内の路上だ」

時刻は午後十一時過ぎのことだった。市内の国道を走行中だったトラックの前に自転車が飛び出してきた。

「横断歩道も何もない場所だったらしい。トラックの運転手は慌ててブレーキを踏んだが間に合わなかったそうだ。すぐに森山美由紀は病院に運ばれたが、死亡が確認された」

自殺の可能性も浮上したが、遺書もないことから、事故ということで処理された。自殺ではないかと主張したのは遺族だった。特に彼女の姉が執拗《しつよう》に食い下がったらしい。妹は半年ほど前にショッキングな出来事があり、それ以来、人が変わったように塞《ふさ》ぎこんでいた、と。

「ショッキングなことって何ですか？」

歩美が訊いてきた。彼女が女性であることを考慮し、言葉を選んで説明する。話を聞き終えた彼女は絶句した。

「そんな……酷い……」

河野のやったことは許されることではない。しかし被害者である森山美由紀が被害届を出さない限り、警察としては捜査のしようがないのである。被害者が泣き寝入りせざるを得ないというのは、性犯罪には必ず付きまとう問題だ。

「でもこれって、立派な動機になりますよね」

歩美が言った。その通りだ。ついさきほどまでは不運な事故と思われていたが、それは被害者と加害者の間にまったく接点がないとされていたからだ。ところが状況が一変した。森山美由紀という存在を間に挟むことによって、被害者の河野と加害者の小山は繋がることになる。

「それに多分、二人は付き合ってますよ」

歩美がそう言ってスマートフォンの画面を操作し、画像を拡大させる。森山美由紀の左手薬指には指輪が光っている。そして小山理の左手にも似たような指輪が嵌《は》められていた。さらに小山の右手は森山美由紀の腰のあたりに添えられている。単なるバンド仲間以上の関係性が見てとれた。

「つまり復讐ってことやないですか」

興奮気味に歩美は言ったが、そう結論づけるのは早い気がした。まだ問題は残っている。

「でも考えてみてくれ。十メートルも上から鋼材を落として、下を歩く通行人の頭に直撃させる。結構な難易度だぞ」

「練習したんじゃないですか」

「そりゃ練習しただろうよ。でもな、そう簡単にいくとは思えないんだ。だって考えてもみろ。標的が――河野がどんなコースを歩くか予想できないんだぞ。それに昨日、あの時間にあの場所を河野が歩いたことだって、小山には予測できなかったはずだ」

「できると思うけどなあ」ずっと黙っていた阿久津が呑気な口調で言った。「多分、最初から仕組んでいたんじゃないかな。河野は自分の意思であの通りを歩いていたんじゃない。小山さんたちに歩かされていたんだよ」

「どういうことだ？」

「河野って男は待ち合わせの場所に向かうため、急いでいたんですよね。その待ち合わせの相手っていうのが怪しいですね。たとえばマッチングアプリとか使えば、なりすましも可能ですから」

「そういうことか」

詳しいことはわからない。与田自身、マッチングアプリなるものを利用したことがないからだ。ただしネットの世界では匿名で何でもできる。女性の振りをしてアプリに登録し、河野に対してモーションを仕掛ける。できないことでもあるまい。

「しかしだ」与田は最大の疑問を口にする。「本当にそんなことが可能なのか。マンションの四階の足場から鋼材を落とし、狙った標的の頭に直撃させる。止まっているならまだしも、標的は歩いている途中だったんだぞ」

歩行中の通行人なのだ。歩く速度も加味しなければならないし、難易度は高いと思った。それに――。

「協力者が健常者ならわかる。ある特定の位置で標的を呼び止め、標的の歩く方向などを微調整することも可能だ。しかし大石洋輔は視覚障害者だ。うまく標的を誘導できるとは思えん」

現場はただの歩道であり、そこには目印になるような突起物もなかった。そんな場所で標的に声をかけて、ある特定の位置まで誘導する。健常者であっても難しい作業だと思われた。

「難しいでしょう。でも、できないこともないと思いますけどね」

阿久津が軽い口調で言う。すると歩美が口を挟んでくる。

「阿久津さん、あまり簡単に言わないでくださいって」

「だったら本人に直接訊いてみるっていうのはどうだろう。それが一番早い」

そう言って阿久津がこちらに目を向けた。一般人ではあるが、洞察力には優れているようだ。それに盲導犬訓練士ということもあり、視覚障害者への理解も深い。この男に賭けてみるのもいいが――。

「考えさせてくれ」と与田は腕を組んだが、やるべきことは決まっているような気がした。

＊

「こんにちは。すみません、突然お邪魔してしまいまして」

歩美はそう言いながら頭を下げた。午前中も訪れた、大石洋輔の自宅に来ていた。大石は在宅していた。新宿のジャズ喫茶を出て、そのまま帰宅したということだろう。

「阿久津も一緒です。それと西多摩署の与田さんも。お茶でもどうかと思いまして。うちのセンターの近くに流行ってるケーキ屋さんがあるんですけど、そこでケーキを買ってきました。どれも美味しそうですよ」

センターの研修生仲間から話を聞き、美味しいと評判の店で買ってきたのだ。与田が手にしている紙コップのコーヒーは近くのコンビニで購入したものだった。

「お店のイチ押しはチョコレートケーキとモンブランだったので、それを人数分買ってきました。食べましょう」

大石は困惑気味に立っている。それはそうだろう。いきなりケーキを食べようと押しかけられたのだから。歩美はやや強引に彼をリビングまで誘導し、座ってもらった。キッチンの棚に入っていた皿を借りた。大石の前にケーキと紙コップのコーヒーをセッティングして、彼に向かって言った。

「大石さん、三時の方向にチョコレートレーキ、十二時の方向にモンブラン、九時の方向にコーヒーです。フォークはチョコレートケーキの皿の上に置いてありますよ。さあ、阿久津さんも与田さんも一緒に食べましょう」

阿久津が前に出て、大石の目の前に座った。箱の中からチョコレートケーキを出し、フォークも使わずにかぶりついた。子供のようだ。与田はケーキを食べる気はないようで、壁にもたれて見守っている。

歩美も阿久津の隣に座った。美味しそうなケーキだが、今は食べる気にはなれなかった。コーヒーを飲みながら、さりげなく大石に話しかける。

「大石さん、アンジーとは仲良くやってますか？」

「ええ。本当に満足していますよ。もう五年の付き合いになりますから」

リビングの隅に座布団があり、その上でアンジーは腹ばいになっている。この家でのアンジーの定位置なのだろう。今はハーネスをつけていないので、リラックスした表情だ。

「本当にジャズがお好きなんですね」

「そうですね。仕事中にも聴いてます」

今もオーディオのスピーカーからジャズが流れている。大石が恐る恐るといった感じで右手を伸ばした。指の先端が紙カップに触れる。あとは手慣れたものだった。両手で紙コップの存在を確認してから、それを手にとった。コーヒーを一口飲み、紙コップを元の場所に戻した。

「クロックポジション」ずっと黙っていた阿久津が口を開いた。「時計の短針に見立てて、どこに何があるかを知らせる手段です。もともとは航空機や船舶などで通信手段として使われていたようです。『十二時の方向に敵機あり』みたいに。近年では視覚障害者に対する介助にも応用されていて、それを知っている視覚障害者の方も多くいます。大石さんも知ってるみたいですね」

さきほどケーキを並べる際、歩美はクロックポジションで置いた場所を伝えた。それを知っていたからこそ、大石はみずから手を伸ばして紙コップをとることができたのである。

「クロックポジションを知っているなら、大石さん、あなたは点字ブロックなどがなくても、練習を重ねることにより、ある特定の場所に辿り着くことができるはずです。昨日の夕方、あなたが駅近くで河野さんに道を尋ねたのは、決して偶然なんかじゃないんです」

河野があの道を歩いてくることを事前に知っていた。それが阿久津の推理だった。そしてあらかじめ下調べをしていて――もちろん実行犯である小山の協力のもと――話しかける場所をピンポイントで決めた。そして当日、大石は現場へと向かったのだ。

「十二時の方向に何歩。三時の方向に何歩。頭に叩き込んだクロックポジションで、あなたはポイントまで辿り着く。そしてそこで道に迷った振りをしながら、河野さんが通りかかるのを待ったんです」

予想通り、河野が通りかかる。大石が道を尋ねる手前で、別の男が河野に声をかけたのは予想外のハプニングだった。しかし河野の声を耳にして、彼の存在を確認できたのは大石にとって好都合だった。

「あなたが河野さんに道を尋ねていたとき、外壁補修工事の足場の上では、あなたの友達の小山さんが息をひそめていたはずです」

どうも阿久津は先走る傾向があるようだ。歩美は隣から口を挟む。

「ちょっとすみません。実は大石さんたち三人が組んでいたバンドのこと、調べさせていただきました。亡くなった森山さんのことも私たちは知っています。河野さんが森山さんに対しておこなった、忌まわしい所業も」

大石は何も言おうとしない。黙って前を見ているだけだ。サングラスをしているため、表情もまったく変わらないように見える。

阿久津が続けて言った。

「事故に見せかけて下を歩いている通行人に鋼材を落とす。僕はやったことがないけど、意外に難しいと思います。通行人は歩いているわけだし、歩く速度やコースもわからない。だから大石さんの役割が重要になってくるんです。大石さんは河野さんを呼び止め、上にいる小山さんに対象者の姿を確認させる。でもそれだけじゃありません。大事なのはコースの設定です」

阿久津はスマートフォンを出した。事件現場の路上を撮影した画像を出す。それを見ながら阿久津は説明を続ける。

「大石さんが立っていたのは歩道の真ん中です。そして亡くなった河野さんが倒れていたのは歩道の建物寄りです。これはどういうことかというと……」

阿久津の説明はこうだ。大石は歩道の中央に立ち、前から歩いてきた河野に道を尋ねる。道案内を終えた河野は再び歩き出そうとする。大石は歩道の中央に立っているので、河野は彼をよけるように進まなくてはならない。本来であれば河野は左右どちらかのコースを選ぶことができるのだが——。

「大石さんの左側にはアンジーがいたんです。盲導犬はユーザーの左サイドに寄り添うように訓練されていますから。となると河野さんは盲導犬のいない方、つまり建物寄りのコースを選ぶしかない」

「なるほど」

思わず手を叩こうとした歩美だったが、それは不謹慎だろうと思いとどまる。だが阿久津の説明は見事だった。たしかにわざわざ盲導犬のいる方に向かって歩こうとはしないはずだ。人間の心理をうまく利用した誘導とも言える。

「あとは簡単です。小山さんは上から鋼材を狙った場所に落とせばいいだけですから。ただしこの方法はあまりにも不確実で、成功する確率はあまりにも低かった。もしかすると怪我をさせてやろう程度の気持ちだったのかもしれない。しかしあなたたちの執念が実ったのか、鋼材は河野さんの頭を直撃したんです。これは事故ではなく、立派な殺人です」

何か言いたいことがあるか。そう言わんばかりに阿久津は大石に目を向けた。その視線を感じとったかのように、大石はサングラスを外した。

そして彼は、悲しげな笑みを浮かべた。

「ある日、小山が練習をキャンセルしたことがありました。残業になったという話でした」

大石が落ち着いた口調で話し出した。練習というのは三人で組んでいたバンドの話だろう。ジャズ喫茶で知り合った三人の男女で組んでいたバンドだ。

「小山が来ないなら練習しても仕方ないね。そういう話になってスタジオから出たんです。ちょうど選挙が公示された日で、選挙カーからアナウンスが聞こえてきました。それを聞いた僕は冗談半分で美由紀に言ってみたんです。『美由紀は声がいいから、ああいう選挙カーに乗るのもいいかもしれないね』と。彼女は言いました。『本当にそう思う？』僕は答えました。『うん、向いてるよ、きっと。僕だったら投票しちゃうもん』と」

彼女は笑ったが、割と本気だったことが数日後に判明した。選挙カーに乗り、応援を呼びかける仕事、いわゆるウグイス嬢のバイトを始めたのだ。地元西多摩市にある某候補者の選挙事務所を訪ねたところ、即採用されたらしい。容姿もいいし、声もいい。彼女を採用しない理由が見当たらなかった。

「僕も投票には行きました。もちろん投票用紙には『柳沢倫子』って書きましたよ。美由紀があんな目に遭うと知っていたら、絶対に投票なんてしなかったと思います」

異変に気づいたのは、当時美由紀と付き合っていた小山だった。彼女と連絡がとれなくなったというのだ。試しに大石もＬＩＮＥを送ってみたが、いつまで待っても既読にならなかった。彼女はバンドの練習にも参加しなくなった。

「真実を突き止めたのは小山です。あいつが彼女の実家に何度か足を運び、誰にも口外しないという約束で、彼女のお姉さんから話を聞き出したんですよ。本当に許せなかった。でも被害届を出さないというのは彼女が下した決断だったので、それは尊重するしかありませんでした。僕たちはどうにもできなかった」

その半年後、大石のもとに彼女が事故で亡くなったという知らせが入った。信じられなかった。遺書などはなく、事故として処理されたが、河野という男のせいで彼女が死んだのは明らかだった。

「小山に呼び出されたのは半年前です。彼が仕事を辞めていることを知ったときは驚きましたけど、復讐計画を聞かされたときはもっと驚きました。嫌なら断ってもいい。彼はそう言いましたけど、断る気はありませんでした。むしろお願いだから手伝わせてほしいとさえ思いました。あのとき僕が冗談半分で選挙カーの話をしなかったら、彼女はあんな目には遭わなかったはずですから」

　大石はずっと自分自身を責め続けていた。そんなとき、小山から復讐計画への加担を持ちかけられる。大石にとっては願ってもない話だったのかもしれない。

「さきほど阿久津さんが言っていたように、明白な殺意があったわけじゃないんです。懲らしめてやるつもりでした。でも結果的にあんなことになってしまい、とても驚いています。多分小山も僕と同じ気持ちだと思います。刑事さん、僕たちが河野を殺しました。自首します」

　そう言って大石は背筋を伸ばした。覚悟を決めたような顔つきだった。そろそろ部外者である私たちは退散した方がよさそうだ。そう思って阿久津に目配せを送ろうとしたところ、彼が予想外のことを言い出した。

「最後に一つだけ。大石さん、僕はあなたがとった行動を許すわけにはいきません」

「だから僕は自首をして、これから罪を償おうと……」

　大石の言葉を遮るように阿久津は言った。

「違います。そんなことじゃないんです。僕は現場を見ました。あなたが立っていた位置と、鋼材が落ちた場所は五メートルも離れていなかった。練習はしたはずですし、小山さんも腕に自信があったんでしょう。でも誰にでもミスはあります。もしかしたらうっかり手が滑ってしまい、鋼材が地面に落ちる可能性もあった。跳ね返った鋼材があなたに、そしてアンジーに直撃する危険性も数パーセントはあった」

それは否定できない。突風が吹くことだって考えられた。たまたま鋼材は河野を直撃したものの、近くにいた大石にぶつかる可能性もあったのだ。もちろん、それは大石自身も覚悟していたはずなのだが——。

「あなた自身が巻き込まれるのは勝手です。好きにやってください。でも盲導犬を巻き添えにしないでください。犬は何も知らないんですよ。アンジーを危険に晒《さら》したことは、盲導犬のユーザーとして許されることではありません。それともう一つ、結果的にアンジーに犯罪の片棒を担がせたことも見逃すわけにはいきません。以上の点からして、あなたは」

そこでいったん言葉を区切り、阿久津は断罪するかのように言った。

「盲導犬のユーザーとして、失格です」

阿久津は立ち上がり、すたすたと部屋から出ていってしまう。仕方ないので歩美も腰を上げ、刑事の与田に向かって頭を下げてから阿久津を追った。部屋から出ようとしたところで、背後でむせび泣く声が聞こえてきた。

振り返ると、大石がテーブルの上に突っ伏していた。声を上げて泣いている。いたたまれない気持ちになり、歩美は足早に部屋から出た。

＊

「あれ？　刑事さんじゃないですか。珍しいところで会いますね」

与田が振り返ると一人の女性が立っている。岸本歩美という名前の盲導犬訓練士だ。今はちょうど正午を少し過ぎたところで、与田は駅前にあるたこ焼き屋にいた。昼どきということもあってか、店の前には五人ほど並んでいる。たまに無性に食べたくなり、こうして署から歩いて買いにくることもあるのだ。

彼女もたこ焼きが目当てらしく、与田の後ろに並んだ。彼女が訊いてくる。

「取り調べ、どうなったんですか？」

例の河野という秘書が殺された事件から一週間ほど経過していた。すでに二人の身柄は検察官のもとに送られ、二人とも全面的に罪を認め、素直に自供しているようだ。

「まあな」与田は小さな声で答えた。あまり捜査情報を話すわけにはいかないが、彼女は捜査協力者だ。多少はいいだろう。「全面的に罪を認めてるよ。二人ともな」

殺害に協力したとみられる大石洋輔については、殺人に協力した、いわゆる殺人幇助《ほうじょ》で立件を目指しているが、取り調べにも素直に応じ、殺害に至った事情もあることから、かなり軽い量刑になるのではないかというのが与田たちの見立てだった。しかしこればかりは裁判が始まってみないとわからない。

「かっこいいお兄ちゃんは一緒じゃないのか？」

「阿久津さんだったら、あそこにいますよ」

歩美が指をさした先に一台の軽ワゴンが停まっている。その脇に阿久津が座り、黒いラブラドール・レトリーバーと戯れている。

「午後から市街地訓練なんですよ。で、早めに出てたこ焼き食べたいって阿久津さんが言い出したんです。こないだ私が食べさせてあげたんですけど、それ以来ハマってしまったみたいで、何と今週で三度目です。まあ私も嫌いじゃないからいいんですけどね」

大石と一緒にいた盲導犬は、すでにセンターに引きとられたようだった。盲導犬を危険に晒したからという理由で阿久津という男は厳しい口調で大石を叱責した。

「あの盲導犬、どうしてる？」

与田が言いたいことが伝わったのか、歩美は答えた。

「センターにいますよ。元気です」

「ほかの視覚障害者のところに行くのか？」

「それはないです。阿久津さんがそう言ってましたから」歩美はそう言って軽ワゴンの前で黒いラブラドールと遊んでいる男に目を向けた。「やっぱり取り調べとか始まると、いろいろと難しくなってくると思うんですよね。まさか取調室に盲導犬連れていくわけにもいかないし。だから一時保護的な意味合いで阿久津さんはアンジーを連れてきたんだと思います。いつか大石さんに再びアンジーを渡せる日を待ってるんです、多分」

多分。そう言いながら確信しているかのような口振りだった。

「アンジー、ちょっと淋しそうなんですよね。昨日の夜、犬舎に様子を見にいったら阿久津さんがアンジーのケージの前に座ってました。スマートフォンで音楽を聴かせてあげてました。大石さんが好きだったヘレン・メリルという人の歌でした。アンジー、何だかちょっと嬉しそうにしてました」

「優しい男なんだな」

「ていうか、犬にしか興味ないんですよ。どういう風に育てられたらああいう感じになるんやろか……」

いつの間にか列は進み、ようやく自分の番が回ってきたので、与田は歩美に向かって言った。

「こないだの礼だ。ここは俺の奢りだ。二人前でいいのか？」

「本当ですか。ありがとうございます」

歩美は列から離れ、自販機で飲み物を買っている。すでに焼き上がっていたので、三人前のたこ焼きを買って料金を支払った。

「ありがとうございます。ご馳走様です」

歩美にたこ焼きの入ったレジ袋を手渡した。受けとりながら歩美は言った。

「刑事さん、たこ焼きには冷たい緑茶が一番合うと思いません？」

そんなことは考えたこともなかった。だがビール以外で飲むとすれば緑茶が多いかもしれない。

「そうだな。緑茶は合うな」

「ですよね。でも阿久津さん、いつもコーラなんです。わからなくもないんですけど、ちょっと違うと思うんだよなあ」

そう言う彼女の脇にはペットボトルの緑茶とコーラが挟まっている。歩美が阿久津のもとに近づいていき、飲み物を手渡した。それからたこ焼きに合う飲み物は絶対に緑茶だと声高に言い始めた。

黒いラブラドールが与田の顔を見上げていた。どうでもいいよな、そんなこと。そう言われているような気がして、与田は思わず笑みをこぼした。

4

ピーク

4 ピーク

俺の全盛期はとっくの昔に終わってしまったのかもしれない。

最近、則本昌磨はそんなことを考えている。現在、二十八歳。まだ将来を悲観するような年齢ではないが、目の前に広がる現実は控え目に言ってかなり厳しいものがある。

「おい、則本。何やってんだよ。人の話はちゃんと聞けよ。だからお荷物なんて言われちまうんだよ」

上司の松井《まつい》にそう言われ、則本は顔を上げた。場所は新橋《しんばし》のガード下にある焼き鳥屋だ。換気扇から白い煙がもくもくと流れてくる。則本たちは外のテーブル席に座っており、周囲は会社帰りのサラリーマンで溢れ返っていた。

「すみません」

則本は頭を下げ、手元にあった生ビールのジョッキを摑んだ。松井のほかに今年入社したばかりの二人の新入社員も一緒だった。入社一年目の二人はどこか輝いている。多分量販店で買った安物だと思うが、着ているスーツでさえ染み一つない。

「お前たち、則本だってな、昔は期待されてたんだぞ」松井が二人の新入社員に向かって言った。

「こいつ、顔がいいだろ。だから取引先に受けがいいだろうって期待されてたんだよ。でも蓋を開けてみたら全然駄目だ。今年だってまだ一個も契約とってないしな」

事実だった。最後に契約をとったのは去年の、暮れだ。今は九月、あれからもう十ヵ月も経とうとしている。責任は自分にあるのはわかっていた。押しに欠けるというか、相手の懐に踏み込めないのだ。営業マンとしては致命的な弱点だ。

則本は〈ミドリース〉というオフィス向けのリース会社に勤めている。パソコンや電話機、複合機などのOA機器をリースする会社だ。則本はそこの営業部に所属しており、日夜飛び込みで営業をおこなっている。

「お前たち、則本みたいになるなよ。こいつが営業部にいられるのは反面教師の役割を担っているからなんだ。憶えておけよ」

二人の新入社員は困ったような笑みを浮かべている。則本は下を向いた。今夜も屈辱的な時間が過ぎていく。松井は去年の春から営業部に配属になり、則本の直属の上司となった。よかったのは最初の一ヵ月だけで、則本がなかなか仕事をとってこられないとわかるや、パワハラ上司に豹変した。週に三日はこうして飲みに連れていかれ、延々と嫌味と説教が続くのだ。

「営業に大切なのは誠意なんだ。とにかくな、こちら側の誠意を見せることが大切なんだ」

いつものように松井が演説を始める。耳にタコができた話なので、則本は別のことを考えた。

昔、高校生の頃にハマった漫画があった。北斗神拳の伝承者、ケンシロウが活躍するアクション漫画だ。サッカー部の部室に置いてあり、貪《むさぼ》るように読んだ。こんなに面白い漫画があったの

4 ピーク

か。そう思った。

数いる登場人物のうち、則本が気に入ったのは北斗四兄弟の長兄、ラオウだ。みずからを世紀末覇者拳王と名乗り、世界を恐怖と暴力で支配した暴君だ。最終的にはケンシロウに倒されてしまうものの、その圧倒的なパワーに則本は憧れた。わが生涯に一片の悔いなし。そういう名言を遺し、果てていったラオウの姿にはただただ涙した。

ラオウは何歳で亡くなったのか。最近気になったので、通勤途中にスマートフォンで調べたことがある。公式には明らかにされていないのだが、おそらく二十代後半から三十代前半だったのではないかというのがネット上の推測だ。かなり若くて驚いた。つまりラオウが今の則本くらいの年齢のとき、すでにトキやケンシロウと戦っていたかもしれないのだ。

「おい、見ろよ」

松井の声に我に返る。松井の視線の先に目を向けると、そこには一人の女性が歩いていた。女性の左側には一頭のラブラドール・レトリーバーが寄り添うように歩いている。

「あれは盲導犬だ。立派だな。社会貢献という意味では、あの犬の方がよほど則本より役に立ってるな」

そう言って松井は笑う。仕方ないといった感じで二人の新入社員も愛想笑いを浮かべている。するとと新入社員の片方が則本に向かって言った。

「則本さん、これ、よかったら食べてください」

そう言いながら新入社員は焼き鳥の盛り合わせの皿を則本の前に差し出した。さきほどから食べ物に手をつけていなかったので、気遣ってくれたのかもしれない。「悪いね」と焼き鳥に手を伸ばそうとすると、何かが胸のあたりに当たった。膝の上に枝豆が落ちるのが見えた。

「百年早いんだよ。お前は枝豆でも食べてろ」

そう言って松井がさらに枝豆を投げてくる。今度はおでこに当たる。「おっ、命中」という松井の声がやけに遠くで聞こえた。これまでに何度も嫌味を言われたことはあったが、物を投げつけられたことは一度もない。

松井が再度、枝豆を投げてきた。今度は頬のあたりに当たった。

「ストライク。バッターアウト」

松井が笑った。そのとき、則本の頭の中で何かが弾けた。

気がつくと立ち上がっていた。グラスの割れる音が聞こえたが、気にしていられなかった。身を乗り出し、松井の胸倉を摑み、強引に立ち上がらせる。虚を衝《つ》かれたのか、松井はされるがままに立ち上がった。則本は拳を握り、振りかぶる。

殴れ。殴っちまえ。

いや、駄目だ。上司を殴ったらただじゃ済まないぞ。

相反する二つの気持ちが葛藤していた。松井は蒼白な顔で、唇を震わせて言った。

「お、俺を殴ったら、ど、どうなっても知らないからな」

どうなるのか、多少の興味はあった。退職金は出るのだろうか。一つだけ言えることは、今の会社にいられなくなるということだ。

則本は握り締めていた拳を下ろし、摑んでいた胸倉から手を離した。もしラオウだったら殴っていたはずだし、下手したら殺していたことだろう。あーあ、と則本は溜め息をつく。やっぱり俺はラオウにはなれないらしい。

*

「うわあ、これは酷いですねえ」

歩美は思わず声に出していた。ハーネス多摩の正門の前だ。黒いペンキが塀にぶちまけられている。今朝、一番最初に出勤したスタッフが見つけたのだ。

すでにモップを手にしたスタッフたちがペンキを落とす作業を始めていた。幸いなことに水性だったらしく、洗剤を使えば綺麗に落とせるようだった。歩美もモップ片手に作業に加わった。しばらくモップでゴシゴシと塀をこすっていると、自転車で走ってくる男の姿が目に入った。歩美の指導監督である阿久津だ。阿久津は塀のペンキなど目に入っていないようで、素通りして駐輪場で自転車を停めた。まったくもう、あの人ときたら。歩美は駐輪場に走っていき、阿久津に声をかけた。しかし彼は反応しない。仕方ないので歩美は背後から近づき、彼が嵌めていたイヤホンを引っこ抜いた。

「阿久津さん」

「あ、おはよう」

「おはようじゃありませんって。大変なことになってるんですから」

阿久津にモップを持たせ、強引に作業に参加させる。特に文句を言うこともなく、阿久津もモップで塀をこすり始めた。近くにいた訓練士の一人が声をかけてくる。

「いいコンビになってきたわね」

小野《おの》智美《ともみ》という先輩訓練士だ。面倒見のいい人で、歩美ら研修生にもよく声をかけてくれる優しい訓練士なのだが、残念なことに今週一杯でここを去ることが決まっていた。彼女の実家は長野県の軽井沢で旅館を経営していて、そこで働いている母親が椎間板ヘルニアで入院することになったという。かねてから旅館の仕事を手伝うように言われていたらしく、母親の入院を契機に実家に戻る決意をしたようだ。

「まったくこれじゃどっちが指導監督かわかりませんよ」

「歩美ちゃんとは不思議と馬が合うみたいね。犬と一緒で相性みたいのがあるのね、人間同士にも」

「そうなんですかねえ」

阿久津はあまり人と積極的に打ち解けようとしないタイプの男として知られていた。そのくせ犬と話ができるという特技を持ち、訓練士としての能力は高かった。周囲から一目置かれ過ぎて、浮いてしまっているという存在だった。ただし歩美にしてみれば特に話しづらいということはない。むしろ一緒にいても気が楽だ。関西特有のノリで歩美がひたすら話しているのを、阿久津が黙って聞き流している。そんな感じだ。

4 ピーク

「智美さん、引き継ぎは順調ですか？」

「まあね。何とかなると思う。阿久津さんにも迷惑かけちゃうわね。私が担当してる犬の半分が彼の担当になるわけだから」

「気にしないでください、そんなの」

訓練士にはそれぞれ担当している候補犬がいる。急にセンターを去ることになった智美は、毎日その引き継ぎ作業に追われていた。

「でも誰の仕業なんですかね。酷いと思いませんか」

まったく腹が立って仕方がない。私たちが何をしたというのだ。歩美が憤慨していると、智美は宥《なだ》めるように言った。

「でもこのくらいで済んでよかったと思わないと」

センターへの嫌がらせの一環だろうか。実は盲導犬に対するアンチの声というのは一定数は確実にあり、たとえばホームページなどにもそういった声は寄せられる。人のために犬を働かせるなど可哀想だとか、犬には犬らしい生活を送らせてあげるべきだとか、そういう声だ。中日本盲導犬協会では盲導犬に対する理解を深めてもらうためにホームページ上でも各種データを公開しているし、隔週の週末には見学会を開催している。

「よし、そろそろいいだろ。あとは俺がやっておくから、朝の掃除に移ってくれ」

センター長である小泉がそう言った。塀のペンキはかなり落ちていて、黒く変色した水が側溝に向かって流れていた。モップ片手に歩き始めると、後ろから小泉に声をかけられる。

「岸本、それから阿久津。お前たちは残ってもう少し手伝ってくれ」

「わかりました」

言われるがまま、残ってモップで塀をこすった。三十分も経つ頃には塀は元の白さをとり戻した。もう一度ホースで洗い流して終了になった。歩美は気になっていることがあったので、小泉に訊いた。

「これって、警察には通報しないんですか？」

かなり悪質ないたずらだ。警察に被害届を出してもいいと思った。しかし小泉は笑って言った。

「そこまでしないでいいだろ。うちにはトラブルバスターズがいるからな」

「いやいや、それはないですって」

歩美の言葉を無視し、小泉は一枚の封筒を出してこちらに寄越してきた。

「これが玄関の自動ドアに貼りつけてあったらしい。多分いたずらをした者が残していったものだろうな。二人とも訓練で忙しいとは思うが、時間があったら捜査をしてくれ」

「捜査って言われても……」

「頼んだぞ」

そう言い残して小泉は去っていった。残された歩美は封筒を開ける。中には一枚の紙が入っていた。そこにはこう書かれていた。

『この街から、出ていけ』

*

上司の胸倉を摑む。やはりその行為は問題になったらしく、則本は即座に異動になった。営業部から抜け出せると安心したのも束の間、異動先の管理部でも厳しい現実が待ち受けていた。

任された仕事は電話番のようなもので、一言で言えばクレーム処理だ。一日中、狭い部屋に閉じ込められ、延々とクレームの電話に耳を傾けるのだ。そして必要と判断した場合には、クレーム元に出向き、頭を下げる。それが則本の新しい仕事だった。

「則ちゃん、コーヒーでも飲む？」

隣に座る新しい同僚が声をかけてくる。田辺美穂《たなべみほ》という女だ。こいつが馴れ馴れしくて、初日からまるで恋人にでもなったかのように声をかけてくるのだ。顔は十人並みだが、胸だけはやけにデカい女だ。

「俺、コーヒー嫌いなんだよね」

「何が好きなの？　則ちゃんが好きな飲み物、私が買ってきてあげる」

「じゃあビールを」

「ちょっと待ってよ、則ちゃん。今はお仕事中だぞ」

始終こんな感じなのである。無視したい気持ちもあったのだが、美穂は則本の教育係を兼ねているため、わからない点があったら美穂に訊くしかなく、あまり機嫌を損ねるわけにはいかなかった。すべての仕事を覚えてしまったら完全無視を決め込もうと思っているのだが、そんな日はいつになるかわからない。それに電話の合間に世間話をすることにより、多少の気晴らしになっていることだけは事実だった。

「則ちゃん、彼女いるの？」

昼休み、美穂に訊かれた。昼の一時間はクレームの電話も鳴り止むことになる。機械の音声に切り替わるからだ。則本はコンビニで買ってきたパンを食べながら素っ気なく答えた。

「いないね、今は」

「えっ？　いないの？」

私にもチャンスある。そんな感じで美穂が言うので、則本は冷たく言い放った。

「いないけど、候補はいくらでもいるよ」

前の彼女と別れたのは先月のことだ。相手は化粧品メーカーのOLで、ダーツバーで出会って一目惚れしたのだ。別れた原因はすれ違いだ。互いに仕事が忙しく、会う時間が減っていたのが原因だ。パワハラから解放されたはいいものの、今度はいつ終わるかもわからないクレーム地獄に突き落とされてしまった。まったくツイていない人生だ。

仕事面は散々だが、異性関係は充実している。候補がいくらでもいるというのは本当だ。SNSで繋がっている女友達は無数にいるので、その中から適当にピックアップしてダイレクトメッセージを送るだけだ。あとは飲みに行く約束をすればいい。

パンを食べながら、女友達のSNSをチェックする。今一つめぼしい女がいない。そんな中、

4 ピーク

一人の女のSNSが目に留まった。高校時代に付き合っていた女だ。付き合っていたといっても当時の則本はかなり忙しく、何度かマクドナルドやカラオケに行ったくらいだ。カラオケ店の中でキスをしようとしたら、断られたというほろ苦い思い出もある。数年前に一度だけ飲みに行ったこともあるのだが、たしか鉄道会社で駅員をしていると話していた。

梨田麻里子。この子にしよう。同級生で、しかも同郷。傷ついた心を癒すには、こういう子がいいかもしれない。

久し振り、元気？

メッセージを送ってみる。向こうも昼休みで時間を持て余していたのか、すぐに返事が来る。何度かやりとりを繰り返し、今夜飲みにいくことが決定した。相手の職場が世田谷にあるので、則本が足を運ぶことになった。楽勝だ。どうして仕事はうまくいかないのに、女の子とのアポは簡単にとれてしまうのか。やはり顔がいいからだろうか。

約束も決まり、則本はしばらく梨田麻里子のSNSを見た。あまり投稿はない様子だったが、一番最近のもので、ラブラドール・レトリーバーの写真をアップしていた。キースという名前の犬らしい。彼女が飼っている犬かもしれない。

「えっ？　何？　ラブラドールじゃん。超可愛い」

振り返ると、田辺美穂が則本のスマートフォンを覗き込んでいる。則本はスマートフォンを別方向に向けて言った。

「人のスマホを勝手に見るなって」

「いいじゃん。私と則ちゃんの仲なんだから。でも則ちゃん、犬が好きなんだね。意外」

「俺じゃないって。友達のインスタ」

「その友達って、もしかして女の子？　だとしたらショック」

「女に決まってるだろ」

「えーん、えーん」

そう言って美穂は泣く仕草をした。腕で胸を挟むようにしているので、否が応でもその大きさが際立った。今までいろいろな女の子と付き合ってきた則本だが、これほどまでに胸が大きな子と付き合ったことはない。

「はい、これ。あげる」

そう言いながら美穂がチョコレート菓子を則本の前に置いた。甘いものは嫌いではないので、すぐに則本はそれを口にする。

「則ちゃん、今夜は時間ある？」

「ない。たった今予定入った」

「相手は誰？」

「昔付き合ってた女」

「やめた方がいいよ、そういうの。私と歓迎会しようよ。二人きりで」

「それはないね、絶対」

「えーん、えーん」

4 ピーク

　またしても美穂は泣く真似をして、その巨乳を際立たせる。思わず目が吸い寄せられてしまう。則本はつくづく思った。これで顔がキャメロン・ディアスだったら最高なんだけどな。

　指定された店は駅前の商店街の中にある、大手チェーンの居酒屋だった。店員に案内されて個室に向かう。中に入った瞬間、部屋を間違ってしまったのかと目を疑った。そこには三人の男女が先客として座っていたのだから。

「おっ、出た。則本昌磨」

　女の一人がそう言った。彼女は梨田麻里子だ。髪をアップにして、活発そうな印象だ。どちらかというとモデル系の美人なのだが、こう見えて駅員をしているというのだから驚きだ。

　三人もいるというのは正直予想外だった。てっきり二人きりだと思っていた。落胆しつつも則本は切り返した。

「おいおい、人を怪獣みたいに言わないでくれるかな」

　そう言いながら則本は空いている座布団の上に座った。麻里子の隣だった。目の前には知らない女が座っていて、その隣には男が座っていた。二人とも則本と同世代のように見えた。前に座る二人が付き合っていて、そのデートに相席する形なのだろうか。まあ、いずれわかるだろう。

「な、ほんまに来たやろ」

　麻里子がもう一人の女に向かって声をかけた。女はやや困惑気味にうなずいた。則本は上目遣いで女を観察する。まあまあ可愛い子だった。

「ねえ、昌磨君」と麻里子が気さくに声をかけてくる。「あんたの目の前に座ってる子、どっかで見たことない？」

そう言われてみると、どこかで見たような気がする。どこで会ったのだろうか。いろいろと思い返してみたのだが、記憶がよみがえることはなかった。麻里子が言う。

「ほんま薄情な男やな。付き合ってた女の子の顔を忘れてしまうなんて」

「あっ」

ようやく思い出した。奈良市に住んでいた高校時代のことだ。何人かの女性と同時に付き合っていたことがあるのだが、そのうちの一人だ。名前はアサコとかアミとか、とにかく頭にアがつくことだけは憶えている。

「アユミちゃん、良かったね。昌磨君、あんたのこと憶えてたみたいやで」

そうだ、アユミだ。岸本歩美。ライブの打ち上げで気に入り、何度かデートしたのだった。ところがある日連絡をとってみると、電話が繋がらなかった。ほかに彼女はいたし、特に気にすることはなかった。

「彼女、盲導犬の訓練士なの。で、こっちの彼は歩美ちゃんの同僚の阿久津さん。ちょっとしたことで仲良くなったの、私たち」

駅のホームに盲導犬が置き去りにされるという事件が発生し、そこで二人は偶然遭遇したという。共通項は高校時代に則本と交際していたというもので、それが縁となって二人は連絡先を交換して、以来こうして顔を合わせる関係になったらしい。

4 ピーク

歩美と会うのは十年振りくらいだろうか。すっかり女っぽくなっている。しかしこちらも飾り気がないというか、則本がテリトリーとしているバーやクラブにはいないタイプの女性だった。よく言えば素朴な、悪く言えば田舎っぽさが残っている。

歩美の隣に座っている阿久津という男はイケメンだった。しかし無愛想な男のようで、則本の顔を見てもうんともすんとも言わない。まあいい。麻里子目当てでやってきたが、こうなってしまったら仕方がない。酒を飲もう。

「昌磨君、何にする？」

「まずは生ビールで」

タッチパネル式のタブレットで注文する。しばらくしてドリンクが運ばれてきた。乾杯してから麻里子が言った。

「昌磨君、私が愛人二号、歩美ちゃんは三号って呼ばれていたんだよ。知ってる？」

「聞いたことある。失礼しちゃうよな」

本当は五号までいたのだが、それを言ってしまうと二人の名誉を傷つけてしまうと思い、則本は黙っていることにした。話は自然と奈良時代——歴史上の時代区分の奈良・平安時代のことではなく、則本たちが奈良に住んでいた時代の話になる。

「光ってたよね、昌磨君。ほんま後光がさしてたもん、ライブのときなんて。歩美ちゃんもそう思ったでしょ」

「そうだね、光ってた。なぜ私がこんな人と付き合っているんだろうって思ってた。だからほかにもたくさんいるって聞いたとき、怒るというより、目が覚めた感じがした」

今思うと、あの頃が自分の全盛期だったかもしれないと則本は思う。バンドではボーカルを務め、ライブハウスにはファンの女の子が押し寄せた。また高校のサッカー部ではエースストライカーとして活躍し、毎試合のようにゴールを決めた。将来はミュージシャンかJリーガー。そんな夢を抱き、大学進学のため上京した。

ただし、現実はそれほど甘くはなかった。自分の歌唱力が全然低いことは上京して三ヵ月で思い知らされた。大学のサッカー部に入部してみたはよかったが、そこでの競争も激しかった。一般入試で入った則本と違い、スポーツ推薦で入ってきた奴らの実力は一段も二段も上だった。

それでも則本は必死に食らいついた。バンドマンとしての道が閉ざされてしまった今、サッカーしか残されていなかったからだ。奈良の点取り屋。そう呼ばれていた時代の感覚をとり戻し、練習に明け暮れた。二年生に進級する頃には、スポーツ推薦組にも負けないくらいにまでなっていた。プライベートもそれなりに充実していた。バイト先の飲み屋で年上のガールフレンドができた。第二の全盛期だったとも言えるだろう。

しかしそれも長続きしなかった。二年生でも数少ないベンチ入りが決まり、練習にも熱が入っていた時期だった。ある日の練習中、浮き球をヘディングで競ったときだ。着地の際、膝の裏側に鋭い痛みが走った。これまでに感じたことのない痛みだった。これはヤバいな。そう思いながら練習を抜け出して病院に向かうと、本当にヤバかった。膝の十字靭帯の損傷だった。

手術をするか、それとも保存的療法で回復を狙うか。もしプロ選手であったら膝にメスを入れる決断をするところだが、則本はプロではなく、ちょっとサッカーが巧いだけの大学生だった。手術はしなくても日常生活なら問題ない程度まで回復するはず。医者の言葉を信じ、則本は保存的療法を選択した。それはすなわち、サッカーを諦めることを意味していた。

第二の全盛期はこうしてあっけなく幕を閉じたのだった。

*

「だからね、マジで凄かったんだから。物凄い成長曲線だったわけよ。奈良の点取り屋と呼ばれていた頃とは、比べ物にならないくらい練習してたんだぜ。ほんとあのまま行けば日本代表にだってなれてたはずだって」

歩美の目の前ではかつての恋人が——厳密に言えば恋人と呼べるほどの関係ではなかったのだが——酔って熱弁をふるっている。奈良にいた頃の輝きは消え失せてしまっているが、男前であることに変わりはない。むしろ、だらしなく緩めたネクタイとか、ほのかに漂ってくる体臭に、かつては感じなかった男っぽさが色濃く感じられる。

「いや、日本だけに収まる器じゃなかったかもしれないな。今頃、スペインの強豪クラブに所属してた可能性もゼロじゃないよ」

則本昌磨は生ビール二杯ですっかり出来上がってしまい、今はハイボールを飲みながら話している。普段は新橋のリース会社で働いているようだが、話題はもっぱら過去の話だった。

「ところで歩美ちゃん」

いきなり声をかけられ、歩美は若干焦る。「な、何でしょうか？」

「隣の彼とは付き合ってんの？」

「あ、それ私も気になってたんだよね」と麻里子も乗ってくる。「二人はどう見ても怪しいよね。今日だって仲良く一緒に来たわけだし」

歩美は即座に否定した。

「付き合ってないです。彼は指導監督といって、何ていうか、私の教育係みたいなもんなんですよ」

「ほんまに？　怪しいなあ」

「本当ですって」

むきになって否定するのも変だが、本当に付き合っていないのだから仕方がない。当の阿久津は歩美の隣でオムライスを食べている。昼休みに麻里子から連絡があり、よかったら阿久津さんも誘ってと言われたので、仕方なく誘っただけだ。オムライスがあったら行く。それが阿久津の答えだった。

「そもそも何で歩美ちゃんは盲導犬の訓練士になろうと思ったわけ？」

則本がハイボールのジョッキ片手に訊いてきたので、歩美は答えた。

「私の祖父の話なんですけど」

歩美は幼い頃からお祖父ちゃん子だった。いつも祖父について回り、彼がよく口にしていたオヤジギャグを覚え、周囲を笑わせた。祖父もそんな歩美に目を細めていたものだった。

そんな祖父だったが、歩美が小学生の頃から糖尿病を患い、長い闘病生活に入った。実は歩美が看護学校に入学したのは、祖父を看病してあげたいという思いからだった。しかし看護学校を卒業していざ看護師になったからといって、祖父に付きっ切りになるわけにもいかなかった。

歩美が看護師になって三年目、祖父の容態がいよいよ怪しくなってきた。当時、祖父は糖尿病型網膜症で失明しており、施設に入っていた。ある日、いつものように祖父を見舞ったところ、たまたま容態が安定していた祖父が退院後の夢を語ったのだ。

お祖父ちゃんな、盲導犬欲しいねん。盲導犬ってお祖父ちゃんみたいな目の見えん人と一緒に歩いてくれんのやろ。そんでな、一緒にスーパー行って、たこ焼きこうて食べるねん。それが退院したらやりたいことやな。

祖父はそう語った。結局それから半年もしないうちに祖父は息を引きとったのだが、盲導犬という言葉が歩美の頭の隅にこびりついていた。たまにネットで盲導犬について調べたりもした。いつしか訓練士になりたいと思うようになっていたのである。

「……で、今年のお正月の初詣で春日大社に行ったんですけど、そのときに引いたおみくじが大吉だったんです」

願い事は『思うように運ぶ』、旅行は『行きて吉』、転居は『さしつかえなし』とあった。今しかない。早速歩美は日本中にいくつかある盲導犬訓練施設の求人情報を集めた。そうして見つけたのがハーネス多摩の訓練士若干名募集の知らせだった。

「おみくじねえ。歩美ちゃん、意外に信心深いんやね」

麻里子が笑って言う。歩美は答えた。

「私、おみくじ引いてもいつも吉とか凶ばかりで、大吉引いたの生まれて初めてだったんですよ」

あのときのおみくじが大吉でなかったら、今こうしてこの場にいなかったかもしれない。そう考えると不思議だった。則本昌磨と、その愛人二号と三号が一堂に会することはなかったわけだ。

「でも盲導犬って偉いよな」そう言う則本の顔はすっかり赤くなっている。「俺なんかよりよっぽど社会の役に立ってるもんな。本当偉いよ、盲導犬は」

自分は社会の役に立っていない。そういう意味にも聞こえてきた。そういえば彼はさきほどから昔話をするだけで、現在の仕事の話をしようとはしなかった。何か胸に抱えた不満のようなものがあるのかしれない。

「昌磨君だって偉いよ」

慰めるように麻里子が言ったが、それを則本ははねのける。

「やめてくれ。俺のことなんて放っておいてくれ」

則本は自棄《やけ》気味にハイボールを飲む。麻里子と目が合った。困ったわね。そんなことを言いたげな顔をしているので、歩美は小さく肩をすくめた。

その翌日、仕事が終わったあとでちょっとしたセレモニーがあった。訓練士の小野智美のお別れ会的なものだった。急遽決まった退職のため、しっかりとした送別会を開くことはできないので、せめてこのくらいはしてあげようと訓練士たちが企画したものだ。

「……本当にお世話になりました。軽井沢にお越しの際には、是非うちの旅館にお泊まりください。そのときは精一杯のサービスをさせていただきます。旅館の敷地は広いので、ゆくゆくはラブラドールのブリーダー的なお仕事もさせていただこうかと思っています。そのときはよろしくお願いします。本当にありがとうございました」

拍手に包まれる。センター本館の会議室に手の空いているスタッフ、訓練士が集まっていた。館内でアルコールは禁止されているため、ジュースとお菓子で歓談が始まった。

「おい、岸本」

紙コップ片手にセンター長の小泉が近づいてきた。

「捜査の方は順調に進んでるか？」

昨日の朝、センター正門の塀にペンキがぶちまけられるという事件が発生した。『この街から、出ていけ』というメッセージが現場に残されていて、その犯人捜しを小泉から命じられたのだ。

「昨日の今日じゃないですか。名探偵じゃあるまいし」

少し皮肉っぽい口調になってしまう。研修生の毎日は忙しい。いたずらの犯人捜しなどしている暇はないのだ。とは言っても昨夜は麻里子に誘われて飲みにいってしまったのだけど。

「謙遜するな。お前たちの活躍は俺の耳にも届いてるぞ。こないだ駅前で起きた事件だって、お前たちが解決したようなもんなんだろ」

政治家の秘書が落下してきた鋼材にぶつかり、命を落とした事件だ。

「そうですけど、あれはほとんど阿久津さんが……」

「まあ、とにかく頼んだぞ」

肩をポンと叩いてから、小泉は立ち去っていった。周囲を見回して阿久津を探したが、彼の姿は見つからなかった。彼の性格からして、こういう場に顔を出すことはなさそうだ。

「歩美ちゃん」

振り返ると今日の主役、小野智美が立っている。歩美は頭を下げた。

「智美さん、本当にお世話になりました」

「こちらこそ。歩美ちゃんが一人前の訓練士になるのを見届けたかったんだけどね」

「なれるかどうか、わかりませんけどね」

「歩美ちゃんなら大丈夫。私が保証する」

盲導犬の訓練士というのは、国家資格のような厳密な規定で定められているものではない。各協会で定めた規則などにより、その条件は決まっている。歩美が属する中日本盲導犬協会では、座学などのプログラムを消化し、指導監督のもと十二頭の盲導犬の訓練を終えることが、正式な訓練士への昇格条件となっている。普通は二年から三年かかると言われていた。歩美はここに来て半年になるが、まだ一頭も訓練しておらず、基礎的なことを学ぶ日々だ。同時に採用された研修生も似たようなものだった。

「実はね、歩美ちゃんに引き継いでほしいことがあるんだよね」

「えっ？　私にですか？」

ちょっとだけ身構える。実は智美はこの一ヵ月ほど、盲導犬を希望する視覚障害者に悩まされていて、センター内でも有名だった。

盲導犬の使用を希望する人は多種多様だ。いい人ばかりではなく、中には性格がひねくれた人もいる。智美が対応したのは四十代の男性で、かなり威張った口調で訓練士に接し、しかも昼も夜も構わずに電話をかけてあれこれ質問してくるという。智美も対応に苦慮し、一時期はかなり精神的にナーバスになっていた。食事も喉を通らなくなった時期もあったらしい。

「智美さん、もしかして……」

「違うって、歩美ちゃん。あの件ならもう片づいたし」

智美が笑って言った。たしかセンター長の小泉が間に入り、結局その男は盲導犬を断念したと聞いている。

「いろいろ考えたんだけど、こういうのは若い人に任せた方がいいと思って」

そう言いながら智美は一枚のチラシのようなものを出しながら言った。

「ブラサカって知ってる？」

「名前くらいは。ブラインドサッカーですよね」

視覚障害者がプレイするサッカー競技のことをブラインドサッカーと言う。厳密にはサッカーというより、フットサルと言った方が正解かもしれない。フットサルコートを利用し、各チーム五人の選手でおこなう競技だ。

「私ね、ボランティアでブラサカのチームを手伝ってるの。ゴールデン西東京っていうチーム。東京西部の人たちで構成されたチームで、西多摩市のフットサルコートが練習場になってるわ」

チラシを渡される。リーグ戦もおこなわれていて、そのチラシだった。ゴールデン西東京も参加しているらしい。

「ゴールデン西東京はB1のカテゴリーに入るのよ。私も先輩に頼まれて、もう五年ほどチーム運営を手伝ってるわ。あ、カテゴリーっていうのはね……」

智美が説明してくれる。B1というのは基本的に完全に見えない状態、いわゆる全盲の視覚障害者がアイマスクをしてプレイするカテゴリーだという。それ以外に弱視の選手のプレイするカテゴリーがあり、そちらはロービジョンフットサルとも言われ、視力の程度によってさらに二つのカテゴリーに分かれているという。

「どうかな、歩美ちゃん。ボランティアだから自分の仕事優先で構わない。時間があるときに手伝ってくれると嬉しいんだけど。ほかの研修生にも頼んであるから、そんなには負担にならないと思う」

視覚障害者と接することは今後のためになるはずだった。しかし今はまだ研修生の身であり、できれば勉強の方に時間を費やしたいというのが本音だった。

「ちょっと考える時間を……」

歩美がそう言いかけたとき、横から急に手が伸びてきて、歩美が持っていたチラシを奪った。顔を向けるといつの間にか阿久津が隣に立っている。

「阿久津さん、いつからここに……」

「さっきから。それより」阿久津は智美に向かって言った。「僕もブラサカに興味がある。どこに行けばいい？」

阿久津がほかの訓練士と話している場面は新鮮だった。智美も少し戸惑い気味に答えた。

「明日の夕方、練習があります。フットサルコートの場所はあとで歩美ちゃんにメールしておく。それでいいですか？」

「いいよ」

そう短く言い残して、阿久津は去っていった。いったいどういう風の吹き回しだろうか。智美も同じことを思ったようで、二人で顔を見合わせて同時に首を傾げた。

＊

その日の昼休み、則本は食事をするために会社から出た。なぜか同僚の田辺美穂も一緒だった。いつものようにコンビニで済まそうと思っていたところ、強引に連れ出されたのだ。

管理部におけるクレーム処理担当になってから四日が経ったが、まだ仕事に慣れたとは言えなかった。ただし何となくではあるが、コツのようなものを掴みつつあるのも事実だった。電話をかけてきたときはあれほど怒っていた人が、電話を切るときには「助かったよ」と喜んでくれることもあった。そういうときは単純に嬉しかった。

「則ちゃんはどっちにする？　Aセット？　それともBセット？」

連れていかれたのは路地裏にあるビストロ風の店だった。昼はランチセットのみの販売らしい。Aセットが和風ハンバーグだったので、それを注文する。美穂も同じAセットだった。

「この店、夜も美味しいんだよ。則ちゃんの歓迎会、この店にしようか」

美穂の言葉を無視して、則本はスマートフォンを見た。麻里子たちと飲んだのは一昨日のことだ。かなり酔っ払ってしまい、後半の方は記憶も曖昧だった。あれから麻里子とメッセージの交換を続けているが、彼女をデートに誘い出すのは難しそうな感じだった。彼女の中で則本は「高校時代に一時期付き合っていた元カレ」と分類されているようで、そこから彼氏に昇格するのは正直厳しいだろうというのが則本の予測だ。

「則ちゃん、誰にメールしてるの？　もしかしてこないだ言ってた元カノ？」

「関係ないだろ」

「関係あるわよ。私、則ちゃんの教育係なんだからね」

麻里子が連れてきたもう一人の女を思い出した。岸本歩美。麻里子と同じく、高校時代に何度かデートをした女だ。今は西多摩市で盲導犬訓練士として働いているようだった。彼女も美人だし、性格もよいはずなので、彼女候補としては申し分ないのだが、ちょっと自分には合わないような気がした。それに一緒にいた男の存在も気になった。「付き合っていない」と言っていたが、ああして一緒に行動しているということは、それなりの仲とみていいだろう。

「うわ、美味しそう」

4 ピーク

ランチセットが運ばれてきたので、それを食べる。ハンバーグは旨かった。思えばこうして落ち着いてランチを食べるのは久し振りのことだ。営業部にいた頃にも昼に同僚と一緒に外食することはあったが、午後の営業のことで頭が一杯で、食事を楽しむ余裕はなかった。

「ここは私が払うから大丈夫」

食事を終えて会計の際、美穂がそう言って財布を出した。下手に奢ってもらってあとで何か言われたらたまったものではない。割り勘で支払い、店から出た。コンビニで飲み物を買ってから会社に戻る。一階の受付の前で向こうから歩いてくる人影に気づいた。営業部の松井だ。子飼いの新入社員二人を引き連れている。目を逸《そ》らして足早に立ち去ろうとすると、向こうから声をかけてきた。

「おっ、則本じゃないか。どうだ？　管理部の仕事は？」

話しかけられて答えないわけにはいかない。「ええ、何とかやってます」

「早くも彼女を見つけたってわけか。まったくめでたい男だな、お前って奴は」

松井の視線は則本の隣に立つ美穂に向けられていた。美穂が何か言おうと一歩前に出たが、則本は目配せを送ってそれを制した。松井が新入社員二人に向かって言った。

「お前たちも気をつけろよ。間違っても則本みたいになるんじゃないぞ。管理部なんかに行っちまったら出世の道は閉ざされたも同然だからな」

二人の新入社員はやや困惑気味に松井の話を聞いている。二人とも短い付き合いだったが、それでも何度も一緒に営業に回ったことがあった。彼らの立場も理解できた。

「じゃあ飯行くか。あれ？　もしかして則本たちはもう飯から帰ってきたのか。いいな、管理部は暇で。時間通りに飯を食えるんだからな」

捨て台詞を残し、松井たちは自動ドアから外に出ていった。彼らが見えなくなるのを待ってから美穂が言う。

「則ちゃん、あいつが松井でしょ？　あんなのパワハラじゃん。本当腹立つね」

エレベーターに乗った。ほかには乗客はいなかった。美穂が言った。

「則ちゃん、松井って奴、地方の営業所に飛ばしちゃおうか」

「おいおい、俺たちにそんな権限ないだろ」

「則ちゃんだけには教えてあげるけど」美穂がそう前置きしてから言った。「私のお母さん、昔銀座でホステスやってたんだよね。そのときのお客さんとデキちゃって、それで生まれた子供が私なの」

よくわからない。いったい何の話をしているのか。

「今でもたまにだけど、お父さんとご飯食べることもあるよ。会社ですれ違っても話しかけたりはできないけど」

「会社？　お前のお父さんって……」

「緑山篤史《みどりやまあつし》」

「しゃ、社長の、娘？」

緑山篤史というのはミドリースの社長だ。先代から引き継いだ会社をここまで大きくした功労者だと言われている。

「そう。だから則ちゃんが本当に望むなら、松井くらいならどっかに飛ばすこともできるから、いつでも言ってね」

美穂がこちらに寄ってくる。彼女の胸が則本の腕に当たる。その柔らかい感触と、彼女が社長の隠し子であるという強烈な事実に、しばし則本はその場に固まっていた。そしてこう思った。社長の娘だったら昼飯くらい奢ってもらってもよかったな、と。

＊

「テツ、右だ、右。よし、いいぞ。そのまま真っ直ぐ。トモ、ディフェンスだ。テツが行ったぞ」

監督の声が響いている。フットサルコートではブラインドサッカーの練習がおこなわれていた。今は四人の男性がコート内にいて、ドリブルからのシュートの練習を繰り返している。

「やっぱりパス交換っていうのは技術的に難しいから、ドリブルからのシュートっていう戦法がメインになるわね」

歩美の隣では小野智美が解説してくれている。阿久津も一緒だった。彼もコート内の練習を見守っている。そもそもブラインドサッカーに興味があると言い出したのは阿久津だった。

「フィールドプレイヤーが四人にキーパーが一人で、キーパーだけは晴眼者、または弱視者でもいいの。うちのチームもキーパーは事務局の男性がやってるわ。あとは監督と、ゴール裏のガイドね」

ボールは特別な仕様のもので、シャカシャカという音が出るボールだった。その音を頼りにして、攻撃側はドリブルで相手陣内に入っていく。しかし彼らにはゴールの位置はわからない。そこで出番となるのが、ゴール裏にいるガイドという存在だ。

ゴールの裏には男性が立っている。彼はドリブルをしてきたプレイヤーに向かって声をかけた。

「右、四十五、シュート」

「今のわかった？　ガイドがゴールの位置を教えてるの。場合によってはゴールまでの距離とかを教えることもある。どのくらいの力で打ったらいいか、教えるためにね」

ドリブルの技術も高いし、シュートも力強い。かなり激しい接触もあるため、プレイヤーはヘッドギアの着用を義務付けられていた。

「阿久津さん、どうですか？　ブラサカに興味を持ってもらえました？」

智美が阿久津にそう訊いた。阿久津の方が年が一つ上で、訓練士としてのキャリアも長い。何しろ阿久津は十代の頃から施設に出入りしていたというのだから驚きだ。

「あと一人は？」

今、コート内には四人のプレイヤーがいる。公式な試合をするためには、あと一人の選手が必要だ。

「休んでます。本来ならその子がエースストライカーなんですけどね。今月に入って一度も練習に参加してなくて、私も心配してるんですよ」

名前は竹本翔真《たけもとしょうま》という大学生らしい。運動神経がよく、まだ始めて半年という浅いキャリアだが、すでにチームの柱として活躍しているようだ。ちなみに彼は盲導犬のユーザーになることを希望しており、ハーネス多摩に申込書を提出済みだという。順番を待っているというわけだ。

「ちなみに」練習風景を見ながら阿久津が言った。「小野さんが引っ越すこと、チームのみんなには知らせたの？」

「ええ。早い方がいいと思って、今月に入ってすぐに知らせました」

「ふーん」

興味があるのかないのか、どちらともとれる反応で阿久津は腕を組んだ。しばらくすると休憩になったようで、監督はドリンクをプレイヤーたちに配っていた。

「お疲れ様です」

そう言いながら近づいてきたのはゴール裏でガイドをしていた男性だ。年齢は三十代くらいだ。智美の紹介によると、ボランティアでチームを手伝ってくれている人らしい。

「小野さん、どうしようか」ガイド役の男性は困ったような顔つきで言った。「今週末のリーグ戦、仕事と重なっちゃったよ。最近シフトの変更がやたらと多くて困ってるんだよね」

男は宅配便の運転手をしているようだった。試合や練習の日は仕事を入れないように調整しているようだが、慢性的な人手不足のためか、急にシフトを変更させられることも多いようだ。

「そちらの二人はどう？　手伝ってもらえないのかな？」

男が歩美たちに目を向けてきた。もっと簡単な仕事だと思っていたし、そもそもサッカー経験もない歩美にガイドの仕事が務まるとは思えなかった。チームの勝ち負けに直結するような仕事は荷が重い。

そういった内容のことを伝えると、ガイドの男が肩を落とした。

「そうか。いきなりガイドは難しいかもしれないな。どうする？　小野さん。もうすぐ引っ越しちゃう小野さんに言うことじゃないかもしれないけど、ガイドや監督の代理っていうの？　そういう人材を確保しないといけないぜ」

夜間や休日に時間があり、できればサッカー経験者がベターのようだ。

「どこかにいないかしら」

そう言って智美が腕を組んだところ、阿久津がぼそりと言った。

「いるよ。一人だけ心当たりがある」

歩美は阿久津を見た。彼はそっぽを向いて言った。

「奈良の点取り屋」

なるほど。歩美は先日再会した元カレの顔を思い出す。彼が引き受けてくれるか定かではないが、サッカー経験者であることは間違いない。

その翌日の夕方、歩美は阿久津を助手席に乗せて西多摩市内の住宅街を車で走っていた。市街地訓練を終えたばかりなので、後ろのケージには候補犬が乗っている。名前はサリーといい、ち

4 ピーク

よっとお転婆な候補犬だ。

指定された一軒家の前で車を停めた。『竹本』という表札がかかっていた。最近練習を休んでいるブラインドサッカーのエースストライカー、竹本翔真の自宅だった。なぜ阿久津がここを訪ねようと思ったのか、その真意はわからない。適当に話を合わせて、翔真の近況を聞き出すように。ここに来る車中で阿久津からそう指示を受けていた。おそらく翔真は体調を崩しているだろう。なぜか阿久津はそう断言した。

インターホンを押すと、エプロン姿の女性がドアの向こうから顔を出した。歩美は説明する。

「中日本盲導犬協会の岸本といいます。こちらは同じく阿久津です。息子さんでしょうか。翔真さんのことでお伺いしたいことがありまして。今、翔真さんはご在宅ですか？」

「ええ。今日は大学は午前中で終わったので、もう帰宅しています」

「お会いすることは可能ですか？」

「それはちょっと……」

翔真は自室に閉じ籠もっているらしい。学校にも行くし、食事なども普通に食べるのだが、それ以外の時間は自分の部屋で過ごしているようだ。何があったのか。そう訊いても答えようとしないという。

阿久津の予言が当たったことに驚く。翔真の母親が続けて言った。

「あれですか。もしかして盲導犬を使えるようになるんですか？」

彼が申請書を出していることはセンターにあるデータで確認済みだ。あとはタイミング次第だった。盲導犬とそのユーザーにも、適した組み合わせというものがある。さまざまな条件を考慮し、その方にふさわしい盲導犬を使用してもらう。その選定作業も重要な仕事の一つだ。

「残念ながら違います。そのための事前調査と考えてください。翔真さんが普段どういう環境で生活しているのか。どの程度の行動範囲なのか。そういった調査です。事前に連絡をしなかったのは、その方の素に近い環境を見られると考えたからです」

決して嘘は言っていない。そういう調査があるのは事実だ。彼が盲導犬を手にするのはもう少し先だが、先に調査を済ませておこうというのが阿久津の考えらしい。

「わかりました。お上がりください」

「お邪魔します」

リビングに案内される。まずは用意しておいた書類を出し、母親に手渡した。

「アンケート用紙です。ご記入のうえ、この返信用封筒を使って郵送してください」

実際に使用しているアンケート用紙だ。ユーザーの行動範囲や行動パターンなどを詳しく知るための基礎資料となる。

今週末にはブラインドサッカーのリーグ戦を控えている。この分だと参加は難しいのかもしれない。それにしてもなぜ阿久津は竹本翔真という大学生のことを気にかけているのだろうか。

「ただいま」

玄関の方で声が聞こえ、高校生くらいの男の子がリビングに入ってきた。母親が紹介する。

「次男の拓真《たくま》です。拓真、こちらは中日本盲導犬協会の方よ」

拓真という男の子はぎこちなく頭を下げてから、そのまま階段を上っていく。二階で犬の鳴き声が聞こえ、ようやく阿久津が口を開いた。

「犬を飼っているんですか？」

「ええ、トイプードルを一頭。息子たちが世話をするっていう条件で去年から飼い始めました。毎晩二人で散歩に行くのが日課になっています。あのう、駄目でしょうか。ほかの犬を飼っていると」

ほかのペットを飼っていると盲導犬を使用できないのではないか。彼女はそういう危惧を抱いているのだった。阿久津が答える。

「大丈夫です。適切に飼っていただければ」

「そうですか。安心しました」

その後も歩美は母親に向けていくつかの質問をした。翔真の行動範囲や行動パターンについての質問がほとんどだった。最近は引き籠もっているが、やはり大学生の若者らしく、普段は外を出歩くことが多いらしい。弟が付き添うことが多いようだ。しかし弟も再来年には大学に進学予定であり、兄への付き添いを優先するのが難しくなる可能性もあるという。そこで思いついたのが盲導犬だった。

「私からの質問は以上です」

歩美はそう言って阿久津に目を向けた。声を発しようとしないので、阿久津の用は済んだのだろう。そう判断して歩美は母親に向かって礼を言う。

「ご協力ありがとうございました。ではアンケートの提出をお願いします」

母親に見送られて家から出た。軽ワゴンに乗り込む。後ろのケージ内では候補犬のサリーが大人しく待っていた。シートベルトを締めながら阿久津が言った。

「サリーを犬舎に戻したら、またここに戻ってきたい。できればたこ焼きとコーラを買って」

最近、阿久津の考えていることが何となくわかるようになってきた。歩美はうなずいた。

「合点承知の助。張り込みですね。でもたこ焼きには冷たいお茶ですよ、絶対」

*

「則ちゃん、飲み物何にする？」

「ん？　じゃあレモンサワーで」

「お兄さん、レモンサワーください」

田辺美穂が通りかかった店員に注文した。新橋駅近くの居酒屋のカウンター席に則本は美穂と並んで座っていた。どうしても歓迎会をやりたい。美穂の提案に押し切られる形だった。しかしここは美穂が奢ってくれるらしい。

「則ちゃん、何観てんの？」

そう言って美穂が体を寄せてくる。彼女の髪はいい匂いがした。則本は手にしていたスマートフォンを醤油さしに立てかけた。

4 ピーク

「何これ？　どういうこと？　なぜ目隠ししてんの？」

彼女が矢継ぎ早に質問してくるので、則本は答えた。

「ブラインドサッカーっていうらしい」

「ちょっと面白いね、この人たち」

「失礼だろ。一生懸命やってんだぜ」

昨夜、麻里子から連絡があり、ブラインドサッカーのコーチをやってくれないかと依頼されたのだ。盲導犬訓練士である岸本歩美の意向のようだ。いったん保留したが、興味があったのでルールを調べたのだ。そして動画投稿サイトを漁《あさ》ってみたところ、どこかのチームが自分たちの試合をアップしていた。やはり動画で観た方がよくわかる。

アイマスクをした選手たちがフットサルコートでサッカーをしている。キーパー以外はアイマスクにヘッドギアという格好だ。

子供の頃からずっとサッカーをやっていたが、ブラインドサッカーという存在を初めて知った。目が見えないなら、別に無理してサッカーやらなくてもいいのに。最初はそう思っていたのだが、動画を観ているうちにその気持ちに変化があった。誰もが一生懸命ボールを追っていた。ゴールを決めたら雄叫びを上げ、全身で喜びを表現していた。それはかつての自分を見ているようでもあり、失ってしまった自分を見ているようでもあった。

もし自分がアイマスクをしてピッチに立たされたら。そう考えると怖かった。まったく視界を遮られた状態でサッカーをする。絶対に無理だと思う。しかし動画の中で選手たちは恐怖心などものともせず、果敢にドリブルを仕掛け、積極的にシュートを放っている。

やはり音らしい。音を頼りにしているのだ。さきほどルール説明を見たところ、サッカーボールは転がると音が出る仕様になっているようだった。そして監督とガイドと呼ばれる二人のコーチ役が、コートの外で声を張り上げ、ボールの場所や相手の位置、そして何より大切なゴール地点を指示していた。

「はい、レモンサワーお待ち」

店員が運んできたジョッキを受けとり、一口飲む。やや体が熱くなっているのは、ブラインドサッカーの熱に触れたからかもしれなかった。

「ねえ、この人たち、何でサッカーやってんの？　怪我でもしたら大変なのにね」

さきほどまでだったら則本も同じような感想を抱いたはずだ。でも今は違う。そもそもサッカーをやるのに理由なんて要らないのだ。ガキの頃はそうだった。ただただ夢中になってボールを追っていた。それだけで楽しかった。

「好きでやってるんだから、どうでもいいだろ」

やや突き放す感じで言うと、美穂が言った。

「なに今の。ちょっとカッコよかったんだけど。もう一回言って」

「やだよ」

「どうして急にブラインドサッカーなんて見始めたの？」

「それはだな……」

則本は説明する。ブラインドサッカーのコーチをやってくれないかと依頼されたことを。今週末にはリーグ戦があるので、できれば見学に来てくれないかと言われた。明日の朝までに返事が欲しい。麻里子からそう言われていた。

「いいじゃん。見学くらい。あ、私も一緒に行くよ」

美穂が軽い調子で言ってくる。則本はジョッキ片手に言う。

「どうしてお前がついてくるんだよ」

「楽しそうだから。どこで待ち合わせしようか？」

話が勝手に進んでいく。まさかもう一度サッカーに、しかも視覚障害者のブラインドサッカーに関わることになろうとは想像もしていなかった。まだ体は熱を帯びている。その熱を冷ますかのように、則本はジョッキのレモンサワーを飲み干した。

＊

夜の八時過ぎ、家から出てくる二つの人影が見えた。竹本兄弟だろう。後ろに立つのが兄のようで、その左手を弟の肩に置いている。トイプードルも一緒だ。

二人が歩き出した方向を確認し、歩美はスマートフォンに目を落とした。このあたりの地図が表示されていた。彼らが進んでいく先には大きな公園があった。

「阿久津さんの睨んだ通りですね。先回りしましょう」

歩美は車を発進させた。彼らを追い越して、先に公園に到着する。路肩に車を停めた。五分ほど待っていると、予想通り竹本兄弟が横断歩道を渡ってくるのが見えた。阿久津と一緒に車から降り、公園の前で彼らを出迎える。歩美たちの存在に気づき、前を歩く弟が足を止めた。自然と後ろを歩く兄も立ち止まった。

「こんばんは」と歩美は明るく声をかける。「驚かせてしまってごめんなさい。さっきも会ったよね。ハーネス多摩の者です。私は岸本で、こっちの人は阿久津さんです。二人にちょっと話したいことがあるんだけど、いいかな？」

弟は振り返り、兄の耳元で何やら囁《ささや》いた。それから弟の方が強張《こわば》った顔つきで言った。

「僕たちに何の用ですか？」

「たいしたことじゃないよ」阿久津がストレートに切り込んだ。「君たちがハーネス多摩の塀にぶちまけたペンキの件だ」

これには二人とも驚いたらしい。特に弟の方は目を見開いている。兄の翔真は口を真一文字に結んでいる。目を閉じているので、その表情は読みとることが難しい。

「実は昨日、僕たちはブラインドサッカーのチーム、ゴールデン西東京の練習を見学させてもらった。そうだよ、お兄さんの翔真君が所属しているチームだ」

練習を見学させてもらっただけではなく、練習後にチームメイトから話を聞くことができた。その話によると……。

「翔真君はうちの職員でもある、ボランティアの小野さんと仲良くしていたみたいだね。プライベートでもたまに一緒に遊んだりしていると聞いたよ。でもその小野さんが近々引っ越してしまう。君の喪失感は理解できる」

翔真は大学入学後にブラインドサッカーを始めた。もともとの運動神経がよかったのか、めきめきと上達して今ではチームのエースにまで成長していた。スタッフとも仲が良く、特に智美には懐いていたらしい。本当の姉弟のようだったという証言も得られていた。

「当然、小野さんはブラサカのボランティアも辞めることになる。実は君は知らないと思うけど、小野さんはある希望者の対応に苦慮していて、精神的に参っていたんだ。君も落ち込む小野さんの姿を見て、心を痛めていたんじゃないかな」

例の男だ。かなり粘着質な男で、センター内でも有名だった。

「なぜセンターを辞めるのか。その理由を小野さんが深く語らなかったのが悪い方向に作用してしまった。小野さんはハーネス多摩を解雇されてしまったのではないか。そんな噂が選手の間で流れたみたいだね」

ここ最近の智美の様子を見て、選手の誰かが言い出したのだろう。智美はハーネス多摩をリストラされたんじゃないか、と。そして彼らの恨みはハーネス多摩に向けられる。

「一応言っておくけど、小野さんがハーネス多摩を去るのは彼女の家庭の事情によるもので、ハーネス多摩の意向ではないし、その粘着質な男のせいでもない。とにかくいろいろな誤解が重なって、君はハーネス多摩を恨むようになった。どうにかしてその鬱憤《うっぷん》を晴らしたい。君は弟さんの力を借りて、ハーネス多摩の塀にペンキをぶちまけた。違うかな？」

二人は答えなかった。弟の方は唇を噛み締め、下を向いていた。その足元にはトイプードルがいる。しばらくして兄の方が初めて口を開いた。

「証拠が……僕たちがやった証拠があるんですか？」

「どの業界にもアンチはいる」阿久津が静かに語り出した。「盲導犬の普及活動を快く思っていない人も世の中にはいるわけで、抗議の声が寄せられることはある。ただ今の世の中、大抵はネットだ。センターへの直接のメールだったり、もしくは個人的見解を自分のＳＮＳに書き綴《つづ》ったりね。もし例の男――小野さんを困らせていた男だったら、そういう手段をとるだろうね。でも今回のいたずらはそういうのとは少し違う。悪く言えば原始的な感じがする」

主義や主張を掲げるわけではなく、単純にセンターへの鬱憤を晴らす。そのためにペンキがぶちまけられた。阿久津は早い段階でそう判断したらしい。それはなぜか？

「ここ最近のハーネス多摩でのニュースといえば、小野さんの退職が一番大きな出来事なんだよね。ていうか僕たち、盲導犬の訓練に明け暮れてるから、あまり大きな話題がないんだよ。だからあのペンキ騒動も、もしかしたら小野さんの退職絡みじゃないかなって漠然と想像してた。まさか当たるとは思ってもいなかったけどね」

センターの塀にペンキをかける。短絡的な犯行だし、そこには主義や主張といったものは感じられない。大学生と、その弟の高校生によるいたずら。言われてみればしっくりくる部分もある。ただし、阿久津の話はすべて想像に過ぎない。証拠というのが一切ないのだ。それでも二人は――特に兄の翔真は観念したのか、弟の肩に手を置いたまま言った。

「全部僕がやったことです。弟は関係ありません。警察に突き出すなり、何なりしてください」

翔真が前に出た。弟の拓真は心配そうな顔つきで成り行きを見守っている。翔真は視覚障害者であるため、ペンキをかけることはもちろん、現場への行き来やペンキの購入など、弟の力を借りずにできるはずがなかった。

「警察に通報する気はないよ」阿久津はあっさり言った。「だってペンキも水性だったし、もう跡も残っていないくらい綺麗になってるしね。うちのセンター長も被害届は出さないって言ってたから。その代わりと言ってはあれだけど、二つほど僕からお願いがある」

二人とも真剣な顔をして阿久津の話に耳を傾けている。トイプードルだけはやや退屈そうに拓真の足元をうろついていた。

「まず一つ目。小野さんがボランティアを辞めることがわかって以来、君はブラサカの練習をサボっているみたいだね。今週末にはリーグ戦も控えているって話じゃないか。試合には必ず出てほしい」

智美がスタッフとして参加できる最後の試合になるようだ。世話になった彼女に勇姿を見せるという意味でも、彼には試合に参加してもらいたかった。阿久津もそう言いたいのだろう。

「それともう一つ。これはセンターに残されていた犯人からのメッセージだ」

そう言って阿久津が懐から出したのが、ペンキとともにセンターに残されていた紙片だった。そこにはこう書かれている。『この街から、出ていけ』と。

翔真にとって、智美というのは姉のような存在だったのかもしれない。それを奪ってしまったのがハーネス多摩という盲導犬訓練施設であると彼は誤解し、その恨みが施設に向かったとしても不思議はなかった。

「君がユーザー希望の申請書を出していることは知ってる。だから盲導犬を嫌いにならないでほしい。すぐには無理だけど、いつか必ず君にぴったりな盲導犬を紹介することを約束するよ」

必ず君に盲導犬を紹介する。そう断言できるのは、阿久津が一流の訓練士だからだ。そうでなければなかなか口にできない台詞だった。長年の経験と、たしかな技術。どこかの病院のキャッチコピーみたいだが、盲導犬訓練士にも必要なものだった。

「将来君の隣を歩くであろう盲導犬は、もうどこかで生まれているのかもしれない。そういう想像をするのは楽しくないかい？」

翔真は黙ったまま、下を向いている。

「僕からは以上だ。散歩の邪魔してすまなかったね」

そう言い残して、阿久津はすたすたと歩いていってしまう。残された二人は立ち尽くしているが、阿久津の言いたいことは伝わった様子だった。歩美も小さく頭を下げて、阿久津を追って走り出した。

＊

「テツ、そっち行ったぞ。ディフェンスだ、ディフェンス。ショウマ、そこを動くなよ。そのままだ」

監督の声が響き渡っている。則本は敵のゴールの裏で試合の情勢を見守っていた。ゴールデン西東京の劣勢が続いていた。対戦相手のファンタジア千葉はリーグ戦の首位を走るチームだけあり、どの選手もスキルが高いような気がした。

今日は見学だけという話だった。ところが人手不足というのは本当らしく、ざっと説明されただけでいきなりガイドという役割を任されてしまった。ガイドというのは敵のゴール裏にいて、主にゴールの場所を教えるのが役割らしい。プレイしている選手たちはキーパー以外の全員が視覚障害者であり、しかもアイマスクをつけている。ゴールの場所がわからなければシュートを打てないのだ。

ただ、現在のところ、それほど則本の出番はない。ゴールデン西東京が反撃に転じることはあるのだが、シュートまで持ち込めずにいるからだ。

ホイッスルが鳴る。前半が終わったようだ。選手たちが監督のもとへと引き揚げていく。二点差で負けていた。選手たちも疲労の色が濃く見受けられた。

「則ちゃん、飲んで」

そう言ってペットボトルを差し出してきたのは、会社の同僚である田辺美穂だ。スポーティーな今日の服装は、彼女のバストをさらに強調している。目のやり場に困るほどだった。帰りにはもんじゃ焼きを食べにいくことが決まっていた。最初のデートはもんじゃ焼き。それが彼女の決まりのようだ。

「私、ちょっとトイレ行ってくるね。このバッグ、見てて」

美穂がバッグを則本の足元に置き、歩いていった。反対方向から別の女が歩いてきて、則本の隣で立ち止まった。

「なるほど。好みが変わったんだ。最近はああいう子がタイプなんだ」

梨田麻里子だ。彼女も岸本歩美に呼ばれ、ゴールデン西東京の応援に訪れたらしい。観客席には岸本歩美の姿もある。彼女の隣には阿久津という男も座っている。

「私たち、終わったらラーメン食べにいくんだけど、昌磨君も一緒にどう？」

「ラーメンか」悪くないが、美穂の顔が頭にちらついた。どのもんじゃ屋に行くか、ここに来るまでの電車の車内でネットで調べていた。則本は言った。「俺たちは遠慮させてもらうよ」

「ふーん、そう。じゃああのおっぱい大きな子によろしく言っておいて」

ああ見えて社長の隠し子なんだぞ。そう言いたいのを我慢した。

「じゃあね、元カレ」

「じゃあな、元カノ」

麻里子を見送った。入れ替わるように美穂が戻ってくる。美穂は麻里子の方を見て言った。

「誰？　あの女。あれがもしかして則ちゃんの元カノ？」

認めてしまうと面倒なことになりそうな気がしたので、則本は笑って否定する。

「違うよ、ただの友達だって。ほら、そろそろ後半が始まるみたいだぞ」

「じゃあ頑張って、則ちゃん」

美穂が手を振りながら去っていく。選手たちがコートに戻ってきた。二点差をつけられてしまっているため、とにかく攻めないことには勝ち目はない。

後半開始のホイッスルが鳴る。途端に観客席が静まり返る。試合中は音を出さないのがマナーのようだ。選手たちは全員、音を頼りにプレイしているため、余計な音を出すのは厳禁なのだ。

ボールがサイドに流れた。フットサルとの一番の違いはここだった。サッカーやフットサルであれば、ボールがタッチラインの外に出ると、スローインやキックインでプレイが再開される。しかしブラインドサッカーの場合、サイドのタッチライン沿いには腰上ほどの高さの壁があり、ボールが外に出ることはない。

二人の選手がボールを奪い合っている。身を削り合うような激しさだ。格闘技のようでもある。こういうボールの奪い合いはサッカーでもフットサルでもお目にかかれない。なかなかの迫力だ。

ようやく片方の選手がボールを奪い、ドリブルを開始する。彼はゴールデン西東京の選手だった。伊達に大学までサッカーをやってきたわけではないので、則本にはわかる。たしかにファンタジア千葉の連中も巧い。二点という点差がそれを物語っている。しかし個人のポテンシャルという意味では、今ドリブルを始めた選手は引けをとらない。いや、むしろフィールド上のどの選手よりも、技術もスピードも運動量も、勝っているように感じられた。ショウマと呼ばれている選手だ。竹本翔真。漢字は違うが、則本の名前と同じ読みだ。

翔真が首を振った。ゴールはどこだ？　そんなことを言いたげな表情をしている。

「こっちだ、ショウマっ」

思わず則本は叫んでいた。

「ゴールはこっちだ。来い、ショウマっ」

その声に反応し、翔真がドリブルの速度を上げた。相手の監督がディフェンスの指示を飛ばしているが、ファンタジア千葉の選手は翔真に追いつくことができなかった。

ゴールまでの距離と、角度。その二つを教えてやってほしいと事前のミーティングで教えられていた。則本は叫んだ。

「ショウマ、距離は十五、右斜め四十五度っ」

さらに翔真はドリブルの速度を上げ、そのままの勢いで右足でシュートを放つ。低い弾道だった。相手キーパーの指先を掠《かす》めたボールは、そのままネットに吸い込まれる。長いホイッスルの音とともに、観客席がどっと沸いた。一点返したのだ。

ゴールデン西東京の選手たちが集まり、翔真の得点を祝福していた。ひとしきり喜んだあと、また選手たちはそれぞれの定位置へと戻っていく。そんな中、則本はこちらに向かって親指を立てている翔真の姿を見た。

間違いなく、自分に向けられていた。ガイドありがとう。そう言われているような気がして、何だかとても嬉しくなる。どうせ向こうは見えないだろう。そう思っていても、やらないわけにはいかなかった。

則本はゴールを決めたエースストライカーに向かって、親指を立ててグッと突き出した。

5

幸運な男

5 幸運な男

「ごめん、佳孝《よしたか》。結構待ったでしょ」

池田沙織《いけださおり》が待ち合わせの場所に向かうと、すでに西宮《にしみや》佳孝は待っていた。いつも待ち合わせをする西新宿の複合ビルの前だ。比較的特徴のある造りをしたビルのため、待ち合わせ場所として使用されることが多い場所だった。多くの者がスマートフォンを手に視線を落として待っている中、佳孝だけはスマートフォンではなく、左手にハーネスを持っている。彼の足元にはいつもと同じく盲導犬のマイクの姿がある。チョコレート色のラブラドール・レトリーバーだ。

「会議が長引いちゃってね。あ、マイク、遅れてごめんね」

沙織はすぐ近くの高層ビルの中にあるIT企業に勤めている。スマートフォン向けのアプリを開発・販売する会社だ。沙織は企画部に所属していて、主に宣伝を任されている。

「全然待ってないよ。今来たところ。行こうか」

そう言って佳孝が歩き出す。実は佳孝は同じ会社に勤めている同僚だ。佳孝は三年前に広島から引っ越してきて、沙織の会社に中途採用されて企画部に配属になった。親睦会などを通じて仲良くなり、その朴訥《ぼくとつ》とした人柄に惹かれて二年ほど前に交際が始まった。東京に引っ越してきた理由は、彼の父親が転勤になったからだという。

「佳孝、何か食べたいものある？」

「そうだな。こないだは和食だったよな。だったら今日は」

「洋だね。うん、洋にしよう」

週に一、二度、こうして佳孝と食事をするのが決まりになっていた。沙織はこれまで視覚障害者と付き合ったことがなく、当然のことながら盲導犬を使用している男性と交際するのも初めてだ。佳孝と付き合うようになってから、いろいろと教えられたことは多い。

まずは盲導犬だ。それまでの沙織の認識では、盲導犬というのはカーナビのようなものだと思っていた。行きたいところに連れていってくれる、便利なカーナビならぬ犬ナビ。しかしそれは間違いであることに気づかされた。考えればわかることだ。いくら犬が利口といっても、地図を憶えられるわけがないのである。

障害物を迂回したり、段差を教えてくれるのが盲導犬の役割だ。白杖でも十分ではないか。そういう意見もあるようだが、佳孝に言わせると盲導犬と白杖では全然違うらしい。たとえばA地点からB地点まで移動するとしよう。白杖で移動した場合と、盲導犬と一緒に移動した場合。異なるのはその達成感だと佳孝は説明してくれる。マイクと一緒だと達成感が違うんだよ。一緒に頑張った感が強いっていうか。それは白杖では体験できんね。

「佳孝、ハンバーグなんてどうかな？」

横断歩道で信号待ちをしているときだった。前方のビルの二階にハンバーグ店の看板を見かけた。以前から気になっている店だった。たしか口コミサイトの点数も悪くなかったはずだ。

「いいね。ハンバーグ」

「じゃあ決まりね」

青信号になってから横断歩道を渡る。階段の前に木製の看板が出ていた。グルメ雑誌に掲載されたことがあるようで、そのときの切り抜きが貼られていた。看板メニューはデミグラスソースのかかった特製ハンバーグらしい。美味しそうだ。

狭い階段を上る。あとから佳孝とマイクがついてくる。階段を上ったところにドアがあり、中に入る。狭い店内で、四人掛けのテーブルが三つと、カウンター席があるだけだった。まだほかに客の姿はない。

店員の姿が見当たらない。まあいいだろう。沙織は一番手前のテーブル席の椅子を引き、そこにハンドバッグを置いた。やがて佳孝とマイクも店内に入ってくる。

「佳孝、今日は飲む？」

「そうだね。ビール一杯くらいなら」

「じゃあ私も最初はビールだな」

壁には手書きのメニューが貼られているのだが、いい感じに年季が入っている。テーブルクロスもビニール仕様になっていて、昔懐かしい洋食店といった趣だった。これは期待できそうだ。

そう思った矢先だった。店の奥から声が聞こえてきた。

「悪いけど、出ていってくれないか？」

顔を向けるとコック服を着た男が立っている。やや太った、五十代くらいの男だった。その貫禄からしてこの店の店主であることが一目でわかる。店主が続けて言った。

「犬は入店お断りなんだよ、うちの店。そういうわけだから、悪いね」

迂闊《うかつ》だった。先に確かめなかった私のミスだ。

盲導犬を連れているんですけど、いいですか。飲食店に入る際には、事前に断りを入れるようにしていたのだが、最近は盲導犬の受け入れ態勢が浸透してきたせいか、断られることもほとんどなくなっていた。だから事前に断りを入れる一手間を失念してしまったのだ。

しかしである。店主の態度が気に食わない。沙織は立ち上がって言った。

「ちょっと待ってくださいよ。あまりにも一方的じゃないですか。どうして盲導犬が入ったら駄目なんですか?」

「動物は禁止してんだよ。ほら、毛とか食べ物に入るだろ」

「ブラッシングはちゃんとしてます。それに法律でも決まってるんですよ。盲導犬の入店を断ったらいけないって」

「何て法律だよ。言ってみなよ。ちなみにその法律を破ったら死刑にでもなるのかい」

「そ、それは……」

言葉に詰まる。詳しいことは知らない。この場でスマートフォンで検索することも可能だが、そこまでする必要もないと思った。振り返ると佳孝はすでに立ち上がっている。

佳孝は静かな笑みを浮かべているだけだった。余計な面倒は起こさないようにしよう。そう言いたいのは、その顔つきを見ているだけでわかった。悔しいが、その通りだ。ここで言い争いをしても不毛だ。

バッグ片手にドアから出た。佳孝とともに階段を降りる。降り切ったところで沙織は大声で言った。

「こんな店、二度と来るもんか。頼まれたって来てあげないんだから」

「沙織、大声出すなって。今日はラッキーじゃなかったってことだよ」

幸運な男。最近、佳孝は自分のことをそう呼んでいる。日常生活を送っていて、幸運なことが重なるのだそうだ。たとえば外でいきなり雨に降られたときに見知らぬ人が傘を手渡してくれたりとか、落とし物がすぐに見つかるとか、そういう幸運が重なるというのだった。しかし今日は幸運には恵まれなかったようだ。夕食で入った店に入店を断られてしまったのだから。

「あの態度はないわよ。まったく失礼しちゃうわね」

「怒ってもしょうがないだろ」

周囲の通行人がこちらを見ているのがわかる。それでも腹の虫が収まることはない。店の看板を指でさし、わざと大声で言った。

「どうして盲導犬が入ったらいけないのよ。このわからず屋っ」

看板を蹴る振りをする。佳孝が苦笑してこちらを見ている。実際には見えていないはずだが、自分の恋人が腹を立てているのを可笑《おか》しく思っている様子だった。その足元ではマイクが澄ました顔をして、沙織の顔を見上げていた。

＊

「まあ、いろんな人がいるからね、世の中には」

昼休み、歩美は食堂で昼食を食べていた。自然と同期の研修生たちと一緒になる。話題はネットを賑《にぎ》わせているSNSの投稿だった。ある視覚障害者が飲食店に入った際、盲導犬の入店を断られたというのだった。店の外観写真なども一緒に投稿されていた。

盲導犬の入店を断るとは何事だ。ネット上ではそんな自警団的な人たちまで現れて、昨夜から大騒ぎになっていた。驚くべきことに、投稿されている外観写真から店も特定されてしまっていた。西新宿にある〈ポパイ〉という洋食店だった。ハンバーグを売りにしている老舗の店らしい。

「店の人もまさかここまで騒ぎが大きくなるとは思ってなかったんじゃないの」

研修生の一人が言う。彼はスマートフォンに視線を落としている。ネット上の騒ぎはどんどん大きくなり、遂に大手ネットニュースの見出しの記事になってしまったようだ。歩美もさきほどニュースを読んだし、コメント欄にもざっと目を通した。店主糾弾派が七割、店主擁護派が二割、残りの一割が中立派という感じだった。

二〇〇二年五月、身体障害者補助犬法が成立し、同年十月に施行された。それにより、盲導犬は公共施設や交通機関をはじめ、飲食店やホテルなどに出入りできることが法的に許された。ただしそれには罰則の規定はなく、ハーネス多摩の独自調査においても、今でも飲食店への出入りを断られるケースはたまにあるらしい。やはり犬は全身に毛をまとっており、保健衛生上の観点から、ペットの同伴を断る店があるのだ。

「でもさ」歩美は言った。「ネットって怖いよね。昔だったらこんな騒ぎになることなかったわけだし」

店名まで特定されてしまっている。しかもSNSへの投稿があってから、まだ二十四時間も経過していないのだ。ネットの速さというのは異常だった。いや、これがもはや普通と考えなくてはいけないのか。

「これって、うちのセンターのユーザーじゃないよね」

「どうかな。まだそういう連絡は入ってないみたいですけど」

幸いなことに、盲導犬のユーザーに関しての情報は伏せられていた。最近では視覚障害者もネットを使いこなせるようになっていて、画面読み上げ機能などを駆使して自由自在にスマートフォンを使う人もいる。もちろん、SNSを利用している人も多い。私なんかよりよっぽど進んでいる。そう思わされることもたびたびだ。

「そろそろ午後の訓練行こか」

歩美たちは空いた食器を片づけ、外に出た。午後はそれぞれの指導監督のもと、実際の訓練に同行する。歩美は犬舎に向かい、訓練をする犬を連れ出した。最初に訓練するのは茶色のラブラドール・レトリーバー、オスのトビーだ。

トビーの訓練が始まって二週間になる。指示に対するリアクションはいいが、どこか自信に欠ける印象だ。犬にも人間と一緒で個性というものがある。内気な犬もいれば、社交的な犬もいる。あわてんぼうもいれば、おっとりタイプもいる。犬たちの適性を見抜き、それに応じた訓練をしていくのも訓練士の仕事だった。

「阿久津さん、まだかな」

空は晴れ渡っており、絶好の訓練日和だった。ほかの訓練士たちが午後の訓練を開始している中、歩美の指導監督である阿久津はまだ姿を見せない。

最近、阿久津はセンター長の許可を得て、センターの一角で仔犬を飼っている。佐助という名前の柴犬だ。休憩時間などは佐助と遊んでいることが多い。呼びに行こうかと迷っていると、向こうから阿久津が歩いてくるのが見えた。

「トビー、カム（来い）」

阿久津の声に反応し、トビーが阿久津のもとに歩いていく。阿久津は座り込んでトビーを出迎え、そのままじゃれ合い始めてしまう。ほかの訓練士たちは歩行訓練などをしているのに対し、阿久津とトビーは遊んでいるようにしか見えなかった。だが、これが阿久津のやり方だ。犬とのコミュニケーションを大切にするのが阿久津のモットーだ。とは言っても阿久津がそう教えてくれたわけではなく、歩美が勝手にそう思っているだけなのだが。

「あのさ」珍しく阿久津の方から声をかけてくる。「炎上してる洋食店の件、知ってる？」

さきほどまでずっとその話題で持ち切りだった。歩美は答えた。

「もちろんです。知ってます」

「どう思った？」

返答に困る。どう思ったのか。ここは盲導犬訓練士としての見解を示すべきだろう。

「やはり世間ではまだまだ盲導犬に対する理解が浸透していないと思いました。ただしネットのコメント欄を見る限り、比較的盲導犬に対して寛大な書き込みが多いことに安心しました」

阿久津は何も言わない。仕方ないので歩美は続けて言った。

「こういう風に話題になることは盲導犬に対する理解にも一役買うんじゃないかと思います。やはり昨今のネットの力というのは大きいものなので」

阿久津はやはり何も言わない。何やねん、この男。人に意見を言わせるだけ言わせておいて、自分は何も言わないのか。

「トビー、ダウン（伏せ）」

阿久津が指示を出すと、トビーは伏せの体勢をとる。そのまま訓練が開始される。次々と指示を出し、成功したら褒める。その繰り返しだ。

阿久津を見る。犬と話せるという、謎の特技を持つ男だ。犬と話せる反面、人とコミュニケーションをとるのが苦手な男でもあった。なぜ彼がこうなってしまったのか。そこに彼の秘められた一面が眠っているような気がしてならなかった。いつか、きっと――。

気をとり直して、歩美は目の前でおこなわれる訓練に集中した。

＊

沙織が勤めている会社〈ストーリーズ〉のオフィスは西新宿の高層ビルの十八階にある。かなり現代的な、言ってしまえば今風なオフィスで、社員には決められた席というものがない。ただし部単位で何となく棲み分けができていて、沙織たち企画部はフロアの西側にいることが多い。

今、企画部では会議がおこなわれていた。会議と言っても堅苦しいものではなく、社員が集まって雑談しているようなアットホームな雰囲気だ。一応会議室はあるのだが、滅多なことでは使わない。こうしてざっくばらんにおこなわれる。

会議の話題は現在売り出し中のスマートフォン・アプリについてだった。そのアプリは電子マネーのアプリと連動し、ゲーム感覚で割引クーポンをゲットできるというものだった。すでに先月からアプリは市場に出回っているが、その普及はいまいちだった。そこで先週、このアプリの普及に向けたプロジェクトチームが急遽発足した。沙織も宣伝担当として、プロジェクトチームのメンバーに名前を連ねている。

「……もっと若い層をとり込めるといいよね。できれば大学生あたり。どうにかならないかな」

「もっとネット広告を打てないんですか？」

「予算的にこれくらいが限界なんだよね。来週から電車内でのコマーシャルが流れることが決まってるから、そこに期待かな」

そう発言したのは佳孝だった。佳孝はこのプロジェクトチームのリーダーを任されている。視覚障害者というハンデはあるが、佳孝は誰よりもコンピューターに精通している。スマートフォンもパソコンも自由自在に使えるのだ。

意見は出尽くした感があった。そろそろ佳孝がまとめに入ろうとしたところで、一人の男が手を挙げた。

「すみません、ちょっといいですか」

同じ企画部の社員、入野《いりの》康平《こうへい》という男だ。彼は佳孝と同じ年であり、何かと比較されるライバル同士だ。ところが最近では佳孝の方が重要な仕事を任されることが多くなりつつある。温厚で周囲のバランスをとろうとする佳孝に対し、入野康平は押しが強いタイプの男だった。そのあたりのことが考慮されてのことだと思うが、入野はそれが気に食わないらしい。

「直接的には関係ないんだけど」入野はそう前置きしてから言った。「今、ネットで炎上してる洋食店って知ってます？　盲導犬の入店を拒否して叩かれてる店。あの店、うちの会社からも近いんだけど、もしかしてあの投稿、西宮さんが関係してるの？」

昨日の夜のことだ。佳孝と食事に行った〈ポパイ〉という洋食屋だ。盲導犬の入店を拒否され、憤慨したことを憶えている。それがなぜかネットのSNSに投稿され、炎上していると知ったのは今日の昼のことだった。投稿されている画像からも〈ポパイ〉というあの店であることは間違いなかった。おそらくあそこに書かれていたのは沙織たちのことだ。頭に血が上ってしまい、店の前で酷く憤慨したのだった。

狼狽《ろうばい》することなく、佳孝は答えた。

「多分俺だね。あの店に行って入店を断られたのは昨日のこと。それを見ていた誰かがああいう投稿をしたんじゃないかな」

佳孝は冷静だ。彼もあの投稿のことを知っている。実は沙織よりも佳孝の方が早く騒ぎに気づいていた。午前中に友人からメールで教えられたという。

「自作自演ってことはないの？」入野は笑みを浮かべて言った。「西宮さんが腹を立てて、自分であの投稿をしたとか。もしくは一緒にいた連れ？　その人が頭に来て、怒りの投稿をしたとか」

入野がちらりとこちらを見た。沙織が佳孝と交際していることは一応秘密にしているのだが、それでも社内では噂になりつつあるらしい。私の仕業であると入野は暗に言っているのだ。私じゃない。そう言いたい気持ちをこらえていると、佳孝が冷静な口調で言った。

「自作自演ってことはないね。入店を断られたのは一度や二度のことじゃないし、その都度腹を立てるようなこともしない。一緒にいた連れも、そういうことをするような人じゃないよ。それより入野さん、これって仕事と関係のある話題なのかな？」

すでに場の空気は悪くなってしまっている。ほかの社員たちは何も言わずに成り行きを見守っているだけだった。間仕切りもない、オープンな場所で会議をしているため、ほかのセクションの社員にもだだ洩れだ。清掃会社のスタッフもいる。彼がかける掃除機の音だけがやけに大きく響いている。

「この話はここまでにしよう」そう言って佳孝が手を叩く。「俺を疑っているなら、スマホやパソコンをチェックしてもらっても構わないよ」

冗談のつもりで佳孝は言ったようだが、誰も笑わなかった。もちろん周りのスタッフは佳孝がそんな投稿をするような人間ではないことをわかっている。しかし入野が余計なことを言ったお陰で、わずかな疑念が芽生えてしまっているのだった。

佳孝でもないし、私でもないですよ。そう言いたい気持ちをこらえ、沙織は自分の席に戻った。周囲に誰もいないのを確認してから、スマートフォンで例の投稿をチェックした。

コメントの数はさらに増えている。この投稿をするためだけに作られたアカウントのようで、これ以前の投稿はない。沙織は佳孝の方をちらりと見た。彼は電話で誰かと話し始めていた。

昨日、私たちは例の店に入店を断られ、不快な思い――本人はさほどそうは思っていないようだったが――にさせられた。その店が今日になって炎上している。腹いせができたという意味では、佳孝にとって幸運な出来事ではなかろうか。彼は決してそんなことを望んでいないとしても。


その日の夜のことだった。自宅のマンションに到着して、コンビニで買ってきた飲み物などを冷蔵庫にしまっていると、スマートフォンに着信があった。出ると佳孝からだった。彼にしては珍しく慌てた声で「すぐに会社に来てくれ」と言われた。何があったのか。そう訊く前に通話は切れてしまい、かけ直しても繋がらなかった。すぐにマンションから出た。

普段は電車で通勤するのだが、タクシーを使って西新宿に向かった。オフィスが入っているビルの前でタクシーを降りる。ビルの前がちょっとした騒ぎになっていて、二台のパトカーが停まっている。警察官の姿も見えた。もしかして佳孝の身に何か起きたのだろうか。不安に感じながらあたりを見回すと、警察官に事情を訊かれている佳孝の姿を発見した。マイクも一緒だった。

沙織は慌てて佳孝のもとに駆け寄った。

「佳孝、何があったの？」

「来てくれたんだね、沙織。ありがとう」

警察官が視線を向けてくる。君は誰だ？　そんなことを言いたげな顔つきだった。佳孝が説明してくれる。

「こちらは同僚の池田沙織さんです。僕だけだと至らない点があるかもしれないので、急遽来てもらいました。池田さん、実はね」警察官の前だからか、佳孝は沙織のことを名字で呼んだ。「うちの会社の入野さんがエスカレーターから落ちたんだ。今、救急車で運ばれたところだ」

「入野さんが？」

沙織の会社が入っているビルの一階はテナントになっていて、アパレル関係の店が入っている。そのため、オフィスに通じるエレベーターは二階で止まり、長いエスカレーターを使って一階に降りるようになっていた。

目撃者の証言によると、エスカレーターの真ん中あたりから入野は転がり落ちたという。意識はあったようだが、かなり激しく全身を打ったようだった。

「駆けつけたガードマンが救急車を呼んでくれたらしい。入野さんが持ってた社員証に気づき、俺のところにも連絡が来たんだよ。俺は野本《のもと》たちと残業をしてたんだ。野本が病院に向かったよ」

　野本というのは同じ企画部の同僚だ。入野は足を滑らせて落下したのか。でもどうして警察が来ているのか。沙織の疑問を察したように佳孝が説明した。

「たまたま上りのエスカレーターに乗ってた人が目撃していたらしい。入野さんの後ろに黒っぽいフードを被った男が立っていたみたいなんだ。慌てた様子で逃げ去ったっていうんだよ」

「つまり事故じゃないってこと？」

　沙織の言葉に答えたのは警察官だった。

「断定はできません。事故なのか、それとも故意によるものなのか。その両面から捜査に当たっております」

　つまり何者かが意図的に入野を突き落とした可能性があるのか。いったい誰がそんな真似を――。

「ちなみに怪我をされた入野さんですが、どんな方でしたか？」

　警察官が質問してくる。彼が佳孝に絡んできたのは今日の午後の会議だった。あまり仲が良くなかったと正直に言うわけにはいかない。しかし本格的な捜査が始まり、ほかの社員に話を聞かれたら、佳孝との不仲などすぐに明らかになるだろう。

「僕と同じ企画部で、仕事もできる有能な社員です」

「何かトラブルを抱えていた。そういう話は聞いていませんか？」

「さあ、そこまでは」

警察官の視線を感じたので、沙織は首を捻った。「私も、あんまり……」

それから入野の交友関係や、異性とのトラブルなども質問されたが、そもそも入野とはそれほど親しくしているわけでもなかったので、警察官が満足できるような回答はできなかった。

別の警察官がやってきて、説明を始めた。

「病院に搬送された入野さんですが、脳波に異常はないようです。ただし背中や脇腹に痛みがあるようで、これからレントゲンを撮るそうです。本人の意識ははっきりしているらしく、『誰かに突き落とされた』と証言しているようですね」

事件ではなく、故意によるもの。つまり傷害事件ということなのだ。

いったん解放された。警察官は現場となったエスカレーターの方に立ち去った。エスカレーターは現在使用中止になっていた。作業着のようなものを着ている男が、警察官と何やら話している。ビルの管理会社の人だろうか。

「佳孝、何だか大変なことになっちゃったね」

「そうだね。あ、来てもらって悪かった」

「いいのよ。気にしないで」

着信音が聞こえた。佳孝がスマートフォンで話し始めた。かけてきたのは病院に向かった同僚の野本らしい。内容はさきほど警察官が語ったものとほとんど同じだった。電話を終えた佳孝が言った。

「入野さんって一人暮らしだったのかな」

「さあ、どうだろ」

実は沙織は知っている。数年前、入野にしつこく誘われていた時期があり、一度だけ根負けする形で食事に行ったことがあった。そのときにあれこれ話したのだ。結局一回ご飯に行っただけで、それ以降の誘いは断った。彼が佳孝を敵視しているのは、沙織に対する屈折した思いもあるような気がしていた。

一応彼の家族にも連絡しておいた方がいいのではないか。そういう話になり、オフィスのデータを当たってみることにした。佳孝とともに歩き出す。少し遠回りになるが、ビルの裏手には一階からオフィスに行けるエレベーターがある。佳孝はいつもそちらを利用している。

「関係ないよね？」

人通りが途絶えたタイミングで沙織は訊いた。質問の意図が伝わらなかったのか、佳孝が首を傾げる。沙織は言った。

「昼間の件よ。入野さん、あのＳＮＳの件で佳孝に嚙みついてきたじゃない。あの件とは無関係だよね？」

「関係ないと思うよ。少なくとも俺はやってないから安心して」

沙織を安心させるかのように佳孝は笑みを見せた。それでも沙織の心が晴れることはなかった。

＊

「うわあ、高いビルですねえ。こんなところで仕事するのってどういう気持ちなんやろ」

歩美はそう言ってビルを見上げた。五十階ほどの高さのビルの前だ。なぜか歩美は阿久津とともに西新宿に来ていた。例によってセンター長の小泉の命を受けていた。

例のSNSの騒ぎの件だ。中国地方にある盲導犬の訓練施設の職員が、どうやら炎上している原因となった盲導犬は自分のところで訓練した犬ではないかと気づき、旧知の仲である小泉のもとに相談が寄せられたというのだった。

トラブルバスターズ。なぜか小泉は歩美と阿久津のコンビにそういうへんてこりんな名前をつけ、面倒臭い仕事を押しつけてくるのだ。こっちは研修生の身の上で、時間があったら勉強に充てたくて本当はうざいのだけど、それをはっきりと言うわけにはいかない。

エレベーターで十八階まで上る。堅苦しい感じのオフィスではなく、ソファに座って仕事をしている者さえいた。近くを通りかかった女性社員に取り次いでもらう。案内されたオフィスの一角にその男は座っていた。

「さきほどセンターから連絡がありました。僕なら全然大丈夫ですよ」

西宮佳孝という名前の男性だった。年齢は三十二歳。五年ほど前から盲導犬を使用しているらしい。以前は広島で暮らしていたようだが、三年前に東京に引っ越してきた。そのときに盲導犬も一緒に連れてきたという。

「それにしても変な騒ぎに巻き込まれてしまいましたね」

歩美がそう言うと、西宮佳孝という男は笑った。

「まったくですよ。実は一緒にいた連れがえらく憤慨して、店の前でちょっと騒いだんです。それを見ていた誰かが『これは面白い』と思って、勝手に投稿したんでしょうね」

誰もがスマートフォンを持ち、SNSに投稿できる時代である。それはつまり、至るところでアマチュアの記者が目を光らせているようなものなのだ。今回のケースが最たる例だ。顔も名前も知らない赤の他人が、騒ぎを勝手に投稿してしまう。当事者の許可を得ないままに。

「でも盲導犬に対する理解を深めてもらうという点では、いい材料になったかもしれませんけどね」

佳孝はそう言って笑った。おおらかな人物だと歩美は感じた。こちらを見ている女性がいることに気づいた。窓際のデスクに座る女性だ。歩美が目を向けると、彼女は慌てた様子でパソコンの画面に視線を戻した。

「ところでマイク君はどちらに？」

マイクというのが彼と一緒にいる盲導犬の名前だった。こうして足を運んだ以上、一応顔くらいは見ておきたい。

「マイクだったら、真ん中のフリースペースにいますよ」

オフィスの中央が誰でも利用できるフリースペースになっていた。その一角でチョコレート色のラブラドールが一頭、マットの上に横たわっていた。ハーネスを外されていて、リラックスした表情で腹ばいになっている。オフィスの一角に盲導犬が普通に横たわっているという、ちょっと新鮮な光景だった。今もマイクの近くでは数人の男女が打ち合わせのようなことをしている。盲導犬が会社に溶け込んでいるようで、どこか嬉しかった。

「マイク、久し振り」

そう言って阿久津が膝をつき、マイクの頭を撫でた。マイクも特に抵抗することなく、されるがままになっている。

「阿久津さん、知ってるんですか？」

「うん、まあね」

んなアホな。マイクは中国地方で訓練された盲導犬だと聞いている。それをどうして阿久津が知っているのだ。

「どうしてですか？　どうして阿久津さんがマイクを知ってるんですか？」

「ちょっとね」

全然答えになっていない。阿久津は胡坐をかき、マイクと話し始めてしまう。「僕も元気だったよ。……そうか、マイクも元気で何より。……東京はどう？　暮らし易い？　そうか、それはあるかもしれないね」

歩美はスマートフォン片手に立ち上がる。西宮佳孝は仕事の電話が入ったようで、受話器を耳に当てていた。自分の盲導犬が発端となり、ネットが荒れてしまう。もしかしたら精神的に参っているのではないかと心配していたが、それは杞憂《きゆう》に終わったようだ。阿久津はマイクとじゃれ合っている。楽しそうなのでしばらく放っておいてあげよう。それにしてもどこで阿久津はマイクと出会ったのか。まったく謎の多い男だ。

歩美は廊下に出た。センター長の小泉に電話をして、特に問題はないと伝えるつもりだった。スマートフォンを操作していると、後ろで声が聞こえた。

「あのう、ちょっといいですか」

振り返ると一人の女性が立っている。さきほど佳孝と話しているとき、こちらを見ていた女性だ。年齢は二十代後半くらいだろうか。白いブラウスにロングスカート。女の子っぽい服装だが、意志の強そうな目をしていた。

「ご相談したいことがあるんですけど、いいですか？」

女性にそう言われ、歩美は「ええ、まあ」とうなずいた。


案内されたのは同じビル内の最上階にある喫茶店だ。やはりかなり見晴らしがいい。窓際の席に座った阿久津が嬉しそうに窓の外の景色を見ていた。

「……肋骨にひびが入ったみたいです。それ以外にもあちこちに打撲を……。入院は必要ないみたいですけど、今週一杯は仕事を休むって言ってます」

女性の名前は池田沙織。西宮佳孝の恋人であり、盲導犬の入店を拒否されたときも一緒にいたらしい。ただし彼女の相談というのは炎上したＳＮＳの投稿の話ではなく、昨夜このビルの一階で起きた事件のことだった。

エスカレーターに乗っていた男性が後ろから突き落とされたという。被害者は沙織の同僚でもある入野という男性だった。実は昨日、入野は会議中に佳孝に対して、例の投稿は自作自演ではないのかという疑惑の目を向け、周囲の注目を浴びていた。

「そのときは佳孝も笑って取り合わなかったんですけどね。でも昨日あんなことがあって、ちょっと今日になって風向きが変わってきたというか……」

入野を突き落とした犯人は佳孝ではないのか。そんな根拠もない噂が社内に流れ始めたというのだった。実際、入野は警察の取り調べに対し、何者かに突き落とされたという供述をしているようだった。

「でも」と歩美は口を挟む。「現場で目撃されているんですよね。黒いフードを被った男でしたっけ？　その人が犯人なんじゃないですか？」

たまたま上りのエスカレーターに乗っていた人が、被害者の背後に立っていた人物を目撃していたという話だった。その男が犯人と考えて間違いなさそうだ。

「そうなんですけどね。今朝お見舞いに行った社員がいるんですが、入野さん、その社員に言ったみたいなんです。もしかしたら俺を突き落としたのは西宮かもしれないって。自作自演を見破られたことに腹を立てたんじゃないかって」

いくら何でも無理がある。歩美でもそう思ったが、実際にそういう噂が社内で流れ始めているらしい。その噂が佳孝の耳に入るのも時間の問題だという。

「佳孝に犯行は無理です。だって目が見えないんですよ。お二人は盲導犬の訓練をされてる方なんですよね。視覚障害者について詳しいんですよね。佳孝に犯行が無理なことを、うちの社員に説明してもらえませんか？」

「そ、それは……」

歩美は言葉に詰まる。想像もしていなかった依頼だ。おそらく沙織はかなり混乱しているのだろう。私たちは一介の盲導犬訓練士に過ぎない。視覚障害者にそういった犯行が可能か、それとも不可能か。そんなことを判断できる立場ではないのだ。

しかし隣に座る阿久津がいとも簡単に言った。

「できるよ、視覚障害者でも」

「阿久津さん……」

「それに彼にはマイクという優秀な盲導犬がついている。視覚障害者に犯行は不可能。そういうのは色眼鏡だと思うけどね。そもそもアリバイとかはどうなってるの？　犯行時刻、彼はどこにいたのかな」

沙織が答えた。やや顔色が悪い。

「会社です。オフィスにいたって言ってます。それを証明する同僚もいます」

「だったら問題ないと思うけど。僕たちはほかに行くところがあるので、これで」

そう言って阿久津は立ち上がり、すたすたと歩き始める。まったく非常識というか、自分勝手な男だ。

「お力になれず申し訳ありません」

彼女の気持ちはわからなくもない。社内であらぬ噂を立てられ、たまたま会社を訪れた盲導犬訓練士を頼ったのだろう。しかし阿久津の言う通り、彼の無実を立証するのは警察の仕事であり、盲導犬訓練士の出る幕ではない。ただし百パーセントに近い確率で、彼は無実のはずだった。

「ここは私が支払いますので」

そう言って歩美は伝票をとった。「でも……」と沙織が手を伸ばしたが、「失礼します」と頭を下げ、歩美はレジに向かって歩き出した。


てっきり帰るものだと思っていた。ところが阿久津が向かったのは会社からほど近いところにある洋食店だ。雑居ビルの二階にある〈ポパイ〉というその店は、一昨日盲導犬の受け入れを拒否して炎上した店だった。

「いらっしゃい」

午後の営業は三時までらしい。あと十五分しかなかった。店に入ったはいいが、歩美は昼食はセンターで食べ終えている。阿久津も同様だろう。メニューを開き、飲み物だけを注文する。コック服を着た中年の男が一人で店を切り盛りしているらしい。愛想がいいとは言い難い、頑固そうな店主だった。

「はい、アイスコーヒーね」

店主はアイスコーヒーのグラスをテーブルの上に置いた。それから厨房の方に戻るのかと思ったら、カウンターに座ってスポーツ新聞を読み始めた。時間が時間なだけに、もう客は来ないと判断したのかもしれない。

「プリズン・ドッグって知ってるよね」

阿久津に言われ、歩美は答えた。

「はい。こないだ座学で教えてもらいました。刑務所の受刑者がパピーウォーカーの役割を担うことですよね。島根県にあるんでしたっけ？　あ、もしかしてマイクって……」

気づいたことがあった。それでも阿久津は説明してくれる。

「アメリカだと一九八〇年代からあったんだけど、日本にはなかった。二〇〇九年くらいだったかな。日本でもその試みを導入したんだよ」

最近では官民協働で運営する刑務所もあるようで、島根にある刑務所――正式には社会復帰促進センターというらしいが――もそのうちの一つだった。犯罪傾向がさほど進んでいない男子受刑者が収容されている施設であり、その社会復帰促進事業の一環として、盲導犬の卵である仔犬の育成がおこなわれるようになったという。

「パピーたちは刑務所内で飼われているってことですか？」

「そうだね。週末だけは外の一般の家庭にお世話になっているんだけど、基本的には受刑者の人たちが面倒をみてるよ」

法務省の主管する事業の一環であり、盲導犬の育成を促進するとともに、受刑者に対して社会貢献の場を提供することが主な目的だった。

毎年四月、委託式がおこなわれ、数頭のパピーが訓練生（受刑者）たちに手渡される。そのパピーを数名単位のユニットで面倒をみるのだという。そして翌年の一月、修了式でパピーは施設を去ることになるのだが、そのときには涙を流してパピーとの別れを惜しむ者もいるそうだ。最初は仔犬だったパピーがぐんぐん成長していく。そういう数々の思い出が、受刑者の胸に刻み込まれることになる。

「かなり興味深いプロジェクトだから、うちのセンターからも以前研修という名目で手伝いに行ったことがある。僕も半年間だけ行った。そのときに会ったのがマイク」

「そうだったんですか」

それにしても阿久津には驚かされる。盲導犬の訓練士をしていれば、それこそ年間通じて何十頭という犬と接することになる。過去、仔犬時代に対面した犬を、成長した今現在になっても見分けられるということか。

「そんなに難しいことじゃない」と阿久津が種明かしをした。「タグに書いてあったからね。名前と訓練した施設名が。そうじゃなきゃ僕だってわからなかったと思うよ。向こうは憶えていてくれたみたいだけど」

阿久津がなぜマイクのことを知っていたか。その疑問は解消した。しかし歩美には一つだけ理解できないことがあった。どうして阿久津はこの店に足を運んでみようと思ったのか。マイクの話をするだけなら車の中でも事足りる。

歩美は振り返った。頑固そうな店主はカウンターの椅子に座ってスポーツ新聞を読んでいる。

店主と目が合った。やや気まずい顔をして、店主はスポーツ新聞に視線を戻した。私たちの会話に聞き耳を立てていたのかもしれない。しばらく店主の方を見ていると、やがて観念したように新聞を折り畳み、こちらに向かって歩いてきた。

「あんたら、盲導犬関係の人？　話してる声が聞こえたもんでね」

「そうです。中日本盲導犬協会の者です」

歩美がそう答えると、店主は露骨に嫌そうな顔をした。

「もしかして正式に文句を言いにきたってことかい。まったく勘弁してくれないかな。昨日の朝からずっと電話が鳴りっぱなしなんだ」

その口調からしてかなり参っているようである。誹謗《ひぼう》中傷はＳＮＳ上でとどまることはなく、直接的な手段での抗議に及ぶ者まで出てきたらしい。昨日は一日店を閉めたというから大変だ。マスコミから取材の申し込みまであったようだ。

「別に私たちは文句を言いにきたわけじゃありません。たまたま近くを通りかかったので……」

歩美が喋り終える前に店主が口を開く。よほど腹に据えかねたものがあるようだ。

「俺は視覚障害者の入店を拒否したわけじゃないんだって。犬とか猫の入店を断ってるだけだ。それなのに俺が視覚障害者を差別したみたいになってるじゃないか。まったくおかしいよ、この世の中は」

「やっぱり衛生上の理由で動物の入店を断ってるんですか？」

「そうだ。前に一度痛い目に遭ったことがあってね」

かつてはこの店も特に動物の入店を断ってはいなかった。ところが数年前、ペット同伴の客が来店した際、食事をしていた別の客が騒ぎ出したというのだ。この店の衛生管理はどうなっているんだ。ペットの毛の入った食い物なんて食べられたものじゃない。

その一件以来、店主はペットを連れての入店を禁止にした。だから先日マイクが店を訪れたときも、いつもと同じように断っただけだった。そこに視覚障害者に対する差別の感情など一ミリもない。

「まったく困ったもんだよ。俺はSNSだっけ？　そういうのはさっぱりだし、釈明したくてもできない状態だ」

困り果ててしまうのは無理もない。しばらくは静観するしかないだろう。こういうのは盛り上がるときは一気に盛り上がるが、冷めるのも早いはずだ。

「痛っ」

歩美は声を上げた。テーブルの下で阿久津が蹴ってきたのだ。顔を向けると阿久津は涼しい顔つきでメニューを見ている。彼がなぜ蹴ってきたのか、歩美は何となく想像がついた。まったく盲導犬については饒舌《じょうぜつ》になるのに、こういうときは自分から話そうとしない。それがこの男が王子様と呼ばれている所以《ゆえん》でもある。

仕方ないので歩美は店主に向かって言った。

「あのう、ちょっといいですか。私から提案があるんですけど」

沙織の目の前には食べきれないほどの量の料理が並んでいる。ハンバーグ、グラタン、サラダ、ポークソテー、オムライス。見ているだけでお腹一杯になってくるが、まだ一口も食べていない。こんなことになるなら昼食はもっと軽くしておくべきだった。いっそのこと抜いてしまってもよかったかもしれない。

＊

「遠慮しないでお食べください。今日は店長の奢りなので、お会計のことは気になさらずに」

岸本歩美がそう言うと、店長がぎこちない笑みを浮かべ、小さく頭を下げた。ここは例の〈ポパイ〉という洋食店だ。昨日会社を訪ねてきたハーネス多摩の職員から連絡を受け、急遽ここに来るように言われたのだ。沙織の隣には佳孝もいて、その足元にはマイクが寝そべっている。阿久津という男性の盲導犬訓練士も一緒だった。

さきほど店主から謝罪を受けた。SNSの投稿は大変な騒動になっていて、今は電話線のジャックを外してあるという。クレームやマスコミからの電話がひっきりなしにかかってくるそうだ。

佳孝は特に感情を高ぶらせることなく、笑顔で謝罪を受け入れた。彼にしてみれば入店を断られることは今でもたまにあるので、いちいち根に持つようなことはない。

「阿久津さん、オムライスだけ食べないでくださいよ。子供やないんだから」

歩美が同僚の訓練士を注意する。その口調には関西弁のイントネーションが残っている。どこか面白みのある二人だった。男の方が立場的には上のはずだが、彼女の方が仕切りたがりの印象を受けた。

「お二人はお付き合いされて長いんですか？」

歩美に訊かれたので、沙織は答えた。

「二年くらいになりますね」

「お二人が働いてるオフィス、何かドラマの中の世界みたいでした。あんな高層ビルの中で働いて、しかも職場恋愛なんて、まさにドラマですよ、ドラマ」

「そんな大袈裟な」

「大袈裟じゃないですって。しかも歩いてすぐのところにこんな美味しい洋食店がある。私たちの働いてるハーネス多摩だったら、一番近いコンビニまで車で七、八分ですからね」

歩美は自分の労働環境を憤慨してみせるが、自分を卑下するというより、場を盛り上げようという精神が見え隠れした。歩美が続けて言う。

「それにご飯を食べるっていっても、大抵がファミレスでドリンクバーですよ。それに比べて西新宿はオフィス街って感じがするじゃないですか。本当羨ましいですよ。あ、痛っ。阿久津さん、何するんですか」

二人で顔を合わせて何やら話し始めた。しばらくして歩美が手にしていたフォークを置き、やや姿勢を正して訊いてきた。

「ところで入野さんでしたっけ？　エスカレーターで事故に遭われた方です。あの人の容態はいかがですか?」

「もう退院したみたいです。来週から出社すると聞いています」

入野を突き落としたのは佳孝ではないのか。そんな根も葉もない噂が社内に流れているようだ。盲導犬訓練士という立場から、視覚障害者の佳孝に犯行は不可能であることを証明してくれないか。そう思って昨日この二人に相談してみたのだが、阿久津は冷たく言い放った。視覚障害者でも犯行は可能だ、と。

「突き落とした犯人もまだ見つかってないんですか?」

「ええ、今のところは、まだ……」

入野と親しい社員の話によると、彼は今日にも新宿警察署に正式に被害届を出すという。そうなると警察の捜査が本格的に始まってしまうのだ。おそらく佳孝も、そして私も事情聴取されることになるだろう。それを考えると気が重い。

「ちなみに西宮さんは、ここ最近凄くラッキーだなとか思ったりすることはありませんか?」

幸運な男。佳孝は冗談めかして自分のことをそう呼んでいる。なぜ彼女はそのことを知っているのだろうか。隣を見ると佳孝も首を捻っている。その口元にデミグラスソースがついていたので、ナプキンで拭いてあげた。歩美がもう一度訊いてくる。

「日常生活とかで幸運なこととかあったりしませんか?」

「どうしてそんな質問を?」

佳孝が訊き返した。すると歩美は困ったように阿久津の方を見た。おそらく彼女は阿久津に言われて質問しているだけなのだ。仕方ないな、と言わんばかりに肩をすくめ、阿久津が言った。

「多分身に覚えがあるんじゃないですか。ラッキーなことがあるんですね」

「ええ、まあ」佳孝が話し始める。「私はこういう身の上なので、道を歩いているだけで声をかけてくれる方はたまにいます。道を教えてくれたりとか、電車内で席を譲ってくれたりとか。でもここ最近、何かそういうのが増えたっていうか、幸運を通り越してちょっと怖いなって思うこともあるんです。たとえば……」

先日、駅から出ると雨が降っていた。傘がないとかなり濡れてしまいそうな雨だった。するといきなり傘を手渡された。その人物は言葉少なに立ち去ってしまったので、ちゃんと礼を言うこともできなかった。

「それと私は物をよく失《な》くす方なんですね。うちの会社、座る場所が自由なんですが、僕だけは場所が決まってるんです。失くしてしまった物は大抵戻ってきます。僕が知らないうちにその定位置に置いてあるんです。ラッキーですよね、ある意味」

それは沙織も知っている。こないだも失くしてしまった小銭入れが自分の席に戻ってきて、それに気づいた佳孝は小さな笑みを浮かべて言った。おっ、ラッキー。

「ちょっと待ってください」思わず沙織は口を挟んでいた。「いったいどういうことなんですか。彼の身の回りで起こる幸運が、今回の騒動と関係しているってことなんですか？」

答えたのは阿久津だった。彼はすでにオムライスを一人前、食べ終えてしまっている。

「入店を拒否された店がSNSに晒されて、炎上してしまう。西宮さんを快く思っていない男が、エスカレーターから落ちる。これもある意味、西宮さんにとってラッキーだと言えるよね」

えっ？　どういうことだ？　沙織には阿久津の言っていることの意味がわからなかった。つまりすべては誰かの意思によることなのか。

阿久津がグラスのコーラを飲んでから言った。

「実験してみようか。それですべてが明らかになるはずだから」


その翌日の午後のこと。沙織は会社にいた。パソコンを使って、プレゼンの資料を作っていた。少し離れたところに佳孝も座っている。佳孝も同じくパソコンを使って仕事をしている最中だ。

今日の午前中、新宿警察署から警察官が訪れた。刑事が来るのではないかと思っていたのだが、実際に来たのは制服を着た警察官だった。それでも彼らの目的は入野が突き落とされた事件であり、社員たちは一人一人事情聴取を受けることになった。

入野を恨んでいた人物に心当たりがないか。事故が発生した際、どこにいたか。質問の内容は主にその二つだった。社員全員で口裏を合わせたわけではないので、佳孝と入野の関係がうまくいっていなかったことは警察も気づいたと考えて間違いない。これは沙織の思い違いかもしれないが、佳孝に対する事情聴取の時間が少し長かったような気がしていた。

時計を見る。午後一時五十五分だ。あと五分を切っている。落ち着かない気分になり、沙織は立ち上がった。

オフィスの中央にあるフリースペースに向かう。ソファやテーブルなどがバラバラに置かれていて、主に社員が休憩したり雑談する場所だった。ドリンクも飲み放題で、金曜日の午後だけはアルコールも提供される。そのフリースペースの一角に紺色の制服を着た盲導犬訓練士の二人組がいる。歩美と阿久津のコンビだ。盲導犬の使用に関する調査、という名目で二人は午後からここに待機している。

「沙織さん、駄目じゃないですか。もうすぐ始まるんですよ」

「でも……何か不安で」

阿久津の足元にはマイクがいる。佳孝は出社するとマイクのハーネスを外し、フリースペースの一角にマイクを連れていく。そこがマイクの定位置だった。佳孝が仕事をしている間、マイクはのんびりと過ごすのだ。中には散歩に連れていってくれる犬好きの社員もいるくらいだった。

「不安なのはわかりますけど、もうすぐ始まります。戻ってください」

「……わかりました」

沙織はフリースペースを出て、自分が座っていた場所に戻った。何気ない様子で佳孝を見ると、彼は普段と変わりのない表情で仕事をしていた。

フリースペースに目を向けると、歩美がリードを手にしてマイクと歩き始めたところだった。マイクに精神的負荷を与えないよう、少し遠ざけておくことが目的だ。やはり二人は盲導犬訓練士だけのことはあり、犬のことを第一に考えている。

間仕切りも透明ガラスなので、オフィス全体を見渡すことが可能だ。今は会議もなく、大半の社員はパソコンの前で仕事をしている。清掃会社のスタッフが掃除をしている姿が見えた。

沙織はパソコンの画面の右下を見ていた。時計表示は十三時五十九分になっていた。もはや仕事など手につかない状態にあった。

時計の表示が『14：00』になったとき、背後でガシャンという物音が聞こえた。事前に知っていたとはいえ、思わず飛び上がってしまうほど驚いた。

「に、西宮さんっ」

スタッフの一人が叫ぶように言った。振り返ると佳孝が椅子ごと倒れている。苦しそうに胸を押さえていた。とても演技とは思えず、沙織は駆け寄った。

職場で倒れてみてはどうか。それが阿久津が提案した実験の内容だ。最近、佳孝は幸運続きであり、もしかすると人知れず佳孝をサポートしている第三者がいるのではないか。しかも意外なほどの近いところに。それが阿久津の推理だった。

本当にそんなことがあるのか。それが沙織の正直な気持ちだった。たまたまそういうことが続いただけだろう。それにSNSの投稿や入野の転落事件を、佳孝と結びつけて考えるのは無理があるような気がしてならないのだ。

佳孝は演技を続けている。ほかのスタッフが何事かといった感じで近づいてきた。何もしないのは不自然だったので、沙織は膝をついて佳孝に声をかけた。

「大丈夫？　大丈夫ですか？」

佳孝は胸のあたりを押さえ、苦しそうに喘《あえ》いでいる。できるだけ多くのスタッフが社内にいる時間帯を選んでいる。今、オフィスにいないのは社長などの重役と、外回りに行っている営業部の社員だけだ。本当に誰かが陰ながら佳孝のことを見守っているのであれば、おそらく——。

「ちょっとどいてください」

そう言って佳孝の方にやってきたのは清掃会社の男性スタッフだ。何度か顔を見かけたことがある三十代くらいの男性だ。帽子を被った彼はなぜか沙織に向かって言った。

「この方、心臓に持病があるんですか？」

「さ、さあ……そういうことは、特には……」

「すぐに救急車を呼んでください。俺はAEDを持ってきます」

そう言って清掃会社の男は廊下の方に戻っていく。救急車を呼ぶ演技だけはしておこうと思い、沙織は慌ててスマートフォンを出した。それを耳に当て、その場から離れた。心配そうな社員たちから離れて、電話をかけている振りをする。しばらくして佳孝のもとに戻ると、ちょうど清掃会社の男も戻ってきたところだった。

男はオレンジ色のバッグを持っていた。AED、自動体外式除細動器だ。心臓に対して電気の刺激を送る医療機器だ。この会社に設置されているのは知っていたが、見るのは初めてだった。男は若干戸惑いつつも、バッグの中からAEDの機器をとり出した。

そのときになり、ようやく阿久津がやってきた。阿久津は佳孝の肩を叩きながら、「大丈夫ですか」と声をかけた。それが演技終了の合図だった。あれほど苦しんでいた佳孝が急に喘ぐのをやめた。それから横になったまま言う。

「……大丈夫です。ガムを飲み込んでしまったようで。ご心配をおかけしました」

「そうですか。気をつけて起き上がってください」

佳孝が起き上がる。清掃会社の男がその様子を眺めていた。阿久津が男に向かって言った。

「あなただったんですね。あなたが陰からずっと西宮さんを見守っていた。詳しい話を聞かせてください」

男はＡＥＤの機器を手にしたまま、呆然《ぼうぜん》と立ち尽くしていた。

＊

男の名前は菅原良太《すがわらりようた》といった。三十五歳の清掃会社のパート社員だった。歩美たちはビルの最上階にあるカフェに来ていた。先日、池田沙織と一緒に訪れた眺めのいい店だ。

すでに逃げられないと観念したのか、菅原は素直に話し出した。

「私は八年ほど前、地元の山口県の方で傷害事件で逮捕されました。こう見えて若い頃から無茶してたので、実刑判決を受けました。そして収容された施設で一頭の犬と会ったんです。それがマイクでした」

阿久津の読み通りだった。実は事前に阿久津からある程度の推理は聞かされていた。マイクの面倒をみていた受刑者が絡んでいる可能性があるのではないか。阿久津はそう指摘していた。

「六人の受刑者でマイクの面倒をみていたんです。ずっと子供の頃から犬を飼うのが夢で、その夢が刑務所に入ってから――実際には飼っているわけではないんですけど――実現したのが嬉しかったです。一度マイクが嘔吐したことがあって……」

看守に無理を言い、菅原は一晩中マイクの様子を見守った。朝になるとすっかり調子が良くなったのか、マイクは尻尾を振りながら菅原の手をペロリと舐めた。ありがとう、と言われた気がした。何だか本当の家族ができたような気分だった。

「修了式でマイクと別れたとき、本当に泣きましたよ。犬と別れるだけで俺も泣けるんだな。そう思いました」

菅原が出所したのは三年前だった。地元には昔からの悪友もいるし、しがらみもある。一からやり直すという強い覚悟を決め、菅原は東京に出た。いくつかの仕事をしたが、どれも長続きしなかった。そして一年前のことだった。バイトの面接で新宿を歩いていると、交差点の信号で一頭の盲導犬を見かけた。

「マイクに似てるな。最初はそう思っただけです。だってマイクは島根の訓練施設で育ったわけだし、そこで育った盲導犬は中国・四国地方の方々に提供されることが多いって知ってましたからね」

知らないうちに菅原はマイクに似た盲導犬を尾行していた。そしてマイクに似た盲導犬を連れた男性が高層ビルに入っていくのを見届けた。生憎ビル内は入館証がないと入れない仕組みになっていたが、すでにバイトの面接は終わっていて特にやることもなかったので、菅原はビルの前で男が出てくるのを待った。夕方六時過ぎ、盲導犬を連れた男性が姿を見せた。また尾行を開始した。

「尾行を開始してしばらくして、二人の行く手に男性がしゃがんでいました。靴紐を結び直していたんでしょうね。その男性にぶつからないように盲導犬は迂回して歩きました。そのときユーザーの方が言ったんです。『マイク、グッド』って。それを聞いたとき、もしかしたら本当にあのマイクかもしれないって思いました」

チョコレート色の盲導犬はそれなりに珍しい。そしてさらに名前も一致した。菅原のテンションが上がるのもうなずける。それでもまだ確信は持てないのではないか。歩美は菅原にその疑問をぶつけた。

「たしかにマイクという名前は一致しました。でもそれだけでは弱くないですか？　あなたが施設で面倒をみていたマイクだと決めつけるには」

「そうですね。私も最初はたまたま名前が一致しただけだと思いました。ですが尾行を続けるうちに、あ、すみません」菅原は佳孝に向かって頭を下げた。「気になったので、ずっと尾行していたんです。で、あなたの自宅も突き止めて、名前もわかりました。SNSで西宮さんが広島出身だと知って、これはきっと間違いないなって思ったんです。それにマイクって右耳と左耳のバランスがちょっとおかしいっていうか、左耳の方が若干大きいんですよね。そういう特徴も一致したんで、あのマイクだなって確信しました」

施設に収容されていた頃に育てた盲導犬の卵と、広い東京のど真ん中で再会する。これほど奇跡的なことはない。菅原はいたく感激し、これは決して偶然ではないと思うようになった。

マイクは自分を立ち直らせてくれた犬であり、家族のような存在だ。そして菅原は決意をする。

マイクと、マイクを連れた視覚障害者を陰ながら見守ろうと。俺にできる恩返しはそのくらいしかない。

ただし、いくら見守るといっても限界がある。そこで菅原は考えた。もっと近くでマイクの姿を見守ることはできないか。菅原が目をつけたのは清掃会社だった。

ビルごと契約している清掃会社の求人広告を見つけ、そこで働くことが決まった。中高齢の女性が多い職場であり、力のある男性はそれだけで歓迎された。叩き上げの社長が前科者に対する理解があるのも大きかった。

「西宮さんの会社は盲導犬が出入りしている関係で、毎日清掃に入ることが決まってました。私は古株のおばさんと交渉して、西宮さんの会社の清掃を担当させてもらうことになったんです」

駅で困っている佳孝に傘を渡したのも菅原だったし、佳孝が社内で失くしたものを彼のデスクに戻したのも清掃員である菅原の仕業だった。そして——。

ずっと黙っていた阿久津がようやく口を開いた。

「先日、あなたはいつものようにマイクのあとをつけた。そしてある洋食店で入店を断られたのを知る。そしてあなたは頼まれてもいないのに、その店を中傷するような投稿をSNSでアップした。間違いないですね」

「中傷するつもりはありませんでした。まさかあんな騒ぎになると思っていませんでしたから。店の前で池田さんがかなり憤慨していたのを見て、ちょっと気の毒になったんです」

「私、そんなに憤慨してました？」

沙織がそう言うと、隣にいる佳孝が笑って答えた。

「かなりね。看板蹴り飛ばしそうな勢いだった」

「反省します」

沙織が項垂《うなだ》れる。何となく場が和んだ。しばらく待ってから阿久津が真剣な顔に戻って言った。

「三日前の件です。入野さんという社員がこのビルのエスカレーターから転落しました。本人は突き落とされたと証言しているようです。あなたの犯行ですか？」

「ち、違いますよ。私じゃありません」

入野の背後には黒いフードを被った男が立っていて、その男は現場から足早に立ち去ったらしい。その男が犯人ではないかと思われていた。警察は入野と佳孝が不仲にあったという情報を掴んでおり、佳孝の犯行への関与を疑っているようだ。ただしこれは沙織の被害妄想も多分に含まれていると歩美は思っていた。

「三日前の夜だったら」と菅原が説明を始める。「その日は社長と飯を食う約束をしてたので、早めに自宅に戻ってシャワーを浴びてから、また会社に行きました。六時過ぎには社長と一緒でした」

よかった、と歩美は安堵した。SNSへの投稿だけではなく、入野を突き落としたのも菅原の犯行ではないかと疑っていたのだ。彼への疑惑は何とか解消することができたようだ。

「西宮さん、何か言いたいことはありますか？」

阿久津がそう言って佳孝の方を見た。彼は言葉を選びながら話し出す。

「ええと、何て言ったらいいんですかね。いろいろとありがとうございます。お世話になったようで。今度傘をお返しします。ただ」そこでいったん佳孝は言葉を切り、姿勢を正してから続けた。「あなたから見れば視覚障害者である私は危なっかしいかもしれませんが、私のことでしたら大丈夫です。沙織もいるし、マイクもいるので、何とかやっていけるはずです」

見守ってくれなくてもいいよ。彼はそう言いたいのだろう。

「それともう一つ。マイクを可愛がってあげてください。遠慮しなくても結構ですよ」

感極まったのか、菅原が洟《はな》をすすった。刑務所に収容されていたとき、彼はマイクと触れ合うことによって、今後の人生の希望を見出したのかもしれない。

菅原が立ち上がり、膝を床についた。それから床の上に腹ばいになっているマイクの頭に手を伸ばした。

今日はトビーを連れて、市街地に来ていた。候補犬のトビーにとって初めての市街地訓練だ。歩美はケージからトビーを出し、ハーネスを装着した。

訓練が始まる。といっても阿久津がトビーを訓練する様子を後ろから眺めているだけだ。やはりトビーは自信がないのか、どこか落ち着かない様子で歩いている。

さきほど昼食を食べているとき、池田沙織から連絡があった。入野を突き飛ばした犯人が捕まったというのだ。どうやら入野はガールズバーの女性従業員と親密な関係にあったようだが、そういう男性は複数いて、店内でトラブルになったことがあるという。それが原因で入野に対して恨みを抱いた男性が、腹いせに突き落としたというのが真相らしい。今回の一件で入野も肩身が狭くなったようで、転職サイトを眺めているのをほかの社員が目撃したという。

「トビー、ヒール（左につけ）」

いつの間にかトビーが前に出てしまっていたため、阿久津が指示を出した。ユーザーのペースに合わせて歩くのも盲導犬に必要とされる能力だ。トビーは阿久津の指示に従い、阿久津の左側につく。

「トビー、グッド」

あの菅原という男は清掃会社の正社員になったようだ。入野が突き落とされたとき、彼は社長と会食していたとみずからのアリバイを主張したが、実はそのときに社長から直々に誘われたというのだ。

正社員というのはパート社員をとりまとめる立場になる。それはつまり、今までのように佳孝の会社に毎日出入りし、ずっと見守ることができなくなることを意味している。悩んでいた菅原だったが、佳孝たちのアドバイスに従い、正社員になる道を選んだらしい。

「トビー、ウェイト」

阿久津の声にトビーが止まる。「グッド」と褒めてから阿久津が言った。

「一週間後にテスト1をやろうと思ってる」

ハーネス多摩では候補犬に対して計三回のテストを実施する。そのすべてに合格しなければ盲導犬にはなれない。合格できなかった犬はキャリアチェンジといい、介助犬になったり、あとは家庭に引きとられていったりするのだ。

「ただし今現在の状態だと、トビーはまともにテスト1を受けられない。見ていてもわかる通り、自信がないっていうのかな、ちょっとこのままだとマズいね」

盲導犬には自信というのが必要だ。たとえば障害物をよける。たとえば段差があったら止まる。それを判断するのは盲導犬なのだ。

「というわけで、これから一週間、トビーを預けるよ。トビーに自信を植えつけて、テスト1に合格できるレベルにまでもっていく。それが君の初仕事だ」

「えっ？　私がですか？」

「もちろん。ところで盲導犬訓練士にもっとも求められていることは何だと思う？」

答えに窮していると、阿久津が続けた。

「できるだけ多くの盲導犬を育成し、ユーザーの元に届けること。それだけだ。君にも早く一人前の訓練士になってもらって、たくさんの盲導犬を育成してもらわないと困るんだ」

ハーネスのグリップをこちらに寄越してくる。仕方ないので歩美はそれを握る。トビーはちらりとこちらを見た。その顔つきはやや警戒したものだった。

「こんなところで足踏みしてる暇はない。それと先に言っておくけど、僕は今抱えている候補犬の訓練を終えたら、訓練士を辞めようと思ってる」

言葉が出なかった。阿久津が盲導犬訓練士を辞める。そんなことは想像もしたことがなかった。自分の心臓が音を立てていることに歩美は気づいた。

「ちょ、ちょっと待ってくださいよ。辞めるってどういうことですか。そんな話、聞いてませんよ」

「それはそうだね。今、言ったんだから」

「そういうことじゃなくて……」

たしかに変わり者ではある。犬と話せるという謎の特技を持つが、あまり周囲と打ち解けようとしない性格だ。普段は無口で不機嫌そうだが、盲導犬のことになると途端に饒舌になる。誤解され易いタイプの男だ。

しかし訓練士としての腕は一流であり、センター内でもっとも多くの盲導犬を育ててきた訓練士だった。阿久津がいないハーネス多摩なんて想像もできなかった。自分が晴れて訓練士として独り立ちするまで、ずっと阿久津はハーネス多摩にいると信じて疑わなかった。いや、その先もずっと。それがどうして――。

「わ、私の指導監督はどうなるんですか？」

「それはセンター長が考えると思うよ。僕よりも教えるのが上手い訓練士はいるからね。とにかく一週間、トビーに自信を植えつけること、それに集中するように。わかった？」

「……は、はい」

「声が小さい。いつもの返事は？」

「が、合点承知の助」

阿久津が満足そうにうなずいて、路肩に停めてある車の方に向かって歩いていく。歩美はそれを黙って見送ることしかできなかった。足元に視線を落とすと、やや不安そうな顔でトビーがこちらを見上げている。

6

ランウェイ

6 ランウェイ

街で盲導犬を見かけたら、必ずその場に立ち止まり、時間が許す限り、その盲導犬の様子を観察する。それが辛島俊一《からしましゅんいち》の習慣である。だが盲導犬というのはそれほど頻繁に見かけるものではなく、月に一度、遭遇できればいい方だった。

その日、辛島は社用車を走らせていた。辛島は全国的に展開する大手不動産会社に勤務しており、今は府中《ふちゅう》市内にある営業所の所長を務めている。その日は都内西部地区の営業所の所長が集まり、月に一度のランチミーティングをおこなう日だった。ただし活発に意見を交わすというよりは、飯を食べながら本部から来た重役の自慢話を聞き、もっと売り上げを伸ばせと尻を叩かれるという類のもので、正直楽しい会議ではない。今日もひたすら重役の話に相槌を打つだけだったが、出てきた料理が旨かったのがせめてもの救いだった。

ミーティングは午後二時に終わり、それからほかの所長たちと情報交換がてら喫茶店でコーヒーを飲み、社用車に乗ったのが午後三時のこと。走り始めて十五分ほど経った頃、一頭の盲導犬を見かけたのである。

辛島はハザードランプを出し、車を路肩に寄せて停車した。パーキングブレーキのペダルを踏み、シートベルトも外した。バックミラーを見ると、盲導犬が歩いているのが見える。珍しいことに訓練の最中のようだった。盲導犬は茶色のラブラドール・レトリーバーで、ハーネスを持っているのは若い女性だ。そして彼女たちを補助するかのように紺色のジャンパーを着た一組の男女がいる。

興味深い光景だ。盲導犬の訓練風景など滅多にお目にかかれるものではない。ちらりとカーナビの画面を見ると、現在地は西多摩市内だった。そういえば十年くらい前に西多摩市に盲導犬訓練施設が完成したというニュースを目にしたことがある。たしかハーネス多摩といったか。それまでは工場跡地などを使って活動していたらしいが、やっと本格的な施設ができたというのだった。

辛島は助手席に置いてあったスマートフォンを手にとる。ハーネス多摩、と打ち込んで検索すると、かなりの量のページがヒットする。一番上に表示されていたのがハーネス多摩の運営母体、中日本盲導犬協会のホームページだった。ハーネス多摩は随時見学を受けつけており、土日には交流会なるイベントもおこなわれるとのことだった。今度機会があれば足を運んでみてもいいかもしれない。

再びバックミラーを見る。盲導犬を連れた一団はこちらに向かって歩いてくる。ようやくその表情を見分けられるくらいの距離になった。ハーネスを持っている女性は二十歳そこそことまだ若く、かなり美形な女の子だった。口元には笑みが浮かんでいるが、緊張しているためか、その笑みもややぎこちない。まるで娘の緑《みどり》を見ているようだった。緑も最初に盲導犬と歩いたとき、

6 ランウェイ

あんな風にぎこちなく笑ったものだ。嬉しいんだけど、ちょっと怖い。そういう微妙な笑顔だ。

ハーネスを手にした女の子の横には、紺色のジャンパーを着た女性の訓練士が歩いている。髪をポニーテールにした活発そうな女性だ。緊張気味の女性に対し、笑顔で何やら声をかけている。「その調子」とか「いいですね」とか言っているのだろうか。いずれにしても好感を持てるタイプの女性訓練士だ。

その女性訓練士が前に出て、盲導犬の進行方向を塞ぐようにしゃがんだ。みずから障害物になっているのは明らかだった。盲導犬はそれに気づき、女性訓練士を避けるように弧を描いて歩く。見事だ。かなり訓練された盲導犬だ。

女性訓練士は立ち上がり、盲導犬を連れた女性の隣に行き、何やら声をかけた。それを聞いた若い女性が盲導犬に向かって何か言った。「グッド」と声をかけたのだろう。いいことをしたら褒めてあげる。それが盲導犬と一緒にいるときの基本中の基本である。

貴重なものが見られた。それにハーネス多摩の存在を知ることができたのもラッキーだった。車を出そうとアクセルを踏みかけた辛島だったが、咄嗟にブレーキペダルを踏んだ。

女性たちの後ろにいる男性訓練士に視線が吸い寄せられる。女性訓練士と同じく紺色のジャンパーを着ている。年は三十歳前後だろうか。

似ている。あの男にそっくりだ。

しばらく辛島はバックミラーに目を奪われた。やがて盲導犬を連れた一行は辛島が停めた車の真横までやってきた。思わず辛島は顔を背けていた。

あの男がこんなところにいるはずがない。それにしてもよく似ている。他人の空似では片づけられないほどだ。

歩き去っていく一行を見た。男性訓練士が何かの音を気にしたのか、一瞬だけ振り返った。やはりよく似ている。

そうか、弟か。

辛島はようやくその可能性に気がついた。あの男には弟がいたはずだ。裁判のときに一度見かけたことがある。そのときはまだ十代だったし、さほどしっかりと顔を見たわけではなかった。

あの男の弟が盲導犬の訓練士をやっている、ということか。よりによって盲導犬の訓練士とは……。決して偶然ではないはずだ。

訓練をいったん中断し、休憩するようだ。するとどこにいたのか、もう一人別の女性がやってきた。彼女は手にしていた袋からペットボトルを出し、それを訓練士や若い女性に配り始める。ペットボトル片手に談笑を始める一行を、辛島はいつまでも眺めていた。

*

「お疲れ様でした」

その声に見送られ、柳沢海羽《やなぎさわみう》は車の後部座席に乗り込んだ。四人乗りのセダンだ。色は白らしいが、その色自体を海羽が見たことはない。そう、海羽は視覚障害者だ。

6　ランウェイ

「どうでしたか？　海羽さん」

前の方から声が聞こえる。助手席に座る青山裕子《あおやまゆうこ》だろう。海羽の秘書兼ピアノの教師だ。気も合うし、ピアノの腕も申し分ないので、特に不満はない。

「楽しかった。最初は怖かったけどね。あ、ジュースありがと。みんなも喜んでたね」

「どういたしまして」

今日は盲導犬の体験ウォーキングの日だった。実はかねてから盲導犬を欲しいと思ってはいたのだが、なかなか実現できずにいた。

海羽は網膜色素変性症という先天性疾患のため、子供の頃から目が見えなかった。まったく何も見えず光すら感じない状態、いわゆる全盲ではなく、多少の光は感じることができた。今も視界の右のあたりに光が差しているように感じるのは、窓から入ってくる太陽の光かもしれない。

海羽は幼い頃からピアノを習っており、都内のコンクールでも上位に食い込むほどの腕前だ。高校までは音楽の専門高校に通っていたが、上には上がいることを思い知らされ、大学は音大に進まず、都内の私立大学の文学部に通っている。それでもピアノのレッスンは毎日欠かさず、裕子のようなピアノ専門の先生まで雇っていた。

「私も遠くから見ていましたけど、最後の方はかなりリラックスして歩いていましたね」

「わかる？　そうなの。最後の方は歩くのが楽しくて仕方がなかったもん」

大学生活を送る傍ら、海羽は芸能関係の仕事もしている。中学生の頃、あるコンクールでピアノを弾く海羽の姿が世間の注目を集めたのがきっかけだった。盲目の美少女ピアニスト。それが海羽につけられたニックネームだった。

コンクールになるとカメラ小僧みたいなファンが訪れるようになった。いくつかの芸能事務所からスカウトもやってきた。そのうちの一つと母が勝手に話を進めてしまい、今の事務所に所属することになった。そうは言っても今は大学生、それほど芸能活動に力を入れるわけにはいかず、事務所が持ってきたイベントなどで演奏を披露したりするだけだ。

「あの調子なら日曜日のイベントも何とかなるかもしれませんね」

「だといいけど」

今週末の日曜日、代々木《よよぎ》でイベントがある。大手出版社の女性誌が主催するイベントで、多くのモデルが集まる、いわゆるファッションショーだ。最近ではこういう仕事も増えている。身体障害者枠とでも言えばいいのだろうか。海羽を一人入れることによってブランドイメージも上がり、おまけに人権団体への配慮にもなるというわけだ。

今回の依頼もモデルとしての出演で、ピアノの演奏はない。特に不満はなく、これまでにも二度ほどその手のイベントに参加したが、同世代の女の子たちとお喋りするのは楽しかった。過去二回はいずれもモデルの女の子に手を引かれる形でランウェイを歩いた。そこで今回は盲導犬と歩いてみてはどうか、先週の打ち合わせで坂崎《さかざき》という男性マネージャーからそう提案されたのだ。

坂崎の動きは早かった、早速ハーネス多摩という盲導犬訓練施設に連絡を入れ、ファッションショーで盲導犬を使いたいと打診した。何度かの電話や書類のやりとりのあと、実際に盲導犬を体験してみようという話になったのである。

6 ランウェイ

「訓練士の方はどうでした？　優しく接してくれましたか？」

裕子に訊かれ、海羽は答えた。

「ええ、よくしてくれたわ。特に女性の、岸本さんだったかな。とても話し易い気さくな感じの人だった。多分関西出身じゃないかな」

車はすでに走り出している。本来なら大学で授業を受けている時間だが、今日は特別に休んで西多摩市までやってきたのだ。ここまで来た甲斐があったと海羽自身は思っていた。

「男性の方は？」

「男の人はあまり話さなかったからわからない。阿久津さん、だったかな」

「彼、かなりのイケメンですよ。私びっくりしましたもん」

「へえ、そうなんだ」

裕子の声はかなり華やいでいる。男性の訓練士は相当にかっこいいのだろう。ことによると裕子は彼のことを気に入ったのかもしれない。

「あとはお母様ですね。許可をいただければいいのですが」

「そうね。問題はそこなんだよね」

母が首を縦に振らなければどうしようもない。それほど母というのは海羽にとって絶対的な存在だった。

「裕子さん、母が次に帰ってくるのはいつ？」

「少々お待ちください」裕子が答えた。多分スケジュール帳を確認しているのだろう。「今夜遅くには戻ってくるようですね。明日の朝食はご一緒できるかと思いますが」

母は多忙を極めている。イベントは今週末に迫っているため、これがラストチャンスになるだろう。何とか理解してくれたらいいのだけれど。

「どうしました？」

裕子の声が聞こえる。その声は自分にではなく、運転している運転手に向けられた言葉のようだった。去年までタクシーの運転手をしていた六十過ぎの男性だ。運転手が答えた。

「すみません。ちょっと後ろから尾《つ》けられているような気がしてね」

「いったん停まってやり過ごしましょうか」

車が減速して、やがて完全に停止する。

芸能関係の仕事をするようになってから、ファンと称する人たちが現れるようになった。たまに手紙やプレゼントなどを送ってくる人もいて、ストーカー紛いのファンもいるようだった。幸いなことに裕子や事務所のスタッフのお陰でそれほど怖い思いをしたことはない。

「気のせいだったみたいですね。行きましょう」

男性運転手がそう言い、車を再び発進させた。

*

「どうだった？　うまくいったのか？」

6 ランウェイ

ハーネス多摩に戻って館内を歩いていると、センター長の小泉に声をかけられた。柳沢海羽のことだろう。歩美は答えた。

「楽しそうにしてましたよ。でも本当に実現するんですかね」

「どうだろうな。事務所の人と話した感じだと、結構乗り気だったけどな」

さきほどセンターを訪ねてきた女性は柳沢海羽といい、芸能活動をしている大学生のようだった。元々は高校までピアノを弾いていて、その美貌が話題になったというのだった。当然のことながら世間は彼女のハンディキャップに注目した。盲目の美少女ピアニストと呼ばれているらしい実物を見たのは初めてだったが、たしかにその美貌は女性である歩美から見ても納得だった。華奢《きやしや》だし、顔も小さく、目鼻立ちも整っている。ただ、何より驚かされたのは彼女の家庭環境にあった。

海羽の母親は柳沢倫子といい、現職の国会議員だ。実は数ヵ月前、西多摩市内のビルの外壁補修工事の現場から鋼材が落下し、下を歩いていた通行人が亡くなるという事故が発生した。最終的には事故ではなく、事件であることが判明したのだが、そのときに亡くなった通行人というのが、柳沢倫子の私設秘書だったのである。阿久津とともに捜査に協力したため、名前だけは憶えていたのだ。

柳沢倫子は若い頃に夫に先立たれ、その地盤を引き継ぐ形で政治の世界に入ったと言われている。結婚する前はキャンペーンガールをしていたらしく、今も美しい女性政治家として世間の認知を受けていた。その血は娘にも受け継がれたということだ。

「まあ、うちとしたらいいPRにもなるだろうし、悪い話じゃないんだけどな」

小泉は呑気な口調で言った。

世間一般では盲導犬に対して肯定的な人もいれば、否定的な立場をとる人もいる。いわばそれらは表裏一体だ。だから協会としては盲導犬に対する理解を深めてもらおうと広報活動に力を入れているのだが、そこの力加減が結構難しい。あまり出しゃばり過ぎると反発を招く可能性もあるからだ。

たとえば今回の企画もそうだ。視覚に障害のあるモデルが盲導犬を連れてランウェイを歩く。好意的な見方をする人もいるだろうし、その逆もあるだろう。かなり冒険的な企画とも言えるが、小泉は乗り気のようだった。広報に関してはある意味で攻めの姿勢を崩さない男だった。

「で、今日はどの犬を連れていったんだ?」

小泉に訊かれた。今日の海羽の体験歩行にどの犬を使ったのか。そういう意味合いの質問だ。歩美は答える。

「ニックです。先週帰ってきたばかりだったので」

ニックというのは十歳になる盲導犬で、引退して先週センターに戻ってきたばかりだった。ハーネス多摩では十歳前後で盲導犬を引退させ、あとは引退犬ボランティアのもとやハーネス多摩内の引退犬専用の犬舎で過ごす。十歳というのはまだまだ元気な年齢だが、早めに引退させて余生を過ごさせるというのがセンターの方針だった。

ニックを指名したのは阿久津だ。現役の盲導犬はそれぞれユーザーのもとにいて、センターにいるのは候補犬と言われる盲導犬の卵か、引退して戻ってきた犬だけだ。だったら未熟な候補犬より、経験豊富な引退犬の方が今回のイベントに向いている。阿久津はそう考えたのだろう。

「ところで岸本」小泉は周囲を見回した。本館の廊下に人の姿はないが、彼は声をひそめて言った。「阿久津の調子はどうだ？　相変わらずか？」

「ええ、まあ」

二日前のことだ。阿久津が妙なことを言い出したのだ。突然課題を与えられた。現在訓練しているトビーという候補犬がいるのだが、一週間でトビーをテスト1を受けられる状態にまでもっていく。それが歩美に与えられた課題だった。

問題はその先だ。何と阿久津は訓練士を辞めるというのだった。さすがに驚いた歩美はセンター長の小泉に相談した。小泉も寝耳に水だったようで、阿久津を呼び出して真意を聞き出そうとしたらしい。阿久津は小泉にも同じことを言ったという。

「でもセンター長、阿久津さんがいなくなって大丈夫なんですか？」

「大丈夫なわけないだろ。あいつ一人で何頭の盲導犬を育ててきたと思ってんだよ」

「だったらどうにかして引き留めないと」

「それができないから頭を悩ませているんじゃないか。それで岸本、何かわかったのか？」

なぜ阿久津が突然センターを去ると言い出したのか。その理由がわかれば対策を生み出せるかもしれない。そういう理由で歩美は小泉から密命を受けていた。阿久津が訓練士を辞める理由。それを何としても調べ上げろ、と。

「わかりませんよ。こっちが教えてほしいくらいですって」

「おいおい、岸本。逆ギレするなよ。お前しか頼りになる奴はいないんだよ。幸か不幸かこのセンター内で阿久津が唯一心を開いているのがお前なんだ」

あまり周囲と打ち解けようとせず、天上天下唯我独尊を地で行く性格の男だ。センター内では完全に浮いた存在で、ほかの訓練士と親しげに話している姿などほとんど見かけることはない。そんな阿久津が何を思ったのか、歩美の指導監督を引き受けたのが四ヵ月ほど前のこと。以来、阿久津と行動をともにするようになり、センター内では阿久津と言えば岸本という、妙な組み合わせが定着してしまっている。

「ねえ、センター長。そもそも阿久津さんはどうして訓練士になろうとしたんですかね？」

「そりゃあれだろ。犬が好きだったからじゃないか」

「本当にそれだけの理由なんでしょうか」
十二、三年前のこと。当時はまだハーネス多摩という立派な施設はなく、中日本盲導犬協会は西多摩市内の工場跡地で細々と活動していた。そんな中、小泉は施設を覗いている高校生くらいの男の子を発見し、声をかける。それが阿久津だった。十代だった阿久津は言ったらしい。住むところもないから、ここで雇ってほしい、と。放っておくことはできず、小泉は阿久津を受け入れた。
もともと犬と打ち解ける才能があったのか、それとも施設で暮らすうちに犬の心を理解する術《すべ》を身につけたのか、それはわからない。とにかく阿久津はたった一年半で正式に盲導犬訓練士と認められ、今ではハーネス多摩になくてはならない存在にまでなった。その阿久津がいなくなってしまう。センターにとっても大きな損失だし、歩美にとっては指導監督を失うことにもなるのだった。影響は計り知れないほど大きい。

「とにかく岸本、何をしてもいい。阿久津が訓練士を辞めようとしている原因を探り出してくれ。頼んだぞ」

「そんな期待されても……」

小泉は歩美の肩をポンポンと叩き、廊下を歩き去った。その姿を見送ってから歩美は溜め息をつく。

どないしよう。どうやったら阿久津を引き留めることができるだろうか。

＊

朝、海羽がダイニングに向かうと、すでに母はテーブルに着いていた。新聞をめくる音が聞こえてくる。ダイニングのテーブルで新聞を読みながら朝食を食べるのが、母の日課になっている。

「海羽、おはよう。元気にやってる？」

「おはよう。私なら元気よ」

およそ生活をともにしている親子とは思えない挨拶を交わしてから、海羽は椅子に座った。お手伝いさんを雇っていて、炊事や洗濯などの家事はすべてその人がやってくれる。

6 ランウェイ

「今日は大学は？」

「一限目から」

「ピアノも順調？」

「うん。何とか」

「そう。わからないことがあったら青山さんに訊くのよ。そのために雇っているんだから」

「わかった」

母は今年で四十八歳になる。十八年間、国会議員を務めており、大抵は永田町のマンション内にある事務所に寝泊まりしていて、ここ世田谷の自宅に帰ってくるのは一週間に一度、あるかないかだ。さらに亡き父の地元である西多摩市にも自宅があるのだが、そちらの方にはほとんど寄りつくことがない。

元々は母は芸能関係の仕事をしていて、その関係で父の友則と出会ったらしい。父が亡くなったのは海羽が二歳の頃のことだったので、まったく記憶にない。急性白血病だったという。夫を病で亡くし、さらに娘は視覚に障害を抱えていた。それでも母は亡き夫の跡を継ぐ形で立候補して、見事に当選を果たしたのだ。相当にメンタルの強い人なんだと娘ながら感心する。

「ねえ、お母さん」

「何？」

思い切って海羽は言った。

「今度の週末、イベントがあるの。ファッションショー的な仕事」

「坂崎さんから聞いてるわよ。結構大きなイベントらしいわね」

今の事務所を選んだのは母だ。だから坂崎のことも知っている。坂崎が母に対してかなり気を遣っているのは海羽も察しがつく。やはり母は議員なのだし、かなりの影響力を持っているのだろう。

「盲導犬を連れて歩かないかって言われてるんだけど、どうかな？」

母は答えなかった。新聞をめくる音が聞こえてくるだけだ。母は動物がそれほど好きではなく、なかでも犬が嫌いだった。幼い頃に嚙まれそうになったことがあり、それがトラウマになっているそうだ。

実は高校生の頃、盲導犬を欲しいと思ったことがあった。特別支援学校時代から仲良くしていた子が盲導犬の使用申請をおこなったという話を聞き、羨ましくなったのだ。帰宅して母に相談したところ、母はにべもなく却下した。盲導犬なんてやめておきなさい。あなたには運転手付きのハイヤーがあるでしょうに。犬なんかよりも人間を使うことを覚えなさい。

その話は立ち消えになり、それ以来母の前で盲導犬という単語を口にしたことはなかった。たしかに海羽には運転手つきの車が一台、常に用意されている。今も大学に通うのはその車を使う。その車がなければ海羽には移動手段がないのも同然だ。白杖だけで最寄り駅まで辿り着く自信もない。

「イベントで犬連れて歩くだけなの？」

たっぷり一分ほどしてから母が訊いてくる。海羽は答えた。

「多分。私も詳しい話は聞いてないからわからないの」

「あなたがやりたいなら私は反対しないわよ」

意外だった。母が了承するとは思ってもいなかった。だが考えてみれば意外でも何でもないことだった。盲導犬を使用したいと言っているわけではなく、たった一回のイベントで盲導犬と歩くだけなのだ。

「じゃあ坂崎さんに言っておく。お母さん、来られないんでしょう？」

一応訊いてみる。母は素っ気なく答えた。

「無理だと思うわ、日曜日は。予算委員会が近いから」

盲導犬の話はそれで終わった。母は新聞を読んでいて、たまにスマートフォンの振動音が聞こえてくる。メールだろうか。ここは母にとって自宅ではあるが、同時に仕事場でもあるのだった。

「おはようございます」

青山裕子の声が聞こえる。彼女はレッスンがない日もこうして海羽の自宅を訪れる。レッスンと海羽の秘書業以外にも母の仕事――簡単な書類作りなどを手伝っているらしい。

「海羽さん、お食べにならないんですか？」

「今から食べるところ」

そう言って海羽は手を伸ばした。指の先端が柔らかいものに触れる。食べやすいからという理由で、朝食はサンドウィッチと決めている。今日もいつもと同じ場所にサンドウィッチが置かれていた。食べてみると中の具材はハムとレタスだった。

6 ランウェイ

今日は午前中は大学の授業がある。午後はたしか授業がない。ここでピアノのレッスンをする予定だったが、あるいは——。

サンドウィッチを一切れ食べてから、海羽は裕子に向かって言った。

「裕子さん、実は母から週末のイベントの出演許可が出たの」

「それはよかったですね、海羽さん」

「早速なんだけど、坂崎さんに連絡をとってくれないかしら。本番まで時間もないし、早めに調整した方がいいと思うの」

「わかりました。すぐに伝えておきます」

昨日、西多摩市のハーネス多摩に行き、初めて盲導犬を連れて歩いた。ニックという名前のオスの盲導犬だった。犬と一緒に歩くというのは、不思議な感覚だった。ただ単に歩くのであれば、白杖でも事足りる。しかし盲導犬と一緒に歩くと、どこか力強く感じるのだ。私は一人じゃない。普段感じている孤独感を打ち消してくれる存在。それが盲導犬だ。

今週末の日曜日、私は盲導犬と一緒にランウェイを歩けるのだ。そう思うだけで胸が弾んだ。

*

「会場は代々木にあるイベント会場です。収容人数は八千人ほど。当日はマスコミも来ることになっているので、かなり賑わうことでしょう」

歩美はハーネス多摩の本館にある会議室にいた。こちら側は歩美のほかにはセンター長の小泉と阿久津が出席している。テーブルの向こう側には柳沢海羽と彼女の秘書である青山裕子、それともう一人、坂崎という男が来ていた。さきほどからずっと坂崎が説明している。

柳沢海羽が盲導犬を連れてイベントに参加することが正式決定し、急遽おこなわれているミーティングだ。坂崎というのは海羽が所属している芸能事務所の人間らしく、イベントの主催者との交渉もすべて彼がやっているとのことだった。

「おそらく海羽の登場は午後三時くらいになると思われます。会場内に犬が入ることは主催者側の了解を得ています。さきほど向こうの担当者に連絡したら、かなり喜んでいる様子でした」

企業イメージの問題かもしれない。昨今では企業も世間のイメージを気にしていて、そういうイベントでも同様だ。盲導犬を連れた視覚障害者がモデルとして参加すれば、障害者に対する理解があると思われるというわけだ。何か利用されているみたいで悔しいが、まあこちらは言われた通りに協力するだけだ。

「前日の土曜日の午後に最終打ち合わせ、当日の午前中にリハーサルを予定しています。これが当日の会場のレイアウトになります」

坂崎が出した図面をみんなで見る。会場はほぼ正方形で、その中央にランウェイが延びていた。会場のなかほどには円形のステージがあり、そこでポージングをしたりして、そのまま折り返して戻ってくるようだった。ファッションショーではお馴染みの光景だ。

「ハーネス多摩さんの方で何かありますか？」

6 ランウェイ

坂崎が訊いてくる。小泉と視線が合った。この件はお前に任せる。そう言われているような気がしたので、歩美は口を開いた。

「海羽さんは普段から盲導犬と接しているわけではなくて、いわば初心者です。できれば訓練士が付き添って歩きたいのですが、それは可能でしょうか？」

「こちらはできれば海羽と盲導犬だけで歩かせたいと思っているんですよね。そうしなければ意味がないというか。どうにかなりませんかね？」

逆に質問を返され、歩美は口ごもった。海羽は盲導犬の扱いに長《た》けているわけではない。普段からコンビを組んでいる視覚障害者と盲導犬ならまだしも、盲導犬初心者の海羽には難しいかもしれない。これは思っていた以上に厄介だぞ、と思いながら歩美は「うーん」と唸ることしかできなかった。

「ちょっといいですか」口を開いたのは阿久津だった。「この図面に海羽さんの動きを描き込んでもらっていいですか。赤ペンとかで」

それを聞き、坂崎が赤いボールペンで彼女の動きを描き込んだ。北側にあるステージの上手（客席から見て右側）から登場し、ランウェイ（二十メートルくらい）を歩いて中央の円形ステージへ。そこでクルッと回ったあと、あとは同じランウェイを戻り、今度はステージの下手（客席から見て左側）に去っていく。以上が当日の海羽の動きだった。

赤ペンの動きを目で追いながら阿久津が言う。

「登場と退場のときは我々もしくは係の人が誘導した方がいいですね。ただしランウェイ上は海羽さん一人で歩いても大丈夫だと思います」

　思わず歩美は阿久津の顔を見ていた。そんなに言い切ってしまっていいのだろうか。たしかに真っ直ぐ歩くだけだが、その先には円形のステージがあり、さらに進めば落下してしまう。盲導犬はストップするだろうが、百パーセント安全とは言い切れなかった。

「一つだけお願いがあります」そう言って阿久津が図面の一点を指でさした。そこはランウェイと円形ステージの境目の部分だった。「海羽さんの出番のときだけ、ここに木材のようなものを置いてください。高さは十センチほどあれば大丈夫です」

　なるほど。歩美はその真意を察した。阿久津はさらに説明を続ける。

「ここに木材を置いてくれれば、犬はその段差を察知して必ず止まります。海羽さんは犬が止まったら円形ステージに到着したと思えばいい。木材を飛び越え、円形ステージに入る。そこではあまり動かないように。動いてしまうと方向を見失ってしまうので。あとはクルッと回って帰ってくるだけです」

　それなら海羽でも可能のような気がしてきた。問題は真っ直ぐランウェイを歩けるかどうかだ。歩美は提案してみる。

「ランウェイの真ん中に目印をつけてもらうのは可能でしょうか。簡単なやつでいいんです。たとえば中央に一本、フェルト生地のようなものを貼ってもらうとか」

　点字ブロックは難しいので、その代わりになるようなものがあれば海羽も歩き易いのではないか。そう思ったのだ。阿久津も特に反対する様子はない。坂崎が手帳にメモをしながら言った。

6 ランウェイ

「了解しました。それほど難しくなさそうですね。コスト面でも高くはなさそうですから。最悪の場合、うちの事務所の持ち出しでもいいかもしれません」

盲導犬を扱い慣れていない海羽では無理ではないか。当初はそう思っていたが、これなら何とかなるのではないかと思えてきた。自分の意見が通ったことに満足したのか、阿久津が立ち上がって会議室から出ていってしまう。まったく自分勝手な男だ。

「ところで坂崎さん、このイベントですけど、誰か有名人とか出るんですか？」

意外とミーハーな小泉が身を乗り出して坂崎に訊いた。坂崎は腕を組んで答える。

「主催してるのが出版社なので、ファッション誌の専属モデルがほとんどですね。でもアイドルが出るって言ってたな」

「へえ、それは凄いじゃないですか」

今日は午前中は別の用事を頼まれていたため、阿久津とは話せていない。どうして阿久津が盲導犬訓練士を辞めようとしているのか、その理由についてはまったくわかっていない。いったいどうしたらいいのだろうか。

実は昨夜、友人の梨田麻里子に電話をした。駅員をやっている同郷の女の子だ。かいつまんで事情を説明したところ、彼女はあっけらかんと言った。

もう正面突破しかないんちゃうかな。阿久津さんの自宅を訪ねてみるんや。場合によっちゃ深い関係になるかもしれへん。でもそうなったらそうなったで話とか聞き出せるかもしれへんで。

んなアホな。昨夜はそう思って聞き流したが、深い関係になるならないはさておき、彼の自宅を訪ねるのは手かもしれないと思い始めていた。やはりセンター内では人の目もあることだし、向こうも話しづらいというのもあるだろう。

「……おい、岸本。聞いてるのか？」

小泉に声をかけられ、歩美は我に返る。

「あ、はい。すみません。何でしょうか？」

「柳沢さんが使う犬だ。決まってるのか？」

「先日引退したニックが有力候補です。まだ正式に決まったわけではありませんが」

「そうか。そのあたりの調整はお前たちに任せる。頼んだぞ」

ミーティングは解散となった。明日の金曜日の午後、もう一度海羽たちがセンターを訪れ、日曜日のイベントのための練習をおこなうことになった。立ち会うのは当然、歩美と阿久津になるはずだ。もちろんニックも参加することになる。

「ではまた明日お願いします」

会議室から出ていく海羽たち一行に向かい、歩美は小さく頭を下げた。


阿久津が住んでいるアパートはセンターから車で五分ほどのところにあった。時刻は午後七時過ぎ、すでに阿久津が住む二階の一室には電気が灯っている。歩美は路肩に停めた自分の軽自動車の運転席に座っていた。

いつまでもここでこうしていても仕方がない。それにせっかく買ってきたたこ焼きが冷めてしまうではないか。あとは野となれ山となれ、だ。

歩美は車から降り、アパートの外階段を上った。阿久津の部屋のインターホンを押す。しばらくするとドアが開いた。用意していた台詞を口にする。

「こ、こんばんは。たこ焼きを余分に買ってしまったので、よかったら一緒にどうかなと思って……。うわっ、阿久津さん、な、何で服着てないんですか？」

「シャワー浴びたばかりだから」

「いいから服着てくださいよ。お願いします」

下は半ズボンを穿《は》いているが、上半身は裸だ。髪も濡れていて、肩にバスタオルがかかっている。阿久津は無言のまま部屋の奥に行ってしまったので、歩美は「お邪魔します」と小声で言ってから靴を脱いだ。

片づいた部屋だ。必要最低限のものしか置いていない、阿久津らしい部屋だった。洗面所の方からドライヤーの音が聞こえている。手持ち無沙汰に待っていると、やがて阿久津が姿を現した。Tシャツを着ているので安心する。

「はい」

「あ、すみません」

阿久津からペットボトルの緑茶を手渡された。阿久津はやはりコーラだった。

「で、用件は何？」

「えっ？　だからたこ焼きでも食べようかと……」

部屋の真ん中にローテーブルがあったので、その上に買ってきたたこ焼きを置いた。輪ゴムを外してパックを開けると、ソースの香ばしい香りが漂った。

「とりあえず食べましょう」

無言のままたこ焼きを食べる。言うまでもなくたこ焼きは美味しいのだが、このままずっとこうしているわけにはいかない。緑茶を一口飲んで歩美は思い切って口を開いた。

「あのう、阿久津さん。どうして盲導犬訓練士を辞めちゃうんですか？」

阿久津は答えない。そう簡単に口を割るわけはないと思っていたので、特に落胆はなかった。歩美は続けて言った。

「じゃあクイズ形式にしましょう。私が考えた理由を言うので、当たったら手を挙げてください。行きますよ。今の仕事が嫌いになったから」

阿久津は黙ったままだ。たこ焼きを食べている。

「じゃあ次。センター内でとっても嫌なことがあったから。これも違いますか？　じゃあ次はですね、ええと、ほかにやりたい仕事が見つかったから。これも違う？」

考えられる理由をあれこれ提示していったのだが、阿久津はいっこうに手を挙げる気配を見せなかった。こっちがお手上げだ。もうほかに思い浮かばない。そう思ったとき、阿久津がぼそりと言った。

「どうして人は人のことを放っておいてくれないんだろうね」

「え？　どういう意味ですか？」

6 ランウェイ

「何でもない。実は決まってたんだ。この時期になったら辞めるって」

「期間限定で訓練士やってたってことですか？」

「そういうことになるかな」

阿久津は三十一歳になる。中日本盲導犬協会で働き始めて十三年が経っているらしい。今のハーネス多摩ができる前からずっと訓練士として働いており、彼が世の中に送り出した盲導犬の数は百五十頭を超えている。ハーネス多摩が育成する盲導犬――最終的にユーザーのもとに送り出せるユニット数は、年間でわずか三十頭にも満たない。それを考えると阿久津の育成数はとてつもない数字だ。

「ちなみに次の仕事、決まってるんですか？」

「特には。のんびりしようと思ってる」

「のんびりって……だったらこのまま……」

インターホンの音に歩美の言葉は遮られた。阿久津は立ち上がろうとせず、こちらに向かってあごをしゃくる。私に行けと言っているのか。何て傍若無人な男なのだろうと思ったが、指導監督と研修生という絶対的な主従関係は身に染みついてしまっており、歩美は思わず立ち上がっていた。玄関先でドアの向こうに声をかける。

「どちら様ですか？」

呼びかけても返答はない。自宅だったら無視するところだが、今日は阿久津が一緒にいるし、そもそもここは私の部屋ではないのだ。まさか阿久津さんの彼女だったりして。そんな興味もあり、歩美は試しにドアを開けてみる。

一人の男性が立っている。年齢は五十代くらいだろうか。男性もいきなり出てきた歩美に驚いたのか、困ったように立ち尽くしている。

「阿久津ですよね。少々お待ちください」

歩美がそう言って振り返ると、阿久津がちょうど奥の部屋から出てきた。玄関先に立つ男を見て、阿久津の表情が変わる。目を見開き、口を金魚のようにパクパクとさせるのだが、はっきりとした言葉を話しているわけではない。それほどまでに動揺しているのだ。こんな阿久津を見るのは初めてだった。

「突然すまないね。昨日、君の姿をたまたま見かけたんだよ。非常識だとわかってはいたが、君が盲導犬の訓練士になっているのと知って、訪ねないわけにはいかなかった。悪いけどセンターで君の住所を教えてもらった。感謝状を送りたいと嘘をついてね。でも正直驚いたよ」

知り合いだろうか。知り合いにしては他人行儀というか、どこかよそよそしさを感じる。言葉遣いは丁寧だが、言葉の端々に皮肉のようなものが混じっているのを感じた。男は続けて言った。

「君が盲導犬を育てているとはね、まったく聞いて呆れるよ。罪滅ぼしのつもりなのかい？」

黙って俯いていた阿久津だったが、やがて深く頭を下げた。そして震える声で言う。

「……も、申し訳ございませんでした」

「やめてくれ。今さら謝られても困るんだよ。もう十三年も経ったんだ。とにかくあんたが盲導犬の訓練をしてるのを偶然見かけて、ちょっと気になったんだよ。見ちゃったものを忘れるわけにはいかないだろ」

「……すみません」

「だから謝らなくていいって。何だかこっちが悪いみたいじゃないか」

男は首から名札をぶら下げている。その名札の文字を何とか読みとった。『辛島』という名前らしい。会社名まではわからない。

「とにかく君が好きでやっていることならいい。でも罪滅ぼしのつもりだったらやめてくれ。それを言いたかっただけだ」

それだけ言い残し、男は部屋から出ていった。阿久津はその場で俯いているだけだ。歩美は靴を引っかけて外に出た。

外廊下から下を見ると、ちょうど歩美の自家用車である軽自動車の前に、一台のワゴンタイプの車が停まっていた。さきほどの男がその車に乗り込んでいくのが見える。近くにある外灯のかすかな光で、車体に書かれた社名を読みとることができた。大手不動産会社の名前だった。

再び室内に戻る。部屋に入っても阿久津の姿はない。寝室に入ってしまったらしい。

「阿久津さん、大丈夫ですか？」

そう問いかけても返答はなかった。せめて片づけくらいはしておこうと思い、歩美はローテーブルの上に載っていた食べかけのたこ焼きを持ち上げた。

「ねえ、歩美ちゃん、阿久津さんが辞めちゃうって本当なの？」

「岸本さん、阿久津さんが辞めるってマジ？」

翌日、センターは大混乱に包まれていた。それもそのはず、阿久津が退職願を提出したというのだった。朝、歩美がセンターに出勤したときはすでに大騒ぎだった。阿久津は珍しく誰よりも早くセンターに出勤し、小泉を待ち受けていたというのだ。

今までお世話になりました。

そう短い言葉を残し、阿久津は手書きの退職願を残し、センターから立ち去ってしまったという。それを知った歩美はすぐさま医療棟の奥にある犬小屋に向かったが、昨日まで置いてあった犬小屋もそこにはなく、佐助の姿も見当たらなかった。本気で阿久津は訓練士を辞めるつもりなのだ。歩美はそれを実感した。

阿久津が退職願を出したらしい。

その噂は瞬く間にセンター中に広まり、歩美は会う人全員に阿久津についての質問を受ける羽目になってしまった。私は阿久津さんの保護者ではない。そう言いたい気持ちを我慢して、適当に応じることしかできなかった。

そんな大事件が起きてもセンターには通常業務がある。その日も朝からいつものように掃除をして、午前中は事務スタッフの手伝いをしたり、その合間に医療棟の仕事を見学したりした。短い昼休みを終えると、約束通り柳沢海羽たちがセンターを訪れた。今日は坂崎という芸能事務所のマネージャーの姿はなく、青山裕子という女性の秘書だけを連れていた。

「阿久津さんは今日はいないんですね」

6 ランウェイ

　何も知らない海羽は無邪気な顔でそう言った。まさか辞めてしまったとは言えず、歩美は曖昧に誤魔化すことしかできなかった。

「今日はほかに用事があるみたいで……。でも海羽さん、だいぶ真っ直ぐ歩けるようになりましたね」

　センター本館の廊下をランウェイに見立て、歩行練習をしているのだ。廊下の中央には百円ショップで買ってきたテープを貼り、歩行の目安にしていた。一緒に歩いているのは引退犬のニックだ。彼とのコンビネーションも様になりつつある。

「海羽さん、ちょっと休憩しましょうか」

　歩美はそう言っていったん歩行練習を中断し、彼女を誘導して本館中央にあるホールに向かった。そこにあるベンチに座る。秘書の青山裕子も一緒だ。彼女は海羽のピアノの家庭教師も兼ねているらしい。

「いい感じですね。この調子だと日曜日のイベントが楽しみですね」

　歩美がそう言うと、海羽は笑って言った。

「よかったです。もっと指示とか難しいと思っていたので」

「これまでに盲導犬に興味を持たれたことは？」

「以前、私も欲しいなと思ったことはありますけど……」

　海羽は言葉を濁した。敢えて歩美はその先を訊こうとはせず、黙っていることにした。青山裕子も何も言わない。やがて海羽が口を開いた。

「母に反対されたんです。うちの母、犬に対するトラウマがあるみたいで」

なるほど。犬を嫌いな家族がいるのであれば、断念せざるを得ないのかもしれない。

「海羽さんって、いい名前ですね」

ずっと思っていたことを口にした。すると海羽が答えた。

「亡くなった父がつけた名前なんです。父は海が好きだったみたいで」

彼女の父親は海羽が幼い頃に病気で亡くなったと聞いている。父の死後、母の倫子が議員になったらしい。

イベントは明後日だ。昨日阿久津がいろいろと提案してくれたお陰で、おそらく海羽はランウェイを歩くことができそうだ。しかし手放しで喜べる状態ではなかった。あの阿久津が退職願を出し、センターから去ってしまったのだ。いったい私はこれからどうなってしまうのか。おそらく別の指導監督がつくことになるだろうが、せっかく阿久津に教わってきたことが無に帰してしまいそうで怖かった。まあ実際には阿久津は手とり足とり教えてくれるタイプの男ではなかったのだが。

それに現状では阿久津は数頭の候補犬を抱えている。中でもトビーは訓練を始めたばかりで、内弁慶とでも言えばいいのだろうか、センター内での訓練においては抜群の動きを見せるものの、外に出て市街地訓練になると途端に落ち着きをなくしてしまうのだ。このままだとトビーは盲導犬に不適格と判断せざるを得ず、最初の試験であるテスト1を受けさせることもできない。それを何とかしろというのが、阿久津から与えられていた課題である。阿久津から具体的な課題を与えられたのは初めてで、嬉しいと思う反面、プレッシャーも感じていた。阿久津がいなくなってしまった今、課題自体もどうなってしまうかわからない。トビーもおそらく別の訓練士に引き継がれることになるのだろう。それはそれで残念で仕方がない。

「ちょっと気になったんですけど」ずっと黙っていた青山裕子が口を開く。「盲導犬って、自分が案内している人が目が見えないってこと、知ってるんですか？」

たまに訊かれる質問だ。盲導犬は賢いが、それは人間が出した指示にきちんと従うというだけだ。

「知らないはずですよ。この人は目が見えてるんだ。この人は目が見えていないんだ。そういうことはわからないはずです。犬にとっては……」

不意に気がついた。本当にそうなのか、と。中には違う犬だっているのではないか。だとすると、トビーはもしかして――。

「……岸本さん、どうしました？」

「あっ、すみません」

裕子の声で我に返る。ニックがリラックスした表情で海羽の足元に寝そべっていた。お前も大変だな。そんなことを言われたような気がした。引退した身の上ということもあってか、ニックには余裕のようなものが漂っている。

「岸本さん、阿久津さんって本当に辞めちゃうの？」

本館の廊下を歩いていると、研修生仲間の男の子にそう訊かれた。朝からこの質問を何度されたかわからない。「さあね」と素っ気なく答え、歩美は犬舎に向かって急いだ。

さきほど海羽たちはセンターを去った。廊下での歩行練習を見る限り、海羽の歩き方は堂々たるものだった。もともと芸能関係の仕事をしているみたいだし、そもそも彼女は幼い頃からピアノのコンクールに出ていたらしい。度胸のようなものが備わっているのかもしれない。

犬舎に到着する。特に職員が常駐しているわけではなく、訓練士なら犬を外に連れ出すことが可能だ。ただし連れ出す犬と予定帰館時刻などは記入する決まりになっていた。入り口に置いてあるノートに必要事項を書き込んだ。

カプセルホテルにも似た檻が並んでいる。犬のストレスにならぬよう、間口も広めにとられているし、中もゆったりとしている。今は訓練中なので半数以上の犬が外に出されていた。歩美の気配を感じとった犬が一斉にこちらを見るのがわかる。きちんと躾けられているのでむやみに吠えることはないが、僕と（私と）遊んでくれという思いが伝わってくる。

トビーの犬舎まで向かう。鎖を外し、代わりにリードをつけて外に連れ出した。芝生の訓練場に向かった。午後は大抵の訓練士が市街地訓練をおこなうのが常なので、訓練場は貸し切り状態だった。天気も良く、気持ちのいい風が吹き抜けている。

「トビー、シット」

歩美の指示に従い、トビーは座る。「グッド」と頭を撫でてから、歩美はトビーを残したまま十メートルほど離れ、「トビー、カム」と呼んだ。トビーは指示通りにこちらに向かって歩いてくる。

しばらくの間、訓練を繰り返す。トビーの動きは正確かつ素早いものだった。やはり訓練場での動きはいい。

「トビー、シット」

目の前にトビーを座らせてから、歩美も同じように座った。そしてトビーに話しかける。

「ねえ、トビー。どうして訓練場ではこんなに上手くできるのに、外に行くとできなくなっちゃうの？　やっぱり緊張しちゃうってことかな？」

トビーは舌を垂らし、歩美の顔を見ているだけだ。こいつ、何言ってんだろ。そんなことを言いたげな顔つきだ。やはり阿久津のようにはいかないらしい。それでも歩美は続けて話しかけてみる。

「阿久津さんっているでしょう。あの人、センターからいなくなっちゃったんだよ。阿久津さん、どこ行っちゃったんだろうね。まだ行方がわからないの」

気難しい性格をした訓練士。そういう噂は聞いていたし、最初のうちはまったく接点はなかった。ところが数ヵ月前、ちょっとしたきっかけで彼と関わるようになった。周りが思っているような気難しい男とは思わなかった。相性とでも言えばいいのだろうか。波長のようなものが合ったのかもしれない。

「阿久津さんいなくなったら困るよ。めっちゃ困る。だってまだ教えてほしいことといっぱいあるもん」

どうしてかはわからない。歩美は知らず知らずのうちに涙ぐんでいた。今朝阿久津が退職願を出して姿を消したことを知り、困ったことになったぞと気を張り詰めていたのだが、それが緩んでしまったような気がした。

「私、あの人おらんかったら困る。訓練士になれないかもしれない……」

おでこに何かが当たる。顔を上げるとトビーの顔があった。舌を垂らしてこちらを見ている。トビーが鼻で突いたのだ。元気出せよ、と言わんばかりに。

「そうだよね、トビー。今は訓練中だもんね。……あれ？　何やろ？　今ちょっと会話成立したような気がしたんだけど」

トビーは澄ました顔をしてこちらを見ているだけだ。

「まあ、いいか。トビー、市街地訓練行くよ。さっき海羽さんと話してたね。海羽さんってわかるよね？　あのすっごい可愛い子。あの子がヒントくれたの。ちょっと試したいことがあるんだよね」

歩美は立ち上がり、トビーを連れて歩き出す。トビーはぴったりと歩美に寄り添って歩いている。人間がどんなにメンタルが弱っていようが、どんなに辛いことがあろうが、犬はいつもと変わらず、ニュートラルな存在としてそこにいる。だからこそ、人は癒されるのである。歩美は生まれて初めて、それを実感した。

*

海羽が自宅に着いたとき、家に母の姿はなかった。いつものことだから気にはならない。永田町にあるマンションに戻ったのだろう。

「海羽さん、一時間ほど休憩しましょうか。それからピアノのレッスンをやりましょう」

「うん、わかった。でも裕子さん、今日は残念だったわね」

「何のことですか？」

「阿久津さん、今日はいなかったから」

「な、何を言ってるんですか」

見えないけど、雰囲気でわかる。おそらく裕子は阿久津のことを意識しているだろうと。最初に彼に会ったあと、裕子は車の中で彼のことをイケメンと評した。たまに映画などを一緒に観るとき、出ている俳優の顔などを説明してくれることはよくあるが、基本的に異性の話題が出ることは稀だった。それだけ彼女が阿久津という男に興味を示した証拠だった。

裕子は今年で三十歳になる。ここに来る以前は楽器会社が運営する派遣型ピアノ講師に登録していたらしいが、少子化の影響もあってか、それほど多くの仕事が回ってくることはなかったそうだ。生徒には社会人もいて、四十代のサラリーマンに言い寄られて辟易《へきえき》しているとき、うちから話があった。そのサラリーマンは半分ストーカーと化していたので、それから逃れるという意味でも裕子はすぐに話に乗ったという。

　現在の仕事にはかなり満足していて、母の事務仕事も率先して手伝っており、しかも仕事は正確らしい。海羽にとってはお姉さんのような存在だ。

「わかるわよ。今日も阿久津さんがいないってわかったあと、裕子さん、露骨にテンション下がったんだもん」

「そうですかね」

「私を舐めないでね」

　目が見えない分、空気感とでも言えばいいのだろうか、その場にいる人の話し方や雰囲気などから、多くのことを察するのは海羽の得意技だ。中でも得意なのは恋愛感情を読みとることだ。誰が誰を好きとか、誰と誰が付き合っているとか、そういうのを当てるのが昔から得意だった。

「やっぱりバレちゃいましたか」裕子があっけらかんとした口調で言った。「だって阿久津さんって訓練士、本当にかっこいいんですよ。私が高校の頃に好きだったバスケ部の先輩に似てる感じなんです。ちょっと線は細いですけどね」

「そんなにかっこいいんだ」

「それはもう。あ、ところで海羽さんはどう見ます？　あの訓練士の二人。やっぱりいい感じなんですかね」

　阿久津という男性訓練士と、岸本歩美という女性訓練士。二人はコンビで仕事をすることが多いようだ。立場的には阿久津の方が上だが、関西の訛りがある岸本歩美もシャキシャキした性格で、たまに漫才のような掛け合いを見せることがある。

「あの二人は付き合ってないと思う。そういう感じになるのはまだ先かな」

「まだ先ってことは、放っておくとそうなっちゃうって意味ですか?」

「かもね」

職場の同僚であり、しかも先輩と後輩。そういう厚い壁が二人を阻んでいるのだろう。それ以前の問題として、阿久津は他人に対して心を開かない人間だと思われた。過去に何かあったのではないか。そう思わせるほど心に闇のようなものを抱えているように感じられた。

「あっちは四六時中一緒にいるわけだしな。しかもこっちは明後日のイベントが終わってしまえば二度と会うことはない。私には勝ち目がなさそうだな」

落胆したように裕子が言うので、海羽は慰めた。

「まだ向こうも盛り上がってないみたいだし、裕子さんにもチャンスあるかもよ。もしあれだったら明後日連絡先くらいは訊いてみたら?」

「そうしてみようかな。じゃあ海羽さん、一時間後に。私は自分の部屋でお母様から頼まれている仕事をしてくるので」

「わかった。一時間後ね」

腕時計の上蓋を上げ、指で針を触って時間を確認する。この腕時計は十五歳の誕生日に母からプレゼントされたスイス製の時計だ。

時刻は午後三時三十分になろうとしていた。スマートフォンで音楽でも聴こうか。そう思って自分の部屋に向かおうとしたところ、足音が聞こえてきた。自室に引き揚げたはずの裕子が戻ってきたのだ。

「……はい……はい、今は自宅に戻ってます。どうしますか？　ここにいた方がいいんですか？　それとも……はい、わかりました」

誰かと電話をしているらしい。裕子の口調から緊迫感が伝わってくる。何かあったのだろうか。真っ先に思い浮かんだのは母のことだ。突発的な事故に見舞われたのか。政治家という仕事をしている以上、母は公人だ。何か不測の事態に巻き込まれたとも考えられる。

「……わかりました。私たちは待機してます。警察が来たらまた連絡します」

警察という単語を聞き、思っている以上に切迫した事態なのだと実感した。

「どうしたの？」

通話を終えた裕子に向かって訊く。彼女は答えた。

「坂崎さんから電話がありました。さきほど明後日のイベントを主催している出版社のホームページにメールが届いたそうです。メールは海羽さん宛てでした。『もし明後日のファッションショーに参加したらお前も犬も殺してやる』と書かれていたみたいです」

＊

阿久津の行方はわからなかった。自宅にも戻ってきてないようであり、電話をかけても通じな

6 ランウェイ

かった。センター長の小泉は阿久津の退職願を受理するつもりは毛頭なく、とにかく捕まえて辞めないように説得しろの一点張りだった。説得すると言っても歩美は研修生に過ぎないのだが、センター中を見回しても自分よりほかに阿久津と親しい者がいないのも事実だった。

一夜明けた土曜日、歩美は特別に小泉の許可を得て、センター内での活動を免除してもらった。向かった先は府中市だ。目当ての店舗は駅から近い商店街の中にあった。

緑色の看板が特徴的な大手不動産会社だ。人気お笑い芸人をテレビコマーシャルに起用しているため知名度も高い。そのお笑い芸人のポスターが窓に貼られていた。歩美が店内に足を踏み入れると、案内係と思われる女性が近づいてきた。

「こんにちは。どんなお部屋をお探しでしょうか？」

「実はですね……」

事情を説明すると、案内係の女性は怪訝な顔つきをしながらも、奥のオフィスに向かっていった。やがて一人の男性が姿を現した。一昨日、阿久津の部屋に押しかけてきた男性だ。名札に書かれていた名前、それからアパートの前に停車していた車に書かれていた社名。この二つをネットで検索すると、この不動産会社の府中駅前店のホームページに辿り着いたのだ。

歩美の顔を見て、辛島という男はバツの悪そうな顔をした。そして小声で訊いてくる。

「あんたか。いったい何の用だ？」

「ちょっとお話が。阿久津さんの話を聞かせてほしいと思いまして」

今回の阿久津の退職騒ぎの背景には、彼の秘められた過去が関係しているのではないか。それが歩美の予想だった。一昨日あの場に居合わせたのは偶然だが、それを利用するしかないと思った。この男は絶対に何か知っている。それに賭けるしかないのが現状だ。

「話すことなんてないよ。帰ってくれ」

そう言って辛島は背を向けたが、歩美は構わず言った。

「阿久津さんは昨日退職願を出しました。訓練士を辞める気みたいです」

辛島は立ち止まった。しばらくそのまま立ち尽くしていたが、やがて振り向いた。

「俺のせいだって言いたいのか？」

「そうじゃありません。私はただ、阿久津さんのことを知りたいだけなんです。あの人は普段から無愛想で、誰とも打ち解けようとしません。そういうタイプの人なんだ。ずっとそう思っていたんですが、それは誤解かもしれないと思い始めました」

犬と話すことができる。それが阿久津の特技と言われているが、それは結局のところ、人間と話すことを避けていくうちに、彼が手に入れた特技ではないのか。犬くらいしか話し相手がいなかったのだ。

どうして彼がそういう風になったのか。いつかそれがわかる日が来ると思っていた。今がそのタイミングなのだ。

「お願いです。話を聞かせてください。話を聞かせてくれるまで、ここを動きません」

「立派な営業妨害だな。わかったよ、そこまで言うなら」観念したように辛島が言った。

「通りの向こう側にカフェがある。そうだな。五分ほどしたら行けると思う。待っててくれ」

6 ランウェイ

「ありがとうございます」

礼を述べて店から出た。辛島が言う通り、通りの向こう側にカフェがあるのが見えた。時刻は午前十一時を回ったところだ。

カフェの店内に入り、セルフレジでアイスコーヒーを買ってから空いている席に座る。スマートフォンを出してメールをチェックしたが、未読メールはなかった。明日の日曜日には代々木でファッションショーがおこなわれる予定になっているため、その待ち合わせ場所などを柳沢海羽の秘書である青山裕子にメールで尋ねてみたのが昨日のことだ。いまだに回答がない。まだ決まっていないのだろうか。

阿久津の番号を呼び出し、電話をかける。まだ電源が切られているらしい。今朝もここに来る途中で寄ったのだが、阿久津は自宅に帰ってきていないようだった。阿久津は佐助も連れているはず。犬を連れて寝泊まりできる場所などそう多くはないはずだ。

「待たせたね」

顔を上げると辛島が立っていた。紙コップ片手に辛島は歩美の向かい側に腰を下ろした。一口ドリンクを飲んでから辛島は言った。

「あんたは阿久津の過去について、一切知らされていないんだな」

「はい。何も」

「あの男があんたに何も言わないってことは、あんたに知られたくないからだ。あの男はおそらく長い間、その秘密を胸に抱えて生きてきた。誰にも知られたくなかったからだ」

あまり人と打ち解けない。積極的に人に関わらない。それが阿久津が自分に課したルールだったということか。

「それでもあんたは奴の過去を知りたい。その覚悟があると思っていいんだな」

覚悟と言われると若干物怖じしてしまう自分がいる。しかしこれは私だけではなく、ハーネス多摩全体の問題なのだ。それほどまでに阿久津という男はハーネス多摩になくてはならない戦力だ。そのためには私は一歩を踏み出さなければならない。

声には出さず、歩美はこくりとうなずいた。それを見た辛島が話し始めた。

「今から十三年前のことだ。江戸川区の路上で私の妻と娘がトラックに轢《ひ》かれて死亡した。娘は生まれつき視覚に障害があってね。盲導犬を連れて歩いていたんだ。もちろん、その盲導犬も一緒に犠牲になったよ。トラックを運転していたのは宅配便のドライバーだった阿久津豊《ゆたか》。そうだ、あの阿久津聡の実の兄だ。君が知っている阿久津の兄は、私の妻子と一頭の盲導犬を轢き殺した犯罪者なんだ」

そんなことって――。歩美はごくりと唾を呑み込んだ。

今から十三年前の真冬のことだった。辛島の妻の佳子《よしこ》は四十三歳、娘の緑は十八歳という若さだった。

「その日は妻が仕事が休みだったから、娘を連れて買い物に行ったようだ。娘の緑は特別支援学校を卒業したあと、自宅でコンピューターのプログラマーをしていた。私なんかよりよほどパソコンに詳しかったよ」

盲導犬の名前はジョンといい、神奈川県内にある訓練施設で育てられた盲導犬だった。ジョンが辛島家に来て三年目で、緑はどこに行くときもジョンと一緒だった。

事故が起きたのは午後三時過ぎだった。母娘が歩道を歩いていたところ、走行中だった宅配便のトラックが突っ込んできたのだった。車はそのまま逃走し、現場から一キロ離れた交差点で車三台を巻き込む事故を引き起こし、運転手はその場で現行犯逮捕された。交差点の事故でも重軽傷者が数名出たという。

「嘘だろ。最初に警察から電話があったとき、俺はそう思った。でも嘘じゃなかった。本当だった。殺してやるって思ったね。決まってるだろ。運転していた奴をさ」

あまりよく憶えていない。運転していた宅配便のドライバー、阿久津豊はそう証言した。居眠り運転というのが警察が示した見解だった。事故後はパニック状態に陥り、逃走を図ったと思われた。母娘と盲導犬が巻き込まれるという悲惨な事故は、全国的にも話題になったという。

阿久津豊は大手宅配会社の正社員として働いていて、主に江戸川区を受け持っていた。年齢は二十一歳で、高校卒業後に正社員として採用されていた。かなり真面目な性格の青年で、事業所での評判もよかった。特に彼が受け持っている地域では大規模マンションが完成したばかりで、同時に大手資本の通販会社の業績も好調だったことから、宅配の仕事が急増していた。朝から晩まで仕事をして、休日出勤も厭《いと》わなかった。むしろ積極的に勤務時間を増やしていた。それが過労に繋がったのではないか。警察はそう考えた。

「弟の聡は高校三年生で、受験シーズン真っ只中だったらしい。二人の父親は若い頃に亡くなっていてね、彼らは母親に育てられたんだが、これがどうしようもない女でね。二人をほったらかして男と出ていってしまったらしい。必然的に長男の豊が家計を支えるしかなかった」

弟の聡を大学に入れてあげたい。豊は周囲にそう洩らしていたそうだ。入学金だけではなく、学費も工面しなければならない。結果として豊はみずからの仕事を増やし、より多くの給料を得ようとした。阿久津兄弟の置かれた現状はワイドショーでもとり上げられた。

「気に食わなかったね。何か美談みたいになっていくんだからな。マスコミって酷いなって思ったよ。こっちは妻と娘が殺されてるっていうのにさ、殺した側の肩を持つような報道ばかり流れるんだもんな」

弟思いの兄が犯してしまった、悲しい事故。加害者である阿久津豊にも同情的な声が寄せられた。兄も、それから弟もそれなりに整った顔立ちをしているというのも大きかったらしい。ところが――。

「それみたことか。そう思ったよ。神様っているんだなって実感した。悪いことをして逃げられるわけがないっつうの」

それは某週刊誌のスクープ記事だった。事件が起きた日の午前中、江戸川区のビル内にあるオフィスに勤務する会社員が、阿久津豊の姿を目撃していたというのだった。その会社員が非常階段の踊り場で喫煙していたところ、隣のビルの屋上にその男がいたらしい。その会社員の方が高い位置にいたせいか、男はまったく気づかない様子だった。本人の宅配記録などから、その屋上にいた男は阿久津豊である可能性が高いとされた。

阿久津豊は屋上でいったい何をしていたか。週刊誌の記者は現地に向かい、屋上に登った。そこで記者が目をつけたのは、屋上から見えるグラウンドだった。角度的にもそのビルの屋上からしか見られない位置にそのグラウンドはあった。

「女子高だったんだ。その時間、ちょうど体育の授業中だったようでね。体操服を着た女子高生がサッカーをしていたらしい。そういう嗜好ってやつは千差万別だよな」

体育の授業中だった女子高生を覗き見していたのではないか。週刊誌はそう結論づけた。推測の域を出なかったが、それだけで十分だった。同情票が多く寄せられていた分、それが離れていくのもあっという間だった。今度は阿久津豊へのバッシングの声が多く上がった。勤務中に女子高のグラウンドを見ているとは何事だ。

屋上で何をしていたか。それについて阿久津豊が言及することはなかったらしい。事件とは直接関係がないことだからだ。それでも阿久津に対する心証はかなり悪いものとなった。

「ざまあみろ、とは思ったけど、それで俺の気が晴れることはなかった。いずれにしても亡くなった二人とジョンが戻ってくることはないわけだからな。あれからもう十三年も経つ。今は二人は神奈川にある富士山が見える霊園で眠ってるよ。特別にジョンも一緒に入れてもらったんだ。毎月墓参りには欠かさず行くんだけど、今月もそろそろ行こうかなって考えていた矢先だった。たまたま車を走らせていたとき、盲導犬を見かけたんだ。盲導犬を見かけたら必ずじっくり見ることにしてるんだよ。で、あの男に気づいたってわけだ。兄は盲導犬を轢き殺し、弟は盲導犬を育てている。冗談かと思って、思わず調べてしまったよ」

阿久津というのはそれほど多い名前ではないし、業界では名の知られた訓練士でもある。ネットを使えば阿久津がハーネス多摩にいることなど、それこそ簡単にわかってしまうことだ。

「弟の方に非がないのは俺だって承知してるさ。でもどうしても顔を合わせて話したかったんだ。妻と娘とジョンを殺した男の弟が、なぜか盲導犬を育てている。皮肉の一つや二つ、言いたくなる気持ちもわかってくれよ」


長い話だった。正午が近づいてきたせいか、店内も混雑し始めていた。隣のテーブルでは二人の女性がベーグルサンドを食べている。

驚愕《きょうがく》の内容だった。阿久津の実の兄が車で母娘二人を轢き殺し、さらに盲導犬をも巻き込んでいたというのだ。歩美は当時中学生だったが、そんな事件が起きていたことをまったく知らなかった。無理もない。当時は奈良市内に住んでいたし、盲導犬にも興味はなかった。

「それで、阿久津さんのお兄さんはどうなったんですか？　やっぱり懲役刑に？」

「ああ」と辛島はうなずいた。「極めて悪質な犯行という理由で、懲役十二年の実刑判決が下された。そろそろ出てくる頃なんじゃないか。以前担当していた弁護士から彼が出所したら連絡しようかと言われたんだが、結構だと断ったんだ。仮に出所して謝罪をしたいと向こうが言ってきても、一切断ってくれと弁護士には言ってある」

辛島にとっては想像を絶するほどに辛い事故だったことは想像がつく。もし自分の立場に置き換えたとしても、大切な家族の命を奪った犯人が十二年やそこらで簡単に罪を償えること自体に憤りを覚えてしまう。

阿久津の気持ちもまた、理解できた。自分の兄が過去に交通事故を引き起こしていて、しかも盲導犬も犠牲になっていた。そんなことを周囲に言えるはずがない。普通の職場ならまだしも、ハーネス多摩は盲導犬を育成する施設なのである。

「弟のことは裁判で何度か見かけたことがあるよ。いつも肩を丸めて目立たないようしていたっけ。まあ当然だよな」

センター長の小泉が話していたことを思い出す。阿久津との出会いだ。阿久津は盲導犬訓練の様子を遠くから眺めていたらしい。毎日のようにやってくる阿久津に、小泉が「盲導犬に興味があるのか」と尋ねたところ、阿久津はうなずき、「住むところもないからここで雇ってほしい」と言ったという。

やはり兄の事件絡みで盲導犬訓練士を志した可能性は高い。いや、きっとそうだろう。それともう一つ、気になることがあった。兄の出所が近いということだ。だから阿久津はセンターを去ろうとしていたとは考えられないか。

「事故があった当日、阿久津さん、弟さんの方は何をしていたんですか？」

「試験だったそうだ。大学受験の二次試験だ。本命だったと聞いている。合格したかどうかは知らないが、大学進学は諦めたってことだな。ある意味、弟も兄の事故に翻弄された犠牲者と言えるだろうな」

阿久津が受験したのは歩美も知っている名門国立大学だ。そこの二次試験を受験したということは、センター試験でそれなりの成績を上げたはずだ。阿久津はかなり優秀な高校生だったと考えていい。

「ちなみに奥さんたちがお亡くなりになった現場というのは、正確にはどのあたりですか？」

「どうしてそんなことを知りたいんだ？」

「お墓参りに行くのは難しいと思いますので、せめて事件現場で手を合わせたいなと思いまして」

それは本心だった。一組の母娘と、一頭の盲導犬。その命を奪ったのがあの阿久津の兄だった。何だかいたたまれない気持ちになってくる。

辛島は懐から名刺入れを出し、一枚の名刺を出した。そこに何やらボールペンで記してから、それをこちらに寄越してくる。ＵＲＬのようなものが書かれていた。

「俺が個人的に使ってるブログだ。非公開だけどな。妻たちの事故の関係で、さまざまな記事や考察などがネット上にも溢れた。そういう諸々を集めてある。中にはリンク切れのページもあるだろうがな。俺が撮った写真なんかもそこに保管してある。そのパスワードを入力すれば閲覧可能だ」

詳細を知りたかったらアクセスしろという意味か。十三年前は今ほどではないにしろ、すでにネットも普及していた時代だ。

「俺はそろそろ仕事に戻らないと」

そう言って辛島は紙コップのドリンクを飲み干し、それを握り潰した。てっきり席を立つものかと思っていたら、辛島はなかなか立ち上がろうとしなかった。辛島は窓の外に目を向けたまま言った。

「こないだは俺も大人げないことをしたと思ってる。弟に何の責任もないのはわかってはいる。会ったら俺が謝ってたと伝えてほしい」

辛島は立ち上がり、そのまま店内から出ていった。店はほぼ満席の状態にあり、レジの前には列ができていた。歩美は自分の紙コップを見る。中の氷はすっかり溶けてしまっており、紙コップの表面にはびっしりと水滴が付着していた。

*

「無理に決まってるじゃないの。検討の必要すらありません」

母の倫子の声が聞こえてくる。海羽は目黒《めぐろ》にある芸能事務所を訪れていた。明日に迫ったイベントの対応策を練るためだ。午後から前日リハーサルが代々木にある会場でおこなわれる予定になっていたが、そちらの方には参加しない方針だ。

芸能事務所の会議室だ。マネージャーの坂崎が中心になり、海羽のイベントへの参加の是非を協議していた。坂崎のほかにも事務所の偉い人がいるようだ。もちろん海羽の後ろには秘書の青山裕子が控えている。

『もし明後日のファッションショーに参加したらお前も犬も殺してやる』

それがイベントを主催する大手出版社に寄せられた電子メールの内容だ。件名は『柳沢海羽へ』と記されていたらしく、そこに書かれたお前というのが海羽をさしているのは明らかだった。メールが送られてきたのは昨日の昼過ぎのことで、すぐに出版社から海羽の所属する芸能事務所に連絡が入った。事務所は警察に被害届を出したため、昨夜海羽も事情聴取を受けた。海羽に対するストーカー行為の一環と考えられたが、海羽自身にはまったく心当たりがなかった。熱狂的なファンの存在自体は知っているが、直接的な被害を受けるのは初めてだ。

警察が捜査した結果、そのメールは海外のプロキシサーバーから送られていることが判明した。送信元を特定されないための偽装だと思われた。特に思い当たる節もなく、容疑者の絞り込みはほとんど進んでいないのが現状だ。

「坂崎さん、あなたがいながらどうして素早い対応ができないわけ？　リスクマネジメントの基本じゃないの」

「すみません、先生」

母に咎められ、坂崎が謝る声が聞こえた。

母の倫子はここにはいない。パソコンの双方向通信サービスでオンライン通話をしているのだ。パソコンで互いの顔が見える仕組みになっているらしい。母は永田町にある事務所にいる。今日はいくつかの会議があるため、席を離れられないという。

「とにかく犯人が逮捕されない限り、海羽のイベントへの参加は許しません。いいですね」

「わかりました、先生」

　オンライン通話は切られたようだ。坂崎が無念そうな声で言う。

「先生の言うことには逆らえないね。明日のイベント参加は諦めるほかなさそうだ」

　明日のイベントはファッションショーだが、テレビの取材も入る予定になっている。もし海羽が盲導犬とともに参加したら、海羽の出演シーンは必ずワンカットだけはオンエアする。主催者側から事前にそういう話があったらしい。テレビに出ればその分反響も大きく、次の仕事に繋がっていくはずだ。マネージャーの坂崎にはそんな目論見もあったようだが、海羽としてはテレビ出演には興味はなかった。今は大学生なのだし、学業優先で行こうと思っているからだ。

「でもいったい誰の仕業なんだろうな。やめてほしいよ、もう」

　イベントへの不参加が決まっても、さほどショックはなかった。ただし一点だけ残念なことがある。それは盲導犬だ。このハプニングがなければ、明日は盲導犬とともにランウェイを歩ける予定だった。犬嫌いの母を説得するには時間がかかるかもしれないが、今も海羽は盲導犬を持つ夢を諦めていない。明日のイベントが何かのきっかけになればいい。そう思っていたのだが――。

「青山さん、盲導犬協会の人にはそっちからお断りの電話を入れてもらっていいかな」

「了解です。あとで電話しておきます」

「よろしく。じゃあそういうことでお願いね」

　坂崎の声でミーティングは終了となり、椅子を引く音が聞こえてきた。「行きましょうか」と裕子に声をかけられ、海羽も立ち上がった。

*

「人は見かけによらないって言うだろ。善良そうな顔してさ、裏じゃエロいことばかり考えてるのが男っていう生き物なんだよ」

電話の向こうで則本が言う。今、歩美はビルの屋上にいた。十三年前、阿久津豊が目撃されたというビルの屋上だ。八階建てのビルの屋上はやはり見晴らしがいい。安全上の理由からか、かなりの高さの金網で四方を囲われている。

「あの阿久津だってそうだぜ。裏じゃ何を考えてるかわかったもんじゃないぜ。おい、何やってんだよ、テツ。今はシュートだろ、絶対」

電話の相手は則本昌磨で、高校の頃に交際していた男だ。数ヵ月前にひょんなことから再会し、それからたまに飲みにいくようになった。プラトニックな交際だったため、歩美は彼を付き合った男の人数にはカウントしていない。

阿久津の兄が十三年前に母娘を轢き殺していた。その事実はあまりにも大きく、一人では受け止めることができなかった。誰かに話を聞いてほしいと思い、最初に思い浮かんだのは最近仲良くしている梨田麻里子だったが、生憎彼女は仕事中だった。二番目に思い浮かんだのが則本だった。上京してからまだ一年も経っておらず、ハーネス多摩以外の友人は数少ないのが現実だ。

「だって現に阿久津は歩美ちゃんに何も言わずに姿を消しちまったんだろ。実際そんなもんだよ。

東京の奴は冷たいんだよ、基本的に。だから歩美ちゃん、今度一度俺と……。よし、ナイス。今のシュートはよかったぞ、テツ」

今日は土曜日ということもあり、則本はブラインドサッカーの練習にコーチとして参加しているらしい。歩美も重要な試合にはボランティアとして参加することもあるが、則本は毎週のように練習に参加しているようだ。

「兄貴が盲導犬を轢いてしまって、弟は盲導犬を訓練する仕事に就いた。何か感動的な話だな。ていうか歩美ちゃん、その二人は本当に血が繋がってるんだろうな」

「だと思うけど、どうして？」

「だってほら、北斗四兄弟も実際には血の繋がりがあるのはラオウとトキだけじゃん。そういうこともあるのかなと思って」

考え過ぎだろう。この男はことあるごとに北斗の拳を引き合いに出す癖がある。

「でも懲役十二年か。長いのか短いのか、俺にはわからないな」

辛島に教えられたページにアクセスして、かつてのネット記事などを読み漁った。このビルに来る前に事故現場にも足を運んでみたが、さすがに十三年も経過したせいか、事故の面影など微塵も残っていなかった。このビルに登ってみたのは、やはり現場を見ておきたいという思いからだった。おそらく阿久津自身は事故現場にも、そしてこのビルの屋上にも来ていないような気がした。もし自分の身に置き換えたら、怖くて足を運べないと思った。

「どう？　女子高生はいる？」

則本が呑気な口調で訊いてくる。さきほどから探しているのだが、女子高のグラウンドらしきものは見当たらなかった。学校が廃校になってしまったのか。そんなことを考えていると、ようやくグラウンドを発見した。緑色のネットフェンスで覆われている。思った以上に遠かった。あんな遠くで運動している女子高生を見て楽しいのか。

そういった感想を告げると、則本は答えた。

「双眼鏡でも使ったんじゃないの？　デジカメで拡大したとか」

本当に阿久津の兄はグラウンドを覗いていたのだろうか。そんな疑問が湧き起こった。辛島が収集していた資料を見た限り、双眼鏡やデジカメという言葉はどこにもなかったような気がする。当時はスマートフォンもなかったはずだ。

もし阿久津の兄が違うものを見ていたとしたら？　歩美は周辺の景色を見回した。東京だけあり、目に入るのはビルばかりだ。あそこに流れている川は荒川だろうか。

「お兄ちゃんだけじゃなくて、弟の方も実はむっつりスケベかもしれないな。いや、きっとそうだ。そういう顔してたもんな」

「ごめん、切るね」

「おい、勝手に電話してきて何だよ……」

通話を切る。いったい阿久津の兄はここで何をしていたのか。その答えがうっすらと見えたような気がしたのだ。

スマートフォンの地図機能を起《た》ち上げる。ＧＰＳ機能もオンになっているため、表示された地

6 ランウェイ

図の上に青い点が光っている。今、歩美がいる位置だ。同時に十三年前の真冬のある日、阿久津豊が立っていた位置でもある。

画面をタッチして、地図をずらしていく。ずっと西の方だ。私の勘が正しければ、多分この先には——。

想像していた通りだった。画面から目を離し、金網の向こうに広がる景色を見た。あのずっと向こうにあるのだ。十三年前、阿久津豊が見ようとしていた、あるものが。

スマートフォンの着信音で我に返る。表示されているのは未登録の番号だ。電話に出ると、聞こえてきたのは青山裕子の声だった。

「ハーネス多摩の岸本さんですよね。私、青山です」

「どうも。明日の件ですよね」

会場入りの時間など、まだ詳細は伝えられていない。てっきりその話だと思っていたのだが、電話の向こうで裕子はテンション低めの声で切り出した。

「実はですね、明日のイベントですけど、海羽は参加しないことになりました」


その建物は荒れ果てていた。夜は怖くて近づけないだろうと思われた。周囲は草木に覆われて、鬱蒼《うっそう》とした森の中に灰色の建物が立っている。

午後の四時を過ぎている。ここは以前、中日本盲導犬協会が活動の場として使用していた工場跡地だ。ハーネス多摩が完成するまで、ここで犬の飼育や訓練をしていたらしい。その頃の面影はまったくなく、現在は無人であることは明らかだった。どこかでカラスが鳴いている。

鉄製の門は錆びていたが、押すと開いた。気合いを入れて中に足を踏み入れる。阿久津はここに潜伏しているのではないか。考えた末に辿り着いた結論だ。自宅にも帰ってきている様子はなく、普通ならホテルとかネットカフェというのが考えられるが、阿久津の場合、ホテルなどに宿泊できない。佐助という同伴者、いや同伴犬がいるからだ。となると佐助をペットホテルに預けるというのが考えられる選択肢だが、阿久津の場合はそれはないような気がした。ではもし佐助と一緒に寝泊まりできる場所、雨風をしのげるような場所があるとすれば、それはどこか。思い浮かんだのがこの工場跡地だ。

「阿久津さーん、いませんか」

必要以上に声を張り上げるのは、自分自身を鼓舞するためでもあった。工場の倉庫はシャッターが下ろされていて、もう何年も人が出入りしていないのは明らかだった。

そのときだった。小さな影が近づいてきた。佐助がこちらに向かって走ってくる。「佐助」と呼びながら、歩美は柴犬を出迎える。やはりここに潜伏してたのだ。

「よしよし、佐助。いい子にしてた？」

佐助を抱き上げた。それから佐助がやってきた方向に向かって歩き出す。事務所らしき建物があり、その前に一台の自転車が停まっている。その自転車の脇に阿久津が座っていた。近づいてきた歩美を見ても阿久津はうんともすんとも言わず、足元の草をちぎって弄《もてあそ》んでいる。

「やっぱりここにいたんですね。本当にこのまま訓練士を辞めるつもりですか？」

6 ランウェイ

阿久津は答えなかった。佐助を地面に下ろすと、佐助は飼い主のもとに向かっていった。阿久津の隣にちょこんと座り、舌を出して阿久津の顔を見上げた。

「さきほど青山裕子さんから電話がありました。海羽さん宛てに脅迫メールが届いたみたいで、明日のイベント参加を見送ることになったようです。海羽さんは盲導犬と一緒に参加できることを楽しみにしてたみたいです」

裕子から聞いた詳細を伝える。警察はストーカーの犯行とみているようだったが、単純に海羽がイベントへの参加を見送ればいいだけの話なので、犯人の逮捕にまでは至らないだろうと裕子は言っていた。つまり泣き寝入りするしかないのだ。

海羽は盲導犬と一緒に歩けることを楽しみにしていて、口には出さないがそれなりのショックを受けているようだ。彼女がいまだに盲導犬を持ちたいと思っているのは、本人の口から聞いたので知っている。

「阿久津さん、どうにかできませんか？　阿久津さんなら簡単に犯人を捕まえちゃったりできませんか？」

阿久津とコンビを組むようになってから、いくつかの事件を——事件と言えるほどのものではない場合もあったが——解決していた。センター長の小泉などはトラブルバスターズと命名し、わざわざ仕事を振ってくるような有り様だった。実際に阿久津の推理力は本物で、警察の捜査に役立ったこともあるくらいだ。今回も阿久津だったら何とかしてくれるのではないか。さきほど裕子から電話をもらったとき、そう思ったのだ。

「知ってるだろ。僕は退職願を出した。もう無関係だ」

「センター長は受理していませんよ。やっぱりお兄さんのことですね。十三年前の事故について は私もある人から詳細を教えてもらいました。お兄さんの件が公になってしまう前に、ひっそり とセンターを去ることにしたんですね」

阿久津は答えなかった。歩美は続けて言った。

「最初から多分そのつもりだったんでしょう。お兄さんが出所したらセンターを辞める。そして お二人でどこかに住むつもりだった。その佐助だってそうです。昔お二人で犬を飼っていたこと があって、その犬の名前が佐助だった。お兄さんの出所に合わせて、阿久津さんが用意したんで す」

全部勘だ。だがあながち間違っていないのではないかと思っている。佐助は捨て犬などではな く、正規のルートで入手したのは間違いない。ならば必ず意味があるはずだ。

「本来ならお兄さんが出所するのを待つ予定だったけど、突発的なアクシデントがあった。辛島 さんです。あの人に自宅を突き止められて、阿久津さんは焦ったんです。このままでは辛島さん がセンターにまで押しかけてしまうのではないか。だから昨日慌てて退職願を出した」

かつて阿久津は似たような経験をしたのだろう。十三年前の事故当時だ。兄が引き起こした事 故で世間は大騒ぎになり、マスコミは阿久津たちの自宅にまで殺到した。自宅だけではなく、親 戚や友人宅にまでマスコミは押しかけたことだろう。そのときの経験が彼のトラウマになってい るのだ。

「私、お兄さんが起こした事故現場に行ってきました。あとお兄さんが仕事中に立ち寄ったというビルの屋上にも」

初めて阿久津が反応した。顔を上げて歩美を見たのだ。その顔には驚きの色が浮かんでいる。

「阿久津さんは多分大きな誤解をしていると思います。お兄さんの行動です。あの日、お兄さんは屋上で何を見ていたのか。グラウンドで運動している女子高生を見ていたわけじゃありませんよ。もっともっと、大切なものを見ようとしていたんだと思います」

多分阿久津はあの場所には行っていないはずだ。ことによると事故現場にも足を運んでいない可能性もある。少なくとも私だったら絶対に行けないと思う。

「阿久津さん、取引しませんか？」

そう持ちかけると阿久津が言った。

「取引？　いったい何を？」

「阿久津さんのお兄さんがビルの屋上で何を見ていたのか。それを知りたいのであれば、海羽さんが明日のイベントに参加できるように何とかしてください。明日海羽さんが無事にイベントに参加できたら、すべてをお教えします」

阿久津はこう見えてプライドが高い。こういう取引には乗ってくるのではないかという淡い期待があった。しかし阿久津は黙ったまま指で草を丸めたり押し潰したりしているだけだった。

やはり駄目か。そう思ったときだった。阿久津が手にしていた草を投げ捨てた。それが自分への餌だと勘違いしたのか、佐助が地面に落ちた草の匂いを嗅いでいた。

阿久津が立ち上がった。尻についた砂埃を両手でポンポンとはたいたあと、こちらを見て言った。

「脅迫メールが届いたんだよね。その内容を教えてほしい」

「ええと、イベントに参加したらお前を殺す、とか何とか」

「一字一句正確に」

「無理ですよ、そんなの。あ、じゃあ直接行っちゃいましょう。その方が早いですって、絶対」

そう言って歩美は歩き出した。佐助が「ワン」と鳴いて追いかけてくる。阿久津が歩いてくるのも気配で感じた。あたりは徐々に暗くなり始めていた。よくこんな場所で一晩過ごせたものだ。私なら怖くて多分無理だな、と歩美は思った。


佐助をセンターに預けてから、柳沢海羽の自宅に向かった。場所は世田谷区の高級住宅街にあった。やはり政治家だけあり自宅も豪華なものだった。政治家とは儲かるものらしい。

幸いなことに海羽は在宅していた。青山裕子の姿もある。案内されたのは広いリビングだった。ソファに座り、早速歩美は本題に入った。

「例の脅迫メールの件ですけど、あれから進展は？」

答えたのは青山裕子だった。

「特にありません。イベントには参加しないと決まっただけです。警察からも連絡はないみたいです」

事務所が被害届を出したという。しかしイベントに参加しないのであれば、身の危険はないのだ。警察も本腰を入れて捜査をしない可能性も高かった。

「脅迫メールの全文を教えてもらっていいですか」

「これです。さっき転送してもらいました」

裕子が一枚の紙をテーブルの上に置く。メールをプリントアウトしたものだ。件名に『柳沢海羽へ』とあり、本文には『もし明後日のファッションショーに参加したらお前も犬も殺してやる』と書かれていた。明らかに海羽に対する脅迫だ。

「阿久津さん、どうですか？」

歩美は隣に座る阿久津に訊いた。阿久津は黙ったままメールに視線を落としている。しばらくして顔を上げて言った。

「わかったことは二つ。一つは犯人の目的は柳沢さんを明日のイベントに参加させないこと。そしてもう一つは犯人はイベントに盲導犬が出るのを知っているってこと」

海羽が盲導犬と一緒にイベントに出ようとしていることは、関係者しか知らない事実だ。

「つまり犯人は私たちが海羽さんに歩行訓練しているのを見張っていたってことですか？」

「そういうことになるね。センター内で怪しい人は見かけたことがないから、市街地を歩いたときのことだ。水曜日だったかな」

ちょうど辛島に目撃された日だ。訓練は西多摩市の中心地でおこなったので、人の往来も多かったし、車もたくさん走っていた。誰かに見張られたかどうか、今となっては調べるのは難しそうだ。

「そういえば」青山裕子が口を開いた。「帰りのことです。運転手が尾行されているかもしれないって言い出して、いったん車を停めたんです。気のせいだったみたいで、すぐに走り出したんですけど」

阿久津が応じた。

「気のせいではなかったかもしれませんね」

しかしである。どうして犯人は明日のイベントに海羽を出したくないのだろうか。海羽がイベントに参加することにより、犯人にとって何か不利益が生ずるとでもいうのだろうか。そこまで考えたとき、何となく見えたような気がした。

「もしかして犯人は」歩美は自分の推理を話してみる。「海羽さんたちと私たちを遠ざけようとしたんじゃないでしょうか。海羽さんが盲導犬を使うということは、そこには必ず私たちが同行するわけです。つまり犯人にとって邪魔なのは私たちってことです」

あまり理解を得られないらしい。誰もが首を傾げている。さらに歩美は踏み込んでみる。何か私、今日は冴えてるな。

「阿久津さんです。海羽さんと阿久津さんが仲良くしているのを見て、犯人は嫉妬したんじゃないでしょうか。ほら、阿久津さんってあまり言いたくないですけど顔だけはイケメンじゃないですか。海羽さんのストーカーだって嫉妬すると思うんですよね」

我ながら名推理だ。歩美はそう感じていた。海羽のストーカーは海羽と阿久津を遠ざけたいという理由で、イベントへの参加を見送れと脅迫したのではないだろうか。

しかし阿久津が歩美の名推理をいとも簡単に却下する。

「それは絶対にないね。有り得ない」

「どうしてですか？　結構いい線いってると思うけどなあ」

「考えてもみなよ」阿久津は一瞬だけ海羽の方を見てから言った。「柳沢さんは僕がどんな顔をしているかわからない。だからストーカーがいたとしても、僕は嫉妬の対象になることはない」

「あ、そっか」

海羽は視覚障害者だ。阿久津がイケメンであっても、海羽にはそれが見えないのだ。だから海羽のストーカーも、そう簡単に阿久津に対して嫉妬の感情を覚えたりはしないはずだ。親切に手とり足とり海羽に歩行訓練をおこなったりすれば話は別だが、シャイな阿久津は訓練中も海羽とは一定の距離を保って接していた。

「でも考え方は悪くないね。上出来だ」

考え方は合っているということか。それはつまり何を意味しているかというと――。

全員の視線が青山裕子に向かった。海羽も隣に座る裕子に顔を向けている。当の本人は意味がわからないらしく、狼狽《うろた》えていた。

「えっ？　どういうことですか。いったい何が……」

代表して歩美が質問した。

「青山さん、あなたをストーカーしている人に心当たりはありませんか？　そういう人がいるんだったら、その人が犯人かもしれません」

裕子は目を見開き、口を手に当てた。心当たりがあるようだ。落ち着いて、とでも言うかのように、海羽が裕子の肩に手を置いた。大きく深呼吸をしてから裕子が話し始める。

「実は私、ここでお世話になる前はピアノの家庭教師をしていたんですが……」

大手楽器会社が運営する派遣型のピアノ講師だったようだ。子供だけではなく、最近は大人が趣味で習うことも多いようで、生徒の中にはサラリーマンもいた。そのうちの一人、四十代の男性にしつこく言い寄られた。レッスンのたびに食事に誘われ、一日に何度もメールが来た。一応は顧客なので無下に扱うことができず、一人悩んでいた。そんなときだ。柳沢海羽という女性が個人的なピアノ教師を探していると知り合いから紹介され、二つ返事で引き受けた。

「その男性からの連絡は今もあるんですか？」

「メールは拒否しているので今はありません。ですが夜道を歩いているときとか、たまに視線のようなものを感じることはあります。だからいつも携帯用の防犯ブザーを持ち歩いているんですけど……」

犯人は海羽のストーカーではなく、裕子のストーカー。可能性は十分にあるだろう。阿久津が冷静な口調で言った。

「すぐに事務所を通じて警察に通報した方がいいでしょうね」

「わ、わかりました」

裕子がリビングから出ていった。残された海羽が頭を下げた。

6 ランウェイ

「いろいろとありがとうございます」

「まだ油断は禁物だ」阿久津は答えた。「犯人だと決まったわけじゃないからね。もし違っていたら最初から考え直さなければならない。できれば当たっていてほしいけど」

しばらくして通話を終えた裕子が戻ってきた。事務所の人はすぐに警察に連絡をすると言ってくれたらしい。問題の男の連絡先を裕子は消去してしまっているが、名前と勤務先だけは伝えたそうだ。これですべてが解決すればいいのだが。

特にここにいてもすることはないので、阿久津とともに柳沢邸を辞することにした。午後七時を回っており、今夜中に進展があればいい方だろう。

「よっこい庄一」

運転席に座ってから阿久津に声をかける。

「どこに送っていけばいいですか？　自宅ですか？　それとも工場ですか？」

「自宅へ」

「合点承知の助」

エンジンをかける。車を発進させる前に阿久津に向かって言った。

「阿久津さん、お願いがあるんですけど」

「何？」

「もし無事に犯人が捕まって、海羽さんが明日のイベントに参加したとします。そうなった場合、できれば……」

阿久津の顔色を窺いつつ、恐る恐る歩美は提案した。

＊

「本番まであと三十分でーす」

若い男がそう声を張り上げると、近くにいた女の子たちが一斉に「はーい」と答えた。海羽はその声に乗り遅れてしまう。ほかの出演者の多くは雑誌の専属モデルをしていて、こういうショーの場に慣れているのだ。

この手のイベントに参加するのは今日で三回目だ。前回も前々回も事務所の人が側にいてくれたが、アウェイにいるような疎外感はどこか覚えていた。しかし今日はそういったアウェイ感はなかった。理由は一つ。足元に寝そべっている盲導犬のせいだ。

やはり犬というのは女の子たちの興味を惹くようで、会場入りしたときからひっきりなしに声をかけられた。可愛いね。名前何て言うの？　餌あげていい？　写真撮っていい？　中には撮った写真をその場でインスタグラムにアップした子もいるくらいだ。

今、海羽の足元には盲導犬が寝そべっているはずだ。トビーという名前の盲導犬だ。ただし厳密に言えばトビーは盲導犬ではなく、盲導犬の候補らしい。まだ一歳で、毎日訓練を受けているそうだ。そういう意味では自分に似ていると海羽は思った。私も大学生だし、モデルとしても新米だ。

6 ランウェイ

本来であればニックというベテラン盲導犬が一緒に歩くはずだったが、急遽トビーと歩くことになった。これは岸本歩美という女性訓練士の発案だという。トビーは優秀な候補犬なのだが、ちょっと自信が足りない部分があるため、それを補うために人が多い舞台を経験させてみてはどうか。それが歩美の考えらしい。

さきほどリハーサルがおこなわれたのだが、特に難なく歩行できた。ただし本番になると客も大勢入るだろうし、フラッシュも焚かれることだろう。そういったことにトビーがどう反応するのか、それは未知数だった。

「セクション1に出演する方、舞台上手に移動してください」

「はーい」

海羽はセクション2だ。それに専門のスタッフが誘導してくれるので、ここで待っていればいいと言われている。

脅迫メールの犯人は判明した。やはり青山裕子につきまとっていた四十代のサラリーマンの犯行だった。事務所から連絡を受けた警察が男の自宅アパートを訪ね、いくつか質問した。すると男は「俺はメールを送ったりしていない」と言い出した。メールのことなど一切触れていなかったのに、男の方から先に否定する言葉が出たというのだった。これは怪しいと警察がさらに追及したところ、男はあっさりと観念したらしい。

男は裕子のことを諦めることができず、たまに尾行などをしていたようだ。そして先日、阿久津というイケメン訓練士を見かけた。彼を見るときの裕子の目つきが気になり――やはりストーカーだけあって見ているところはしっかり見ている――メラメラと嫉妬の炎が燃え上がったというわけだ。

「海羽さん、そろそろ私、観客席に戻りますね」

耳元で声が聞こえた。訓練士の岸本歩美だ。今日は朝からずっと付き合ってくれている。本番はスタッフが誘導してくれるので、彼女は会場の客席からショーを見ることになる。

「リハーサル通りにいけば大丈夫でしょう。トビーを信じて頑張ってください。トビー、君も頑張るんだよ」

ずっと隣に立っていた歩美の気配が消えた。本来であれば青山裕子がずっと一緒にいてくれるのだが、事情聴取のために警察に出向いている。完全に一人きりだ。だが――。

海羽は手を伸ばした。指先が布のようなものに触れる。今日のトビーは犬用のウェアをまとっている。手を動かすと今度は指先が固いものに触れた。これはハーネスといって、盲導犬が必ず装着している胴輪だ。そこから伸びたグリップを持って歩くのだ。

さらに指を動かすと、柔らかい毛の感触を感じる。これは多分首の後ろあたりだろうか。手の平で撫でると温かかった。

海羽は改めて実感する。今日は一人じゃない。私にはトビーがついている。

＊

6 ランウェイ

アップテンポな音楽が会場に流れている。スポットライトの中、色とりどりの衣装を身にまとったモデルたちが、軽快な足どりで歩いている。どの子も目鼻立ちがしっかりしていて、それはそれで可愛いと思うのだが、どこか同じような顔に見えてしまうのが少し残念な気がした。

「阿久津さん、次ですよ、次」

歩美は隣に立っている阿久津に向かって言った。阿久津は特に興味がある様子もなく、仏頂面で前を歩くモデルたちに目を向けている。こんなに可愛い子が短めのスカートを穿いて歩いているというのに、この人はまったく興味がないのだろうか。ひょっとして女性に興味がないのかしら。ということはもしかして――。いや、そんなことはないはずだ。歩美は頭の中に浮かんだ妄想を必死で打ち消した。

『続きまして登場するのは、柳沢海羽ちゃんです。海羽ちゃんは現役大学生、盲目の美少女ピアニストといった方がピンと来る人も多いかな。今日は特別に盲導犬のトビー君と一緒です』

司会を務める男性ＤＪがそう紹介すると、ランウェイのスタート地点にスポットライトが当たる。そこに立っているのは白を基調としたドレスに身を包んだ柳沢海羽と、鮮やかなグリーンのドッグウェアをつけたトビーだ。トビーが着ているウェアは特注品で、某服飾メーカーのデザイナーが作ってくれたものらしい。

音楽が変わる。曲名はわからないが、クラシックのピアノ曲が流れ始めた。同時に海羽が歩き始めた。その隣をトビーが歩いている。

頑張れ、海羽さん。頑張れ、トビー。

自分の手の平が汗ばんでいることに気づいた。これほど緊張したのはここ最近記憶にないほどだ。我が子を見守る親の心境とでもいえばいいのだろうか。

よし、いいぞ。いい感じだぞ。

海羽とトビーは真っ直ぐ歩いている。リハーサルのときにも確認したが、ランウェイには海羽用として薄い紙が貼られている。その足触りを頼りに歩いていけばいいのだ。徐々に余裕も出てきたのか、海羽の口元にも笑みが浮かんでいた。

「トビー、グッド！」

思わず声をかけていた。すると一瞬だけトビーがこちらを見たが、すぐにその顔を前に戻す。俺、仕事中なんだよね。そんなこと言いたげな顔つきだ。

「悪くないね」隣にいる阿久津がようやく口を開く。「かなりいい感じで集中できてるようだ。なぜだと思う？」

トビーはセンター内の訓練場では抜群の動きを見せるのだが、市街地に出て実践的な歩行訓練を始めると、自信を失ったように集中力を欠く素振りを見せる。それを解決することが阿久津から出されていた課題であり、歩美自身もずっと頭を悩ませていた。

「きっかけになったのは、先日海羽さんたちと訓練をしていたときのことでした」

青山裕子が何気なく訊いてきた質問だ。盲導犬というのはユーザーが目が見えないということを知っているのか、という素朴な疑問だった。

当然のことながら、盲導犬にそこまでの状況認識能力はない。ユーザーの指示に従い、褒めてもらう。その繰り返しである。だが中には頭のいい犬がいても不思議はない。

市街地訓練においては、実際に訓練士がアイマスクをして、視覚障害者と同じ状況を作って訓練をするのが基本だ。もちろんトビーの場合も例外ではなく、訓練士である阿久津がアイマスクをして訓練をおこなっていた。トビーはその状況に対して本能的に疑問を覚えたのだ。どうしてこの人はこんなごっこ遊びをするんだろうか。いつもはちゃんとしているのに。

そういう疑問がトビーの行動に変化をもたらし、自信のなさや集中力の欠如として表れたのではないか。それが歩美が考えた推論だった。

そして一昨日、トビーを市街地訓練に連れていった。いつもはつけるアイマスクをせずに訓練をおこなった。すると、トビーはいつも通りの力を発揮したのである。

「もし私の考えが合っているのであれば、トビーは思っている以上に賢い犬だと思います。同時に本番に強いはず。私や阿久津さんよりも、本物の視覚障害者がハーネスを握った方が、彼は力を発揮するんです」

海羽が立ち止まった。円形のステージの手前だ。そこには海羽の出番のために用意された角材が置かれている。その段差に気づいたトビーが立ち止まったのだ。

海羽は下を向き、トビーに何やら声をかけた。「グッド」と褒めているのだろう。

角材を跨《また》ぎ、円形のステージに出る。ほかの子たちはぐるりと一周してポーズを決めたりするのだが、海羽は立ち止まったままちょこんと丁寧なお辞儀をした。それが非常に好感度が高く、ステージをとり囲んでいる客たちが沸いた。

今度は海羽はトビーに何やら声をかける。するとトビーがお座りをした。客たちが拍手をする。トビーは舌を出し、満更でもなさそうな顔をしている。

「阿久津さん、トビーはテスト1に進めますか？」

歩美が訊くと、阿久津がうなずいた。

「候補犬の能力を見極め、合否の判定を下す。それが訓練士の仕事だ。採点は減点法だし、どうしても欠点に目が行ってしまいがちだ」

削っていく作業だ。集中力がない。飲み込みが遅い。怠けてしまう。様々な理由で候補犬たちはふるいから落とされていく。

「でも君は違った。トビーの能力を最大限に引き出す作業を怠らなかった。それは優秀な訓練士になるための必要な素養の一つだ。今回ステップアップしたのはトビーだけじゃないね。君もだ」

嬉しい。嬉し過ぎて涙が出そうだ。阿久津から褒められたのは初めてではないだろうか。

「阿久津さん、すみません。今の台詞、もう一度お願いできますか。今度は録音したいので」

「やだ。二度と言わない。それより今度はそっちの番だよ。僕の兄のことだ。いったい何がわかったんだい？」

ここは人が大勢いるし、音楽もうるさい。外に出ましょう。そう目配せをしてから歩美は会場の外へと歩き出した。

6 ランウェイ

会場内の盛り上がりが嘘のようにロビーは静かだった。お揃いのジャンパーを着たスタッフらしき人たちが時折通りかかるだけだった。ベンチがあったので、そこに座った。最初に訊いてみる。

「やっぱり盲導犬訓練士になろうと思ったのは、お兄さんの事件がきっかけだったんですか？」

十三年前に亡くなった辛島の娘は視覚障害者であり、ジョンという盲導犬も犠牲になっていた。当時の事件報道を見てみると、一緒に盲導犬が亡くなったことに対して世間は強い反応を示していた。

「最初は盲導犬訓練士になるつもりはなかった。大学進学もできなくなって、時間を持て余してたんだ。調べたら東京にも盲導犬の訓練施設があることがわかって、ちょっと覗いてみようと足を運んだのが最初だった」

どういう風に盲導犬は育てられていくのか。その過程に興味が湧き、施設に何度も足を運んで訓練風景を眺めていた。盲導犬殺し——世間では一時的に阿久津の兄のことをそう呼称していた——の弟。その呼び名は一生ついて回ると思ったし、だったら盲導犬の訓練士になるのも供養になるのではないかといつしか阿久津は思い始めた。そんなある日、阿久津はセンター長である小泉に声をかけられた。これ幸いとばかりに阿久津は訓練士になりたいと志願したというわけだ。

「罪滅ぼしという気持ちだったのは嘘じゃない。でも盲導犬を育てるのは純粋に楽しかったし、僕に向いてるとも思った」

できるだけ多くの盲導犬を育てること。それが阿久津の信条であり、人との付き合いを避けてまで、長年それを貫き通してきた。育てた盲導犬の数が、そのまま兄の贖罪になる。そう信じてこれまでやってきたのだろう。

「どうしてセンターを去ろうと思ったんですか？」

「最初から決めてたことなんだ。兄が出所したらセンターを去ろうと思っていた。兄に対する世間の目は冷たいだろうし、どこか田舎にでも行って兄と二人で暮らそうと思ってた」

「あの日、事故を起こす前にお兄さんはビルの屋上に行きました。週刊誌の記者の取材によれば、そこで体育の授業中だった女子高のグラウンドを覗いてたとのことです」

「まったく馬鹿なことをしたよね。うちの兄も」どこか突き放したような物言いで阿久津が言った。「その報道が出て、一気に見放されたことを憶えてるよ。それまで同情的だった人たちも手の平を返したように非難の声を浴びせてくるようになったっけ。こりゃ大変だなって弁護士さんも諦め顔で笑ってたし」

「それは違います」

歩美は断言した。昨日、あの場所に実際に立ってみてわかったことがある。それは――。

「阿久津さん、これを見てください」

そう言って歩美はポケットから一枚の紙を出し、それを阿久津に向かって手渡した。東京都内の地図だ。阿久津は訝《いぶか》しげな顔つきで地図を広げた。

「赤い点が記されているのが、お兄さんが立ち寄ったというビルです。昨日、私も実際に足を運んでみたんですけど、女子高のグラウンドは結構遠くてよく見えませんでした。記者が持ってる望遠レンズつきのカメラなら女子高生の太腿とか見られるかもしれませんけど、仕事中にふらりと立ち寄った宅配便のドライバーには難しいと思います」

阿久津は地図に視線を落としている。そこに描かれた線に気づいたようだ。

「そうです。お兄さんはビルの屋上からあるものを見ていました。いや、正確に言うなら念じていたとでも言えばいいでしょうか。事故が発生した日、阿久津さんは大学の二次試験の当日だったんですよね。しかも第一志望の国立大学。お兄さんはビルの屋上から念を送っていたんだと思います」

弟は今、二次試験の最中だ。兄は配達中のビルで屋上に通じる階段を見つけ、駆け足で屋上まで上がる。そして弟が試験を受けているはずの大学の方角に目を向け、祈ったのだ。

「聡、頑張れ。聡、絶対に合格しろよ。お兄さんはそう心の中で唱えていたんじゃないでしょうか」

しかしそれを目撃したサラリーマンはそんな事情までわからない。取材した記者も同様だ。記者が面白おかしく脚色した記事があたかも事実のように世間を賑わせてしまう。しかも事件の本筋とは関係のないことだから、兄は公の場で説明することもできずに時が流れてしまったのだ。

「以上です。一部、というかほとんど私の推測ですけど」

話し終えた歩美は阿久津の顔を見た。阿久津は顔を下に向け、床の一点を見つめている。かなり長い間そうしていたが、やがて顔を上げた。すっきりしたような顔をしている。阿久津は短く言った。

「なるほど。兄ちゃんはそんなことを……」

「阿久津さん、辞めないでください。阿久津さんが辞めたら私が困ります。お願いですから残ってください。訓練士を続けてください。どうしても辞めたいと言わはるなら」そこで歩美は阿久津を正面から見て言った。「私にビンタしてからにしてください。それができきんのなら残ってください」

歩美は奥歯を嚙み締め、目を瞑《つむ》る。一種の賭けだった。やれるものならやってみろ。どうせできんのやろ。阿久津さんに女の子ビンタするなんてできんやろ。

いつまで待っても衝撃は襲ってこない。それどころか阿久津の気配さえなくなっている。うっすらと目を開けると阿久津の姿はない。んなアホな。

阿久津を探す。ちょうど会場の入り口から一組の集団が出てくるところで、阿久津がそちらに向かって歩いていくのが見えた。歩美も慌ててあとを追った。

ちょっと威圧感のある一団だった。黒系のスーツを着たいかつい感じの男たちが、一人の女性をガードするかのように歩いていた。男たちは全員がイヤホンマイクを着用しており、紅一点は白いスーツを着た四十代くらいの人物だった。どこかで見たような顔なのだが、名前はわからない。

「議員、ちょっといいですか？」

阿久津がそう声をかけると、女性が立ち止まる。同時に男たちも足を止めた。そうか、この男性陣はＳＰなのだ。ということはこの女の人は多分――。

6 ランウェイ

「僕は中日本盲導犬協会の阿久津と言います。娘さんの、いや、娘さんと盲導犬トビーのパフォーマンスはいかがでしたか？」

海羽の母親、柳沢倫子議員だ。娘の海羽より若干派手な印象はあるが、美人であることに変わりはない。もともと芸能関係の仕事をしていたらしい。お忍びで娘の晴れ舞台を見学に訪れたのか。

「あなたが訓練した盲導犬なのかしら？」

柳沢倫子が訊いてくる。阿久津が答えた。

「トビーといいます。正確にはまだ盲導犬ではありません。僕と彼女で現在訓練に励んでいるところです」

「そう」

あまり興味はなさそうだった。先を急いでいる感じが伝わってくる。「じゃあ」と言って立ち去ろうとする柳沢倫子に向かって阿久津が訊いた。

「議員、今現在日本全国で稼働している盲導犬の数をご存じですか？」

柳沢倫子が足を止めた。阿久津が続けて言う。

「およそ千頭です。さらに盲導犬を使用したいと希望している人は三千人と言われています」

「何が言いたいの？」

「あなたの娘さんは盲導犬とともに人生を歩くことを希望しています。娘さんの夢を叶えてあげたらどうでしょうか？」

「申し訳ないけど、犬は嫌いなの。嫌な思い出があるものでね」

母の倫子は子供の頃に犬に嚙まれそうになった記憶があり、それが原因で犬嫌いになってしまったという。数年前に盲導犬の話を持ち出したこともあったようだが、あっけなく却下されて話はそれきりになったらしい。

「本当にそうでしょうか」阿久津は食い下がった。「嫌な思い出があるのは事実かもしれません。でも実際に一緒に歩くのはあなたではなく、娘さんなんです。あなたは犬なんかに娘を任せたくない。そう思っておられるんじゃありませんか？」

倫子はうなずいた。

「その通り。私は疑り深い性格なの。そうじゃなきゃこれまでやってこられなかった。だから犬なんかに娘の命を預けるわけにはいかないのよ」

本音を聞けた気がした。長年政界に身を置いてきた人だ。しかも女性であり、ルックスもいい。一般人では想像もできない妬み、嫌がらせなどがあったのかもしれない。疑心暗鬼になってしまうのは無理はない。だから娘に盲導犬を与えようとはせず、信用のできる運転手に任せている。そういうことだろうか。

「考え方を変えてみましょう」阿久津はあくまでも冷静に続ける。「たとえば、あなたの娘さんが盲導犬を手に入れて、今日のようなイベントだったり、ピアノの演奏会に参加する。当然影響は大きいでしょう。全国にいる盲導犬ユーザー約千人と、希望している約三千人。その人たちの多くは選挙権を有しています。ユーザーや希望者には家族や知り合いもいることでしょう。ちなみに全国にいる視覚障害者の数は三十万人とも言われています」

柳沢倫子がにやりと笑って言った。

「あなた、面白いことを言うのね」

国会議員は常に選挙のことを考えている。巷《ちまた》ではそう言われている。つまり阿久津は娘の海羽に盲導犬を与えることにより、全国の盲導犬ユーザーたちの票を期待できると暗に言っているのだ。その発想は歩美もまったく思い浮かばないものだった。

「海羽さんの名前は亡くなられた彼女のお父様がつけたと聞きました。僕たちならば海羽さんを海まで連れていく羽、盲導犬をご用意することが可能です」

海羽は残念ながら海を見ることはできない。だが感じることはできる。潮の匂いや、波の音。盲導犬なら海羽と一緒に海岸沿いを歩くことができるのだ。

「あ、国会議員の娘さんだからといって便宜を図るわけにはいきません。列の一番後ろに並んでいただくことになるので、早めに希望申請書を出されることを提案します。もしハーネス多摩に申請書を提出していただき、娘さんの番が回ってくることになったら」そこで阿久津はいったん言葉を切り、歩美の背中に手を回した。前に押し出される形になる。「私と、私の後輩であるこの岸本歩美が、責任を持って娘さんに相応《ふさわ》しい盲導犬を育て上げることをお約束します」

柳沢倫子は値踏みするかのような目で阿久津と、それから歩美を見ている。阿久津は重ねて言った。

「誰かが隣を歩いてくれるだけでいい。そういう気持ちになる瞬間が、人生で一度は必ずやってきます。そんなときに隣を歩いてくれるのは、寄り添ってくれるのは人間じゃなくてもいいんです。動物でも、盲導犬でもいいんです」

阿久津自身のことを言っているのだ。歩美はそう理解した。十三年前、阿久津の兄が交通事故を引き起こして逮捕された際、阿久津は孤独に陥ったのだろう。

誰かが隣を歩いてくれるだけでいい。たとえそれが盲導犬でも。阿久津はそんな思いで日々盲導犬の訓練に励んでいるのかもしれない。かつて感じた孤独を今も噛み締めながら。

たっぷり五秒ほど、倫子は阿久津を正面から見ていた。やがて彼女は口を開いた。

「わかりました。娘をよろしく」

柳沢倫子とそのSPたちは歩き去った。外には黒塗りの車が停まっていて、その後部座席に柳沢倫子は乗り込んだ。車が走り去るのを見送りながら歩美は阿久津に向かって言った。

「阿久津さん、さっき言いましたよね。私と、私の後輩って。それってつまり、センターを辞めないってことですよね」

「さあ、どうかな」

「誤魔化さないでくださいよ。辞めないってことですよね、阿久津さん」

阿久津は口元に笑みを浮かべたまま歩き出してしまう。「待ってくださいよ」と歩美はその背中を追いかけた。

6 ランウェイ

＊

「二度と戻ってくるんじゃないぞ」

阿久津豊は刑務官にそう言われて見送られた。誰にでもそう声をかけるのだろう。刑務所に服役していてわかったことだが、意外にも二度目、三度目の受刑者が多い。

外は晴れ渡っていた。こうも天気がいいとは思ってもいなかった。おそらく自分が出所する日は曇り空ではないかと豊は漠然と思っていた。そう、十三年前のあの日のように。あの日は朝からどんよりとした曇り空で、雪が降るのではないかと言われるほどの寒さだった。

「おい、やっぱり娑婆の空気は旨いな」

隣を歩く坊主頭の男が言う。豊と同日に出所になった男で、たしか抗争中の暴力団の幹部を刺した罪で服役していると洗濯当番のときに話していた。男はやけにはしゃいでいる。無理もない。何年振りかに外に出られたのだから。

「まずはビールだな。あとは寿司と焼き肉だ。そのあとは当然女だよ、女。お前もそうだろ」

話しかけられたが、豊は答えなかった。それでも男は構わずに話し続けている。

「兄貴が迎えにきてくれることになってんだ。兄貴って言っても実の兄貴じゃねえぞ。組の兄貴だ。兄貴は凄えぞ。バンバン顔が利くからな」

前方に白いベンツが停まっているのが見えた。後部座席のドアが開き、中からサングラスをかけた強面の男が降り立った。「兄貴だ」と隣を歩く男が嬉しそうに言った。

「じゃあな。二度と戻ってくるんじゃねえぞ」

刑務官と同じような言葉を残し、男は停車しているベンツに向かって走っていく。サングラスの男と抱擁を交わしながら車に乗り込んでいく。やがてベンツは走り去った。

出所が今日であることは誰にも教えていない。弁護士あたりに連絡は行っているはずだが、仮に出所が決まっても迎えには来ないでくれとは伝えてある。これから保護司と面会し、寝泊まりできる場所を紹介してもらう予定だった。明日からは仕事探しになるだろう。こんな前科者を雇ってくれる職場があればいいのだが。

バス停まで歩く。十三年前に逮捕されたときに所持していたものをそのまま返却された。折り畳み式の携帯電話はもう使えないだろう。世間ではスマートフォンというものが一般的になっているのはテレビなどで見て知っている。

バス停には待っている人はいなかった。簡素な屋根があり、一台のベンチが置かれている。奇妙なことに一頭の犬がベンチの近くに座っている。犬は舌を垂らしてこちらを見ていた。

不意に記憶がよみがえる。あれはまだ弟の聡が小学一年生、豊が四年生のときだった。下校途中に段ボール箱に入れられていた仔犬を発見した。柴犬と思われる仔犬だった。家で飼いたいと聡が言い出し、豊も同じように思ったので自宅に連れて帰った。当時はまだ母と一緒に住んでいた。母は夜の仕事をしており、息子たちが連れて帰ってきた仔犬を見て冷たい口調で言った。この狭いアパートで犬なんて飼えるわけがないだろ。戻してきな。

6 ランウェイ

二人で通学路を引き返した。段ボール箱の中に犬を戻した。犬にパンを与え、それを食べている隙をついて二人で全力で走ってその場をあとにした。弟の聡は泣いていた。多分自分も泣いていたように思う。

あのとき仔犬に名前をつけたはずだ。その名前はたしか――。

「佐助」

そう言いながら二人の人影がこちらに向かって近づいてくる。そうだ、佐助だ。あのときの仔犬につけた名前は佐助だった。この犬の名前も佐助なのか。珍しいこともあるものだ。そう思って近づいてきた二人の顔を見る。逆光で見えにくく、豊は目を細めた。

紺色のジャンパーを着た二人組だ。路肩に停車している車から降りてきたらしい。男の顔を見て、豊は息を飲んだ。

「さ、聡か……」

弟の聡だった。少し不機嫌そうな顔をした弟の聡だ。裁判のときに見かけて以来、顔を合わせたことはない。面会に来てくれないか。弁護士を通じてそう伝えようと思ったことは何度もあるが、そのたびに思いとどまった。合わせる顔がないと思ったからだ。

すっかり大人の顔つきになっている。着ている紺色のジャンパーは仕事のユニフォームだろうか。もう一人の方は長い髪を後ろで束ねていて、清潔感のある女性だ。

「お勤めご苦労様です。なんて台詞、まさか自分で言うとは思ってもいませんでしたよ」やや関西弁のイントネーションで女性が言った。「阿久津豊さん。私はハーネス多摩の岸本歩美といいます。今日は弟さんの命令でお迎えに参りました。ちなみにこの犬は佐助です。さあ行きましょうか」

岸本と名乗った女性はベンチの上に置いてあった豊のバッグを勝手に持ち、車の方に向かって歩き出した。聡は佐助を抱き上げて、そのまま歩いていってしまう。どうなっているのか、よくわからない。しばらく迷っていた豊だったが、仕方なく突然現れた弟とその連れの女性を追った。

「乗ってください」

岸本という女性が後部座席のドアを開けてくれる。「でも……」と躊躇《ちゅうちょ》していると、「いいからいいから」と背中を押され、車の中に押し込まれてしまう。

「よっこい庄一」と女性が運転席に座る。聡は助手席に座った。いつの間にか佐助が後部座席にいて、ぴょんと跳んで豊の膝の上に飛び乗った。それを豊は両手で受け止める。

「さて、帰りますか。まったく千葉まで車で来ることになるとは思ってもいませんでしたよ。まったく人使いが荒いんやから。あ、お兄さん。何か食べたいものありますか？　あったら何でも言ってくださいね。阿久津さん、何か食べたいものありますか？　あ、そうか。二人とも阿久津さんなのか。どうしよ、面倒だな」

お喋りの子なのか、運転しながらずっと話している。聡は相槌を打つことさえなく、黙ったまま前を見ている。

「本で読んだんですけど、刑務所のご飯って味が薄いって本当ですか？　よく痩せるっていいますよね。ダイエットにはいいかもしれへんけど、さすがにちょっと無理だな。あ、お兄さん、私うるさいですか？　うるさかったら言ってくださいね」

不快ではない。むしろ心地よかった。誰かの声を聞けるというのが、これほど心地よいものだとは知らなかった。

「私たち、実は盲導犬の訓練士なんですよ。あ、私はまだ研修生なんですけどね。ここにおられる阿久津さんは当センターでも超がつくほど優秀な訓練士なんですよ」

盲導犬という言葉に引っかかりを覚える。十三年前の事故の際、盲導犬も命を落とした。ジョンという名前だった。もしかして聡はそれがきっかけで――。

「視覚障害者の方が、一頭の盲導犬とパートナーになる。それって奇跡なんですよね。となるとですよ、私たちは奇跡を作るお手伝いをしているわけなんです。いやあ、私っていい仕事選んだな。なんつって」

敢えて場を盛り上げようと必死で話しているのかもしれない。ただしその明るさだけは伝わってきた。こういう子と一緒なら聡も大丈夫だろう。勝手にそう思った。

「あのコンビニの前で停まって」

聡が短く言った。すると岸本歩美が応じる。

「あそこのコンビニですね。合点承知の助」

しばらくして車が停まる。聡が言った。

「コーラとビール、よろしく」

「なるほど。乾杯しなきゃいけませんね。私の分も買ってきていいですか？」

「いいよ」

岸本歩美が運転席から降りていった。途端に車内が静かになる。

言いたいことは山ほどあった。同時に訊いてみたいこともたくさんあった。これまでどうやって暮らしてきたのか。今はどんな仕事をしているのか。今まで俺のせいで辛い思いをしなかったか。

こちらから質問するより、まずは謝るのが最初だ。面と向かって弟に謝ったことはない。俺は弟の人生を台無しにしてしまったのだ。どれだけ頭を下げても、どれだけ謝罪の言葉を重ねても、十分ということはないだろう。

「聡……俺は……」

「お帰り、兄ちゃん」

聡が前を見たまま言った。もう駄目だった。涙がとめどなく溢れてきた。豊は声を絞り出した。

「……ただいま。聡」

自分には帰る場所がない。刑務所の中でずっとそう思っていた。しかしそうではなかったらしい。こうして迎えにきてくれた弟がいる。それだけで満足だ。

膝の上にいる佐助の背中を撫でる。生き物って温かいんだな、と豊は思った。

本書は、『wonderful Story』(2014年10月刊/PHP研究所)に収録された「パピーウォーカー」を加筆修正したものに、書き下ろしを加えたオリジナル長篇です。

【参考資料】
日本盲導犬協会
https://www.moudouken.net/special/50th/anniversary_book.php#kanto

日本盲導犬協会50周年記念誌編纂室編 『日本盲導犬協会50周年記念誌 盲導犬と歩く』

〈著者紹介〉
横関大　1975年静岡県生まれ。武蔵大学人文学部卒業。2010年「再会のタイムカプセル」で第56回江戸川乱歩賞を受賞しデビュー（書籍化の際「再会」に改題）。著書に『偽りのシスター』『沈黙のエール』『チェインギャングは忘れない』『彼女たちの犯罪』『アカツキのGメン』『誘拐屋のエチケット』の他、ドラマ化で話題となった『ルパンの娘』や同シリーズの『ルパンの帰還』『ホームズの娘』『ルパンの星』、『K2 池袋署刑事課 神崎・黒木』『帰ってきたK2 池袋署刑事課 神崎・黒木』など多数。

わんダフル・デイズ
2021年2月10日 第1刷発行

著　者　横関 大
発行人　見城 徹
編集人　森下康樹
編集者　宮城晶子

GENTOSHA

発行所　株式会社 幻冬舎
〒151-0051 東京都渋谷区千駄ヶ谷4-9-7

電話:03(5411)6211(編集)
03(5411)6222(営業)
振替:00120-8-767643
印刷・製本所:株式会社 光邦

検印廃止

ISBN978-4-344-03742-7 C0093
幻冬舎ホームページアドレス　https://www.gentosha.co.jp/

この本に関するご意見・ご感想をメールでお寄せいただく場合は、
comment@gentosha.co.jpまで。